눈사람도 사랑하네

변경섭 소설집

눈사람도 사랑하네

예옥

작가의 말

　오랫동안 묵혀 두었던 숙제를 해결했다는 느낌을 지울 수 없다.
　예전에 써 놓았던 작품도 있고 최근에 쓴 작품도 있다.
　어두운 터널 속에 있던 청춘과 중압감에 시달리며 살아야 했던 지
난한 삶들을 풀어내보고자 애썼다.
　음으로 양으로 내 삶에 그림자가 되었던 모든 사람들에게 고마운
마음 표하고 싶다.
　또한 한국문화예술위원회의 후원으로 이 작품집을 내게 된 것에
대하여도 감사한다.

2016년 7월 변경섭

차례

일출을 보러 가다

여행은 언제나 가보지 않은 숲 속을 들어가는 것처럼 예기치 못한 것을 만날지도 모른다는 설렘과 두려움을 동시에 갖고 출발하는 숲 속의 탐방 같은 것이다. 그러나 이번과 같이 아무런 계획도 없이 우연히 만나 불쑥 여행을 가게 된 것은 아무래도 이해가 되지 않았다. 그러니 설렘이나 두려움 같은 것은 애초 없었다. 다만 나는 이 우울하고 우중충한 장마를 피해 도시로부터 도망가야겠다는 생각에 몸이 이끌렸는지 모르겠다.

어둑어둑해진 청량리역에 도착해 열차시간을 보니 조금은 이른 시간이었다.

집에서 딱히 할 일도 없고, 때는 장마철이라 어두침침하고 눅눅한 집구석에서 뒹굴고 있으니 일찍 나가보자는 심산이었다. 또 열차시간을 정확히 모르는 탓도 있었으리라. 언뜻 들은 기억으로는 밤 11시 50분발로 알고 있었지만 자신이 없었다. 그러나 막상 청량리역에 도착해 열차시각표를 보니 11시 정각 출발이었다. 하루에 두 번밖에 떠나지 않는 강릉행 완행열차였다. 그녀를 만나기로 한 시간이 다가왔다.

아주 가벼운 옷차림이었다. 뭐 작정하고 떠나는 여행도 아니었기 때문에 특별히 챙길 것도 없으려니와 설렘 같은 것은 더더욱 없었다. 다만 이 여행코스를 잡은 것은 언젠가 여행 잘 다니는 후배 한 녀석이 내게 한 말이 생각나서였다. 동해안으로 가는 밤 열차를 타고 밤새도록 달리다 보면 새벽녘에 동해안에 닿게 되는데, 때(그때가 정확히 언제인지는 잘 모른다. 일 년 사철 중 그 기차에서 떠오르는 해를 볼 수 있는 때는 극히 한정되어 있다고 했다. 사실 동해안에 일출을 보러 간다고 해도 실상은 못 보는 때가 많다. 그만큼 날씨가 맑고 구름이 없어야 볼 수 있으니까)를 잘 만나면 동해안 해안선을 따라 올라가면서 기차 안에서 보는 일출 광경이 장관이라는 말이었다.

나는 그 말을 들은 이후로 언젠가 꼭 일출을 보리라 마음먹었다. 새가 둥지를 틀 듯 심중에서 항시 떠나지 않고 자리 잡고 있던, 아직 다녀보지 못한 몇몇 여행코스가 있다. 그중 일출을 보기 위한 동해안 기차여행을 첫 손으로 꼽고 있었다. 그것이 하나의 이유라면 이유였다.

나는 본래 성격이 차분하면서도 소심해서, 무슨 여행이나 일 하나를 시작하려면 뭐 하나 빠뜨리는 일 없이 꼼꼼히 챙기면서 전전긍긍해 하는 타입이었다. 그러나 이번 여행은 누구와 오래전에 약속했던 것도 아니며, 특별한 목적이 있었던 것도 아니어서 마음 졸일 이유도 없었다. 한동안 잊고 있었던 그녀의 전화를 받고 훌쩍 떠나는 길이었기 때문이다.

반팔 티셔츠에 헐렁한 바지, 아무것도 챙겨 넣지 않은 쌕 하나만 달랑 어깨에 메었다. 아니 한 가지 챙겨 넣은 것이 있다. 우산이다. 아마도 이 여행을 떠나도록 부추긴 이유의 하나를 더 꼽으라면 분명 이 지루한 장마 때문이리라. 벌써 며칠째 햇빛을 보지 못했는지 모른다. 언제부터 한 칸 자취방에 틀어박혀 어두컴컴한 하늘 밑에서 나 자신을 학대하며, 창밖에 떨어지는 빗물만 망연히 쳐다보고 있었는지 모른다. 재야운동권에 있다가 어떤 이들은 정치권에 줄을 대고 잘도 나가던데, 나는 여태껏 그런 일에 무관심한 듯 행동해왔다. 아니면 그렇게 출세하기 위하여 약삭빠르게 처세하지 못한 것은 여태껏 내 젊은 나날들을 그러기 위해 버려온 것은 아니라고 스스로 위안을 삼으려 한 것인지는 모르지만, 어쨌든 생활은 예나 지금이나 별반 달라진 게 없었다.

　"삐리리릭, 삐리리릭!"

　나는 전화벨 소리에 갑자기 무엇을 보고 놀란 사람처럼 흠칫, 몸을 일으켜 세웠다.

　요즘 전화를 받다 보면 내 자신의 처지를 돌아보게 만들어 우울증에 빠지는 경우가 많았다. 같이 활동하던 동료들의 전화야 그저 그런 얘기로 흘려보내는 경우가 대부분이지만(언제부터 그렇게 헐렁해졌는지 그저 아득하기만 하다), 가끔씩 어머니에게서 걸려오는 전화는 무척 당황스럽고, 비감하기까지 한 경우가 많았다.

한 번은 저녁에 밀린 빨래를 하고 있었는데, 전화벨이 울려 반가운 소식인가 싶어 수화기를 얼른 들었다.

"저녁은 먹었냐?"

힘이 없는 목소리가 전화선을 타고 희미하게 들려왔다. 역시 어머니 목소리였다. 어머니는 전화를 하면 으레 제일 먼저 꺼내는 말이 끼니 걱정이었다.

"예……"

"그려, 지금 뭐 허고 있냐?"

나는 앞뒤 젤 것도 없이 무심코,

"빨래 좀……"

그러자 갑자기 잠시 침묵이 흐르더니 저쪽에서 울먹울먹, 하는 소리가 들렸다.

"이눔아, 도대체 어티기 헐겨? 장가도 가야할 거 아녀. 으이그……그러고저러고 네 아버지 저렇게 아퍼서 이제 농사도 못 짓겠다."

아버지의 허리가 아프다고 한 지는 오래되었다. 점점 더 심해지는 모양이었다.

어머니나 아버지는 나만 보면 한 걱정이었다. 동생들을 둘씩이나 먼저 시집, 장가보낸 터라 그런 것도 있으려니와, 벌써 사십 줄을 넘긴 놈이 객지에서 무슨 일을 하고 있는지 정확히 알지도 못할 뿐더러, 무엇을 하긴 한다고 하는데 어디 번듯하게 직장을 다니는 것도 아닌 것 같아 혼처를 알아봐 달랄 수도 없고, 걱정만 태산이었다. 그래도 아버지는, 지가 대학꺼정 나왔는디 어떻게 알아서 허겄지, 하는 느긋한 표정 속에 근심을 숨기시곤 했다.

"여, 여보세요?"

조심스럽게 수화기를 집어 들고 저쪽의 기색을 살폈다. 잠시 뜸을 들인다. 저쪽에서도 역시 조심스럽다. 목소리로는 여자 목소린데 누군지 언뜻 기억이 나지 않았다.

"여보세요? 거기…… 준석이 집이죠. 준석이 있습니까?"

"예, 제가 준석입니다만……."

그러자 대뜸 안심한 듯이 휴, 하고 한숨을 내쉰다. 그래도 나는 짐작이 없었다. 그런 낌새를 알아차렸는지,

"나야, 정미! 손정미, 어떻게, 잘 지냈어?"

그제야 나는 수화기를 통해 들려오는 목소리의 주인공이 누군지 알아챌 수 있었다. 너무 오랫동안 잊고 지냈던 친구였다. 아니 많이 좋아했던, 그래서 더 일부러 잊고 지내려 애썼던 그런 친구였다. 목소리마저도 기억하고 싶지 않았다. 나는 한동안 이게 무슨 일인가 싶어 말을 잇지 못했다. 일순간 숨이 턱까지 차오르다가 멈추는 듯했다. 반가움도 숨기고 엉뚱한 질문을 하고 말았다.

"그런데, 어떻게 내 연락처는 알고……."

나는 어쩐 일인가 싶어 놀라기도 했지만, 내 처지에 그녀의 전화를 받는 것이 탐탁치도 않았다. 오히려 과거에 더 친했던 사람한테 지금의 내 처지를 들키고 싶지 않은 자잘한 방어본능이 작용해서였다.

"어떻게는, 옛날 친구들 이 사람 저 사람 물어봤는데 잘 모르더라고. 그런데 찬주형 있잖아? 우연히 찬주 형을 만났는데, 찬주 형이 형 전화번호를 가르쳐 주드라."

찬주는 내가 연락하면서 지내는 몇 안 되는 놈 중 하나다. 요즘 와서는 옛날에 같이 활동하던 친구 놈들도 정치권에 입문하거나 새로이 취직을 해서 연락이 끊어지고, 아니 그들이 자연스럽게 연락을 끊었다고 보아야 옳았다.

"찬주가? 그렇지, 찬주는 잘 지낸다 하니? 나두 그놈하구 연락 안 한 지가 좀 됐는데……."

나는 엉뚱하게도 찬주의 안부를 묻는다.

"그래, 찬주형도 잘 지내나 봐. 그런데……."

수화기 너머에선 좀 새침해진 듯 말을 끊었다. 전화 거는 사람 안부는 묻지 않고 엉뚱한 사람 안부를 물어서 그러나? 라고 잠깐 생각했다.

"그래, 어떻게 지내?"

잠시 침묵이 흐르다가 그녀가 물었다.

그녀는 내가 어떤 일을 하며 지내는지 아마도 알고 있을지 모른다. 그동안 너무 오랫동안 소식이 끊겨 지냈지만 아무런 변화가 없으리라는 것쯤은 짐작하고 있었을 테니까.

"어, 맨날 그렇지 뭐, 하던 일 하고……."

이제는 시민단체에 자리를 옮겨 일하고 있지만 어느 때부턴가 사회운동단체에서 일하는 것에 대한 자부심도 잃어버린 지 꽤 되었다.

"얘긴 들었어. 여전히……."

그녀는 나의 고지식함을 드러내려는 듯 말하려다가 해서는 안 되는 말을 했다 싶었는지 얼른 말을 끊었다.

"그건 그렇고, 형, 한번 만나자. 얼굴 한번 보고 싶기도 하고……."

나는 내키지는 않았지만, 못 만날 것도 없다 싶어 인사치레처럼 말을 건넸다.

"그래, 한번 보자. 애들하고 남편은 잘 있어?"

"응, 그저 그래…… 우리 어디서 볼까?"

수화기 너머의 목소리가 갑자기 풀이 죽었다. 그러면서 말이 끊어지면 못 만날까 싶은지 장소를 정하라 다그치듯 말한다.

"어디서 만나지? 그래, 옛날에 자주 만났던 그 카페 어떨까?"

그래서 나는 그녀를 만났고, 차를 마시면서 그녀의 발랄함을 오랜만에 느껴봤다. 그런데 그녀가 갑자기 엉뚱한 제안을 해서 놀랐다. 여행을 한번 해보고 싶다며 그동안 여행 한 번 못하고 살아서 얼마나 답답한지 모른다고 했다. 하지만 남편, 자식을 두고 여행을 간다니 무슨 일인가 싶었다. 무슨 일 있냐고 물어도 아무 일 없다고만 하고 얼버무렸다. 단지, 여행이 가고 싶은 거고, 남편에게 적당히 핑계대고 갈 테니 걱정 말라며 가자고 한 것이 이번 여행을 떠나게 된 계기였다.

여행이 뜬금없긴 하지만 그녀와 과거의 기억을 되살려가며 이러쿵

저러쿵 이야기 하고 싶은 생각은 추호도 없었다. 나는 이미 정신적으로 피로해진 상태였으므로. 이미 다 끝난 얘기가 아닌가. 그리고 이제는 아무런 감정도 남아 있지 않으므로 그녀와 여행하는 것이 아무런 문제도 되지 않겠다는 생각이 들었다. 나는 동해안의 일출을 보러 가고 싶다고 하면서 되지도 않는 이유를 설명했다. 그저 가보고 싶다고만 이야기 할 것을…… 그렇지만 그녀는 웃으며 흔쾌히 동의했다.

나는 1980년대 말에 그녀와 헤어진 이후로 그녀가 어디에 살고, 어느 직장에 다니고 있는지, 또는 누구와 살고 있는지 잘 모르고 있었다. 결혼은 했으니 그동안 애도 낳았을 것이고, 집도 장만해서 잘 살고 있을 것이라고 짐작하고만 있었다. 나도 나름대로 사회단체에서 활동하느라 바빴고, 그녀도 통 연락이 없었으니 말이다. 그러던 그녀가 갑자기 연락이 와서는 만나자고 했고, 만나서는 이런저런 얘기하다가 뜬금없이 여행을 가자고, 어디론가 떠나자고, 제안을 해왔다.

여행이라!

하긴 나도 할 수만 있다면 이 지루한 장마와 도시의 그늘을 벗어나고 싶다는 생각이 떠나지 않았다. 하지만 그 방법을 모른 채 마음만 복잡해서 답답함이 가슴을 짓누르고 있던 차였다. 나는 일출을 보고 싶다는 생각이 퍼뜩 떠올랐다. 그녀가 무슨 바람이 불어 오랫동안 연락도 없이 지내다가 갑자기 옛 애인 – 아니 친구라고 해두자, 그렇게 깊은 관계도 아니었으니, 그녀도 그렇게 생각했을 것이다. – 같은 남자를 다시 찾아와 여행을 하자고 할까 하는 복잡한 생각 따위는 하고 싶지 않았다. 오로지 내 욕심만을 앞세워, 이 답답한 일상에서 빨리 벗어나고 싶은 마음뿐이었다. 단지 좋은 동행이 하나 생겼다고나 할까? 그뿐이었다.

그때 왜 장마기간이라는 생각이 전혀 들지 않았을까? 하물며 맑은 날에도 동해에서 일출을 볼 수 있는 날은 그렇게 흔치 않다는 사실을 나중에야 알았지만 말이다. 한낮에 태양이 떠올라 햇볕이 쨍쨍 쬐는 날에도 새벽에는 해무海霧가 자욱하게 끼는 날이 많아 일출을 볼 수 없는 경우가 많다고 한다.

"그래! 그럼…… 우리 동해 일출 보러가자. 정말 낭만적일 거 같다. 밤기차 타고 밤새도록 달려가서 보는 일출, 나두 언젠가 텔레비젼에서 그런 여행을 소개하는 거 본거 같아. 잘 됐다. 쇠뿔도 단김에 빼랬다고 당장 가지 뭐. 형은 어때?"

그래서 그녀와 만난 다음 날로 바로 출발 날짜를 정하고 우리는 청량리역에서 만나기로 했다. 나야 혼자 사는 몸이고 단체 사무실에는 한 이틀 일이 있어서 시골집에 내려갔다 올 테니 휴가처리 해달라고 전화하고 떠나면 되었다. 따라서 별 준비나 거리낄 것이 없었다. 그러나 그녀는 아이를 맡기고 가야 한다며 근심어린 말을 하면서도 어딘가 모르게 들떠 있는 것 같았다. 목소리가 경쾌하고 마치 호들갑을 떠는 소녀처럼 보였다. 아이들이 이제 다 커서 별문제 없을 거라고 묻지도 않은 대답도 스스로 했다. 그러나 남편 얘기는 없었다. 묻고 싶었지만 묻지 않았다.

우리는 발차시간까지는 시간이 좀 남아 있어 역 근처 포장마차에서 가락국수로 간단히 요기를 하고 대합실로 다시 돌아왔다. 지금은 잠시 비가 그쳐 있지만 화장실로 가는 입구는 종이상자를 풀은 골판지를 깔아놓았는데, 지나다니는 사람들이 구두에 묻혀 들여온 빗물로 질척거렸다. 군데군데 칠이 벗겨진 칙칙한 긴 의자에는 늦은 시간임에도 사람들이 많이 앉아 있었다. 지루함을 이기지 못해 긴 하품을 하는 남자 한 사람이 옆에 앉아 있고, 텔레비전만 멍하니 쳐다보는 사람, 그리고 대합실을 자기 방으로 생각하는지 남루한 옷차림의 한 사내가 긴 의자 하나를 통째로 차지하고 신문을 덮고 누워 있다. 술 냄새까지 풍기고 있었다.

　앞에는 여자의 어깨에 기대고 앉아 스포츠신문을 들여다보며 무엇이 우스운지 젊은 남자가 키득키득 웃고 있었다. 여자는 무엇이 우습냐며 궁금해 죽겠다는 표정으로 남자의 허리를 껴안은 채 신문을 넘겨다보았다. 헤프게 앉아 있는 여자의 다리 굴곡이 훤히 드러나 보였다. 너무 짧은 바지를 입었다. 바지라기보다는 팬티라고 하는 편이 더 나았다. 나는 흘끔흘끔 눈길을 주다 그 여자의 눈과 마주쳤다. 나는 흠칫, 무엇을 훔치다 들킨 사람마냥 놀라 얼른 눈길을 거뒀다. 그 여자도 부끄러웠던지 다리를 오므려 추켜올리더니 자기 남자에게 바짝 다가선다.

　의외로 젊은 사람들이 자리를 많이 차지하고 있었다. 수요일 저녁, 그것도 늦은 밤. 나는 동해안 여행을 위해 발걸음을 옮기면서도 되지도 않는 걱정을 했다. 혹시 우리 이외에 기차를 타는 사람이 없으면 어쩌나 하는 기우 말이다. 평일에 일도 없는 사람들이 여행을 하냐 싶기도 하고, 오죽하면 나만 유유자적 놀러 다니는 건 아닐까 하는 자격지심 같은 것이 발동되기도 하였다. 그리고 언젠가부터 이 나이에 그야말로 쥐꼬리만 한 간사 활동비만 받고 시민단체에서 일하는 것이 무슨 의미가 있을까 싶은 자괴감에 빠져들고 있어 사람들의 눈을 의식하지 않을 수 없었다. 실업자도 아니면서 그렇다고 당당히 나 이런 일하는 사람이요, 하고 내세우기도 부끄러워 심리적으로는 실업자 신세와 다를 바 없는 상태여서 군중 속의 나를 사람들이 어떻게 바라볼까 의식하고 있었다.

우리는 기차가 서울을 빠져나갈 때까지 거의 말이 없었다. 일테면 출출한데 뭣 좀 먹고 가야 되지 않겠느냐, 라든지, 나 담배 좀 피우고 올게, 와 같은 일상적인 말만 되풀이하고 있었다. 누가 먼저랄 것도 없었다. 그만큼 오래간만에 만나 서먹한 것도 있지만 이제 남의 아내가 된 유부녀와 여행을 한다는 것이 어색하기도 했기 때문이었다.

청량리역을 빠져나가는 기차 안에서 바라본 서울거리는 자정이 가까운 시각인데도 아직 환하게 비추고 있었다. 이렇게 밤이 되어도 주위가 환한 것을 보고 있노라면, 마치 내가 산란을 위해 닭장 속에 들어가 있는 백색 레그혼이 된 것은 아닌가 하는 착각이 들 때가 있었다. 긴 하우스 계사鷄舍에는 수많은 닭들의 산란만을 위해 밤낮없이 백열전구를 밝혀두고 있었다. 닭들은 불을 밝히고 있으면 밤을 낮으로 착각을 하고 밤에도 계속해서 알을 낳는다고 한다. 거대한 도시를 뒤덮고 있는 무수한 전구들, 인간을 향해 내리 쏘이고 있는 이 불빛, 나는 화를 치며 알을 낳았다고 꼬꼬댁, 소리를 치지만 눈은 풀어지고 다리는 힘이 없어 휘청거린다. 저 불빛은 마치 생산을 독려하는 자본주의의 무서운 채찍처럼 느껴졌다.

나는 저 불빛이 싫었다. 빨리 이 지긋지긋한 빛의 공간을 벗어나고 싶었다. 그러나 그럴 수 없었다. 허우적거리면 허우적거릴수록 점점 더 깊은 늪에 빠져드는 것처럼 서서히 내 가슴께로, 드디어 내 목까지 참을 수 없는 이물감이 차오르는 것 같은 두려움을 느꼈다. 숨이 헐떡거렸다. 기차가 망우리를 지나 서울 경계선을 벗어날 때까지도 나는 무엇에 홀린 사람처럼 자꾸 뒤돌아보고 있었다.

기차가 어둠 속을 달리고 있을 때에야 비로소 나는 마음을 진정하고 좀 차분해질 수 있었다.

차창 밖으로는 가끔 반딧불이가 날아가는 모양처럼 헤드라이트 불빛을 흘리며 어디론가 달려가는 자동차들과, 아주 가끔 어느 집 창에서 스며 나오는 형광등 불빛만 보일 뿐, 북극의 아무도 없는 적막한 곳에서 쇄빙선이 얼음을 깨며 전진하듯 기차는 자기만의 고유한 굉음을 울리며 어둠의 터널 속을 뚫고 가고 있었다.

정미는 좀 지루했던지 슬그머니 일어서서 중앙 통로를 거쳐 밖으로 나갔다. 아마 담배를 피우러 가는 것일 게다. 그녀는 나와 사귈 때

피우던 담배를 결혼하고도 여태껏 끊지 못했나 보다. 나는 모르는 체 의자 깊숙이 몸을 숙이고 길게 숨을 쉬었다.

3호 칸에는 젊은이들이 많이 타고 있었고, 간간이 늙수그레한 아 저씨, 아주머니들이 끼어 있는 정도였다. 내 뒷자리의 어느 아주머니 는 옆에 앉은 아주머니와 쉴 새 없이 말을 주고받았다. 일행은 아니 고 우연히 만난 듯했다. 영주에 살며, 시장통에서 포목상을 하는데, 젊었을 땐 이 기차 타고 오르내리며 물건 떼어오고 고생도 많이 했지 만, 지금은 자식들 다 내보내고 부부만 남아 걱정 없이 산다고 한다. 막내아들놈이 서울에서 대학을 다니는데, 얼굴 좀 보러 올라갔다가 허탕만 치고 내려온다고, 집에 들어오지도 않고 겨우 전화로 한다는 소리가, 엔틴M.T가 뭔가를 가게 되었다나, 자식새끼들 키워봤자 다 소용없다고 한탄하면서도, 즈이들 해달라는 대로 다 해줬단다. 심지 어 막내아들한테는 차를 하도 사 달래서 차까지 사주었다고. 자기가 잘 산다는 자랑을 하는 것인지, 아니면 그렇게 해주었는데도 어미 맘 을 잘 몰라준다는 푸념인지 알 수 없는 말을 계속 늘어놓고 있었다. 아마도 영주에 닿을 때까지 계속될지도 모르겠다.

멍하니 검은 창밖을 내다보고 있는데 정미가 언제 돌아왔는지 돌 아온 기색을 내고는 자리에 앉았다. 그리고 나를 바라보며 물었다.

"혀엉, 술 한 잔 할래?"

동의를 구하기 위해 물어보는 소리는 아니다. 그녀는 벌써 중앙 통 로를 왔다 갔다 하는 홍익회 소속 장사로부터 오징어 한 마리와 맥주

세 병을 사서 종이컵에 따르고 있었다. 나는 엉거주춤 종이컵을 받아 들었다.

"그나저나 형은 장가 안 가?"

뜬금없이 그러나 걱정이 된다는 투로 말을 했다. 정미와 사귀다 헤어지고 두어 명 더 여자를 사귄 적은 있지만 결혼은 성공하지 못했다. 변변한 직장도 아니면서 생활할 수 있는 월급도 벌지 못하니 결혼하자는 소리도 못하겠고, 그렇다고 결혼하기 위하여 단체 활동을 그만두고 다른 직장을 잡아보겠다는 생각을 할 수도 없었다. 여자는 모두 떠나갔다.

정미도 마찬가지였다. 정미와는 같은 청년단체에서 활동하다 사귀게 되었다. 내가 사무실에서 기타를 치며 운동가요를 부르고 있으면 쪼르르 달려와서는 따라 부르곤 하던 친구였다. 나이는 몇 살 아래지만 누구보다도 대정부 투쟁에는 투철했다. 대학에서 학생운동을 하다 졸업하고 진로를 무엇으로 정할까 고민했다고 했다. 노동운동에 투신하기 위하여 성수동에 있는 마찌꼬바에 위장 취업하여 버텨보려 하였지만, 몸도 약하고 성격에도 맞지 않아 청년단체에 들어왔다고 했다. 당시 청년단체에는 학생운동하다 들어와 간부급 활동을 하는 친구들이 많았다. 그녀도 그렇게 소개를 받아 들어왔다고 했다. 우리는 같은 조에 편성되어 명동으로 거리투쟁을 나가기도 하고, 또는 선전물을 만들기 위하여 밤새도록 사무실에서 지새기도 하였다. 그녀는 언젠가부터 내 옆에 꼭 붙어서 일을 돕기도 하고, 가끔 자취방에

김치를 날라다 주기도 하고, 어떤 때는 투쟁하는 동지로서 앞으로의 투쟁 방향에 대하여 밤새 토론하기도 하였다.

그녀는 나이가 들어가면서 가끔 나에게 근심어린 표정으로 묻곤 했다. 형, 결혼 어떻게 생각해? 라며 묻고는 자기도 답이 없음을 알았는지 다른 말로 돌렸던 것이 여러 번이었다. 그러던 어느 날, 집에서 하도 강요해서 선을 봤다고, 자취방에 와서는 서글피 울었다. 나는 무슨 말도 할 수 없었다. 내가 붙잡을 수 없는 처지라는 것쯤은 그녀도 뻔히 알고 있었다. 나, 조금씩 무너지고 있다, 고도 했다. 형이 붙잡아주면 안 돼?, 라고도 했다. 그러면서 다른 때와는 다르게 내 품에 파고들기까지 했다. 우리는 서로 품에 안고, 그녀가 내 품에서 흐느끼는 것을 보다 그냥 잠이 들었다. 다음 날 아침에 일어나보니 그녀는 없었다. 한참 후에 그녀로부터 미안하다는 편지가 와 있었다. 결혼한다는 소식과 함께 자기를 잊어달라는 말이었다. 나는 그녀를 붙잡을 수 없어서 한없이 자책했다. 며칠을 그렇게 술에 절어 살다가 돌아왔다.

"장가는 무슨? 나 같이 능력 없는 놈한테 올 여자가 있냐?"

괜히 물어봤다 싶었는지 그녀가 술잔을 치켜들었다. 분위기를 바꾸려는 눈치였다.

"헤헤, 술이나 마셔. 우리 이렇게 좋은 날 그런 얘기 하지 말고."

"그러자, 내 처지야 너두 들어서 뻔히 알고 있을 텐데 뭘."

나는 말끝을 흐리고 그녀를 빤히 쳐다보며 술잔을 들었다. 아까부터 궁금한 것이 있었기 때문이다. 연락도 하지 않던 그녀가 갑자기 연락한 것이며, 이렇게 동해안 가는 기차를 탄 것이 심상치 않은 일이었다.

"너는 옛날하고 하나도 변하지 않았다. 조금 살찐 거 빼고는……."

"후후, 그래, 내가 관리 좀 했지…… 그래도 아줌마 티 확, 나지?"

"아냐, 거리에 돌아다니면 누가 연애하자고 덤벼들겠다 야!"

"에이, 그럴 리가?"

눈을 흘기면서도 싫지는 않은지 하얀 이를 드러내며 웃는다.

"그나저나 이렇게 여행가도 되는 거냐?"

나는 그제야 걱정된다는 듯이 물었다. 사실 결혼한 여자와 총각인 내가 이렇게 밤열차를 타고 여행을 간다고 하면 주변 사람들이 이상한 눈초리로 쳐다볼 것이 뻔했다. 다행히 마치 부부처럼 자연스레 행동하며 술을 마시고 있으니 의심하는 눈초리는 아무도 없었다.

"어, 괜찮아, 술이나 더 마셔."

그녀는 대수롭지 않다는 듯 연거푸 두 잔을 들이켜고는 캄캄한 차창 밖을 내다봤다. 응시해도 아무것도 보이지 않을 것이었다. 가끔 어둠 속 사람이 살고 있는 집에서 비추는 먼 불빛이 언뜻언뜻 스쳐 지나가는 것 빼고는.

나는 얘기하지 않는 것을 억지로 들을 필요는 없다고 생각하고 맥주를 들이키며 밖을 내다 봤다. 그녀도 똑같이 밖을 보며 상념에 젖는 듯했다.

기차는 양수리를 지나 양평을 향하고 있었다.

좀처럼 수다를 그칠 것 같지 않던 뒷 좌석의 영주 아주머니는 어느새 잠이 들었고, 연인들이나 젊은이들만이 밤으로의 긴 여행을 하는 사람들이 가질법한 낭만에 취해 서로 무슨 이야긴지 소곤거리거나, 보일 턱이 없는 창밖 풍경을 자기도취에 빠져 물끄러미 쳐다보고 있었다. 어떤 남자 일행은 앞뒤 자리를 맞보게 해놓고 화투를 치는데 정신을 팔고 있었다. 화투를 치다 간간히 웃음이 터져 나오고, 잔돈이 오가는 것을 보니 지루한 시간을 보내기 위해 판을 벌인 모양이다.

양수리는 내게 추억이 서려 있는 곳이다. 벌써 십여 년 전 일이다.

나는 청년단체 활동을 하다가 그녀와 헤어진 후 그 단체에 더 이상 있을 수가 없어 당시 운동 진영의 활동상황과 정치정세, 운동이론들을 연구하여 전파하는 연구단체로 옮겨 활동하고 있었다. 그런데 1989년 독일의 베를린장벽이 무너지고 1990년에 독일이 통일되었다. 바로 이어 1991년 구소련이 해체되고 급기야는 레닌의 동상을 쓰러뜨리고 그의 머리 위에 어떤 젊은이가 밟고 올라서서 삼색기를 흔들고 있는 모습을 텔레비전 뉴스가 전 세계에 생생히 타전하고 있을 즈음이었다. 사회주의 진영의 무기력한 붕괴 과정을 지켜보면서 충격을 받음과 동시에 사회주의 붕괴 원인에 대하여 토론과 분석, 반성이 활발하게 이루어졌다. 아마 운동 진영에서 그런 과정을 두고 지리멸렬한 공방이 한참 전개되고 있을 때였을 것이다.

상황이 그렇게 급변하니까 지배층에서는 민주화 운동 진영에 이데

올로기적 대공세를 취해왔다. 파상적 공격으로 우리를 무력화시키기 위해 혈안이 되어 있었던 것이다. 설상가상으로 믿었던 일부 지식인들조차 우리의 미래는 이제 끝났다, 라는 식의 장탄식을 늘어놓고 투항을 하고 있는 상황이었다. 나도 그 당시 상황을 동료들과 함께 지켜보면서, 이것은 사회주의가 멸망하는 것이 아니라 다시 성숙해지기 위한 진통의 과정이라는 점을 애써 강변하고 분개하였다.

아니 사회주의가 멸망하고 안 하고는 문제가 아니었다. 내가 사회주의를 신봉했던 것도 아니었고, 다만 금세기의 거대한 틀, 인류가 발전해오면서 보다 인간다운 삶을 살아보기 위해 쏟아 부었던 거대한 에너지, 노력들이 하루아침에 무너졌는데, 이를 진지하게 반추해보지 못할망정 흑백논리에 함몰되어 저잣거리의 함성처럼 세상이 온통 시끄럽게 호들갑을 떠는 유치함에 분개하고 있었는지 모른다.

어찌됐든 내가 소속한 연구단체는 그러한 여파 때문인지 아닌지 정확치는 않지만 급격히 사정이 어려워졌고, 사람들의 동력도 눈에 띄게 떨어져 나가는 것이 눈에 보일 정도였다. 희망을 잃어버린 사람들이 각기 자기 갈 길을 찾아 떠나가도 누구 하나 말릴 수 있는 처지도 아니었다. 따라서 운영진에서는, 이렇게 흐지부지 끌려가다간 스스로 비참한 지경에 도달하니, 우리가 할 수 있는 시대적 역할은 다했다고 생각하고, 아쉽긴 하지만 해산을 함으로써 유종의 미를 거두는 것이 옳은 길이 아닌가 하는 판단을 내렸다. 몇 번에 걸친 난상 토론, 다른 길을 모색해보자는 측도 있었지만 대안이 없었다. 그 어려움 속에서도 오 년여를 끌어온 신고辛苦의 계절이었다. 그렇게 실무적인 과정을 거쳐 정식으로 해산을 하기로 결정하고, 어찌 보면 편안한 마음이었지만 더할 수 없이 허탈한 심정을 억누르며 고생했던 동료들이 모여 마지막 회포를 풀기 위해 찾아든 곳이 양수리 두물머리였다. 커다란 당산나무가 호수에 물그림자를 드리우고, 달은 휘영청 떠오르고 있었다. 우리가 보름에 맞춰 그곳에 간 건 아니었으나 공교롭게도 그즈음이었다.

벌써 사람들은 술이 거나하게 취했다. 한쪽에서는 혀 꼬부라진 소리로, 좆같은 세상, 우리가 그렇게 쉽게 무너질까보냐, 두고 봐라, 하며 거친 언사로 세상을 향해 내뱉고는 술병을 쳐들고 있었고, 또 한쪽에서는 달빛 드리운 호수의 긴 그림자에 취해 망연히 바라보며 지나간 추억을 떠올리는지 눈가에 이슬까지 맺히고 있었다. 사위는 모두 잠들어 조용하기만 했다. 우리들만이 이 어둠 속에서 살아 움직이고 있었다. 아니 세상의 사나운 물결에 휩쓸려 맥을 못 추고 흐느적거리고 있었다.

그때 정적을 깨는 소리가 들렸다. 누군가 첨벙, 하며 물속에 뛰어든 것이다. 순식간의 일이었다. 우리는 깜짝 놀라 일제히 소리 나는 쪽으로 고개를 돌려 쳐다보았다. 얕은 물이었지만 의외의 상황이 벌어졌기 때문이었다. 아직 채 여름이 되기 전이라 밤 날씨는 쌀쌀하기만 했다. 평상시에는 조용하게 말없이 듣기만 하는 차분한 성격의 소유자였지만, 술만 조금 취하면 불같은 성격이 튀어나오기도 하고, 비꼬는 소린지 우스갯소린지를 분간 못할 말을 툭, 툭, 내던져 좌중을 한바탕 웃음바다로 만들어놓곤 하던 친구였다.

그 친구는 몸을 물속에 푹, 담갔다가는 벌떡 일어나 달빛을 등지고 한동안 서서 웃고 있었다. 시간상으로는 아마 짧은 순간이었을 테지만 일제히 쳐다보고 있는 눈길 속에 잠시 정지되어 있는 듯한 순간이 무척 길게 느껴졌다. 달빛을 등에 지고 있었으므로 그의 앞모습은 거무스름하게 가려지고 웃는 얼굴의 하얀 이빨만 유난히 하얗게 두드러져 보였다. 몸 주위로는 달빛을 받아 마치 후광을 드리운 듯했다. 젖은 옷에서는 달빛에 반사된 투명한 물이 뚝뚝 떨어지고 있었다.

더 놀라운 일은 그다음 순간에 벌어졌다. 누가 먼저랄 것도 없이 모두 일어나서는 우르르 몰려나가 첨벙첨벙 물에 뛰어드는 것이 아닌가. 서로 물에 자빠뜨리고 물을 먹이면서, 물밑 진흙 펄로는 얼굴을 시커멓게 칠하고 있었다. 한밤중에 때아닌 난장판이 벌어진 것이다.

답답했던 가슴이 서서히 풀어져 감을 느꼈다. 아니 속으로 울고 있었는지 모른다. 누구 하나 겉으로는 내색하지 않았지만. 아마 술기운에 그랬을 것이다. 아니면 잔잔한 호수에 드리운 아름다운 달빛에 홀렸을지도 모르는 일이었다.

차창 밖을 내다보며 말없이 한 잔, 두 잔 들이킨 것이 벌써 세 병을 비워가고 있었다. 얼굴이 불콰해져 감을 느끼고 있었다. 그때까지도 서로 종이컵에 맥주만 따라 주면서 별말은 없었다. 어색하다 싶으면 술을 입에 갖다 대며 어둠 속의 차창 밖을 응시하곤 했다. 양평을 지나 강원도 원주를 거쳐, 충북 제천을 지날 때까지 가끔 마주치는 불빛만 쳐다보다 다시 서로를 쳐다보고 웃었다. 그 미소는 어색함 뒤에 오는 따스함이었다.

"혀엉, 아니 오빠……."

형이라는 말을 입에 달고 살던 그녀가 갑자기 어색해하면서 오빠라는 말을 한다. 나도 처음 들어보는 어색함에 좀 간지럽다는 말을 했다.

"그래도…… 한 번쯤은 이렇게 오빠라는 말을 하고 싶었어. 요새는 다시 애들이 형이라고 안 부르고 오빠라고 호칭이 바뀌었다던데 뭘? 하하."

사실 그랬다. 당시에는 여자 후배들이 남자 선배를 보고 오빠라 하지 않고 형이라 불렀다.

"그때는 정말 미안했어."

무슨 말을 꺼내려고 얘가 이렇게 살갑게 나오나 살짝 두려웠다. 술기운이 어느 정도 오르는지 게슴츠레 뜬 눈을 하고 나를 쳐다보는 정미를 보니 옛날 생각이 떠오른다.

정미는 가끔 일이 끝나면 자기 집으로 가는 대신에 내 자취방으로 나와 함께 귀가하곤 했다. 집 앞 슈퍼에서 페트병 맥주에 문어다리와 쥐포 몇 마리를 사들고는 집에 들어왔다. 그때 정미는 술을 많이 하지 못했다. 몸이 약하기도 했지만 나와 있는 자리에서 실수하지 않으려고 일부러 적게 마시는 거 같았다.

하루는 가투를 나갔다가 늦어져 단체 사무실에 들르지 않고 바로 내 집으로 들어왔다. 그날도 마찬가지로 맥주와 안주를 사들고 들어갔다. 나는 소주가 마시고 싶어 소주 한 병도 추가해서 조촐한 둘의 술자리가 벌어졌다. 명동과 종로, 광화문 일대를 돌아다니며 뛰어다니고, 쫓겨 다니다 최루탄 가스를 마시고 왔으니, 나나 정미나 목이 칼칼하고 목이 마른 것은 인지상정이었다. 맥주 한 잔이 그렇게 시원하고 다디단지는 정미도 처음 알았다고 너스레를 떨며 연거푸 잔을 들이켰다. 나는 소주를 따라 먹다가, 한 잔 할래? 라고 하자 정미가 잔을 내밀었다. 맥주하고 소주를 섞어 마시면 안 되는데, 라고 하면서도 단숨에 들이켰다. 물론 정미가 술을 전혀 하지 않는 것은 아니기 때문에 주저함은 없었다. 그러나 그날은 맥주를 연거푸 들이켠 후에 소주를 받아 마셨으니 술기운이 금방 올랐음이 분명했다.

정미는 말이 많아지고, 게슴츠레 눈을 떠 나를 바라보더니,

"형, 나 좀 봐봐. 나 여자로 안 보여? 형하고 이렇게 지낸지도 일년이 넘었잖아? 나 안아보고 싶지 않아?"

사실 정미를 안아보고 싶은 마음이야 굴뚝같았지만 무던히 참았다. 대학 언더써클 때부터 선배들이 서클 내에서 연애질은 절대 안 된다는 금기 아닌 금기 같은 것이 있어서이기도 했지만, 그것보다는 나의 성격이 고지식해서 결혼하기 전까지는 사랑하는 사이라 하더라도 여자를 지켜줘야 한다는 일종의 혼전순결주의를 신념처럼 지

키고 있었기 때문이었다. 그러나 그날은 조금의 예외가 벌어졌다. 방 바닥에 술병을 가운데 두고 정미가 게슴츠레 뜬 눈을 살짝 흘기며 내게 입술을 내밀었다. 나는 순간 가슴이 두방망이질을 하면서 터져 나오는 감정을 억제할 수 없었다. 나도 모르게 정미에게 다가가 입술을 포갰다. 누가 먼저랄 것 없이 격정을 참지 못했다. 그러다가 술병이 쓰러졌다. 술이 엎질러져 흘러내리고 있었다. 무엇에라도 들킨 사람처럼 깜짝 놀라 붙어 있던 몸이 떨어졌다. 쓰러진 술병을 일으켜 세웠다. 둘 다 서로 부끄러워 실소 같은 웃음을 흘렸다. 정미는 얼굴이 홍당무처럼 빨개졌다. 그 일 이후로 우리는 더욱 친밀해졌고, 단체 내에서도 그 감정을 숨기지 못해 회원들이 다 아는 공식커플로 인정이 되었다.

"그때는 오빠 마음 아픈 거 다 알면서도 어쩔 수가 없었어. 집에서는 밖에 나가지도 못하게 하지, 사실 난 오빠한테 기대고, 뭔가 확실하게 나를 붙들어주기를 기대했었는데……."

그랬다. 정미는 어느 날 내게 와서 하소연 하듯 말했다. 억지로 떠밀려서 선을 본다고, 하지만 정말 보기 싫다고. 무슨 말이라도 듣고 싶어 하는 간절한 눈빛으로 내 눈을 바라보면서 말이다. 그러나 나는 지금 결혼보다 독재에 신음하는 민중과 통일을 먼저 생각해야 한다면서 애써 태연자약했지만, 실상은 너무 비겁한 태도였다. 사실 시골 집에서 도와줄 형편도 되지 못하고, 민주단체에서 활동하는 사람이라 결혼은 꿈에도 생각 못하는 처지라는 것쯤은 정미도 알고 있는 상황이었다. 당시 이러한 고민에 부닥친 동료들은 보통 선택이 어렵지 않았던 거 같았다. 결혼을 해야 하는 상황에 닥치면 취직을 하든가, 전문직 자격시험을 준비해야 한다며 짐을 싸는 것은 흔히 일어나는 일이었기 때문이다. 정미도 아마 내가 그런 선택을 하기를 은근히 바랐을 것이다. 그러나 그런 일은 일어나지 않았다.

"나 그때 선 보고, 사실 흔들렸어. 그 사람도 만나보니 좋은 사람이었거든. 대학 졸업하고 바로 중견건설회사에 취업해서 착실하게 일하고 있고, 순수하고……."

잠시 침묵이 흘렀다. 내가 이제 와서 그런 소리를 들어야 하는지 의문이 들었지만 정미는 내 기분은 아랑곳없다는 듯이 말을 이어 나갔다.

"하지만 많이 고민했지. 오빠와의 많은 추억들도 생각나고. 정말 잠을 못 잤어. 그래서 한 번은 꼭 만나서 말은 해봐야 한다는 생각에 오빠를 찾아갔던 거야. 생각 나?"

사실 정미가 결혼하기 얼마 전 내 자취방에 찾아왔던 적이 있었다. 평상시에는 헐렁한 티에 청바지 차림이 보통이었지만 정말, 처음 보는 정장차림에 옅게 화장까지 하고 있었다. 정미는 방에 앉아 옷차림 자체가 어색하고 불편한지 안절부절못하는 것 같았다. 초조한 눈빛이 역력했다.

그러면서, 내가 누굴 만나고 왔는지 아느냐고 물었다. 나 그 사람하고 식사하고 오는 길이다. 오빠는 아무렇지도 않느냐고 또 물었다.

나 그 사람한테 시집가도 괜찮으냐고 재차 물었다. 그리고 고개를 숙인 채 눈물을 흘렸다. 나는 그 앞에서 기다려달라고 말하지 못했다. 나는 어떻게 말해야 할지 몰랐고, 정미의 손을 잡을 수도 없었다. 자신이 없었다. 정미는 일어나 가버렸다. 그리고 만나지 못했다. 얼마 후 결혼한다는 편지를 받았을 뿐이다.

기차는 단양을 지나고 있었다. 술이 떨어졌음을 안 내가 정미에게 더 마실까 하고 눈짓을 했다. 정미도 끄덕였다. 사실 나는 정미의 물음에 딱히 대답할 생각도 없었고, 너 결혼한다는 편지를 받은 날부터 며칠은 술에 빠져 죽다 살았다는 얘기를 할 필요도 없어서 술이나 더 마시자고 하며 화제를 돌리려 했기 때문이다. 조금 기다리니 통로에 판매원이 나타나 맥주 두 병을 더 시키고, 시간이 깊어 속이 출출하다고 생각한 정미가 김밥과 계란을 샀다. 정미가 계란을 까서 내게 하나를 건네준다. 나는 받으려고 손을 내밀었으나 정미가 손사래를 친다. 내 입으로 가져와 먹여주었다. 누가 보면 연인이나 부부지간인 줄 알 것이었다. 정말 얼마 만에 정미가 먹여주는 음식을 받아먹었는지 까마득하다. 한창 사귈 때는 항상 내 입에 먼저 먹여주고는 제 입에 가져가곤 하던 정미였다. 옛날 생각이 났는지 정미도 살짝 웃으며 남을 의식하듯 주위를 살핀다. 좀 부끄러웠나 보다. 그러나 아무도 우리를 신경 쓰지 않았다.

"그런데 너, 남편은 어떻게 하고 이렇게 남정네를 따라나서냐? 하긴 네가 먼저 여행가자 했지? 그러고 보니 내가 널 따라온 거구나!"

"그러네, 오빠가 날 따라온 거네!"

정미는 유쾌하게 맞장구를 쳤다. 그러나 과장된 몸짓에 어딘가 모르는 그늘이 느껴지는 것은 밤기차 안이어서가 아니었다. 정미가 여행을 떠나자고 했을 때도 남편하고 아이들이 있는데 괜찮겠냐고 했을 때, 의식적으로 남편 얘기는 피하고 있음을 느끼고 있었다.

"혹시? 너 남편하고 사이가 안 좋은 거냐? 네가 남편 얘기는 한 번도 하지 않는 게 이상하긴 해서 물어보려 했다만……."

내가 진지하게 정미의 남편 얘기를 꺼내자 체념한 듯 종이컵을 내밀었다. 술 한 잔 따라 달라는 것이다. 한 잔을 주욱, 들이켜고는 말을 꺼냈다.

"사실은, 오빠도 알잖아. IMF 터진지 한참 됐잖아. 우리 남편 건설회사 다니는데, 그 회사가 무너질지 누가 알았겠어? 순식간이더라고. 자금줄이 막혀서 그렇다나."

그랬다. 1997년 말 김영삼 정권이 막바지로 치달을 때였다. 경제성장의 성과에 만족하여 국제 경제 상황에 등한시 하였고, 외국자본을 많이 쓰고 있었으나 외환관리 정책은 실패하여 외환보유고는 바닥이 나버렸다. 국가신용도도 떨어지고, 화폐가치와 주식 또한 떨어졌다. 그럼에도 기업들은 은행돈을 빌려 무리하게 사업을 확장하였고, 일부 국민들은 해외여행이 급증하고 사치품을 소비하는 등 국내 경제 상황은 파국을 치닫고 있었다. 결국 정부는 IMF 구제 금융을 받아들였다. IMF 총재와 임창렬 경제부총리가 악수를 하며 기자회견을 한 이후로 우리나라는 엄청난 시련을 겪었다. 기업들은 빌린 은행돈을 갚아야 하는데 고금리로 인해 견디지 못하고 줄도산을 하게 되었다. IMF의 요구에 의한 대대적인 구조조정은 백오십 만이 넘는 실업자를 양산하는 등 서민들에게 강요하는 희생은 너무나 큰 것이었다.

"우리 남편도 그때 실업자 됐지. 그래도 그때는 누구나 겪는 일이라서 참을 만했어. 그런데 이 인간이 일자리를 찾지 않는 거야. 회사 그만두고 처음에는 여기저기 알아보기도 하고 일자리를 찾으려고 했는데…… 무슨 마음에 맞는 일자리가 쉽게 생기나? 다 어려운 땐데…… 그러다가 아예 포기하고 집구석에 들어앉은 지가 일 년은 넘었어. 이 인간은 하구한날 컴퓨터에 매달려서 게임에 빠졌고, 어떤 때는 날밤을 꼬박 세우는 날이 다반사야. 그 있잖아, 오빠도 알라나? 스타크래프트라는 거? 보다 못해서 나라도 나가 애들 밥값하고 교육비라도 벌어야겠다고 생각해서 대형마트에 취직까지 했어, 내가! 그러면 뭐해, 이 인간이 정신을 못 차리고 집구석에서 밖을 나갈 줄 모르니. 일 끝나고 돌아오면 그때도 여전히 마누라가 들어오건 말건 게임에 빠져 있는 거야. 그러니 화가 머리끝까지 치밀어 오르지. 마누라가 고생하고 들어오면 고생했다고 무슨 시늉이라도 해야 하는 거아냐? 하다못해 애들 밥이나 챙기고, 마누라가 늦을 거 같으면 부엌에 나가 밥이라도 앉히면 내가 그나마 남편으로 인정하겠어. 이제 진절머리가 나. 얘기도 안 한다니깐. 각방 쓴 지도 오래 됐고. 심각하게 고민하고 있어. 애들 땜에 결정을 못하고 있을 뿐이지. 그 인간 화상만 보면 진절머리가 나, 정말, 정나미가 다 떨어졌어. 그래서 오빠한테 연락해본 거야, 혹시나 하고. 정말 못 견디겠더라고. 어디 휑하니 바람이라도 쐬고 와야지. 그렇지 않으면 죽을 거 같더라니까!"

참고 참았던 응어리를 토해내듯 한번 쏟아지니까 폭포수처럼 쏟아졌다. 내가 끼어들 여지도 없이 자기 남편 비난을 하며 장탄식을 늘어놓았다.

"그래도, 네가 어떻게든 참아야지. 요즘 자살하는 사람도 많은데…… 그나마…….."

"차라리 그럴 용기라도 가졌으면 내가 불쌍해서라도 붙들고 울고 불고 하지. 내가 결혼할 때 그 인간을 알아봤어야 했는데 참! 그때는 착하고, 성격이 모난 데가 없어서 괜찮겠다고 생각했는데…… 이렇게 위기에 닥치니까 뭐, 아무짝에도 쓸모없는 인간이더라구. 다만 어디 일 톤 트럭이라도 끌고 나가 처자식 먹여 살릴 궁리라도 해야 할 거 아녀. 그런데…….."

나는 정미가 갑자기 낯설어 보였다. 예전의 정미의 모습이 보이지 않았기 때문이다. 많이 변했다. 정미는 성격이 당차기는 해도 남자 앞에서, 특히 내 앞에서는 다소곳하고 부끄럼을 타는(일부러 그랬는지는 몰라도) 그런 여자였다. 그런데 십여 년의 결혼생활과 IMF라는 풍파의 어려움 앞에서 정미는 입도 거칠어지고 무엇보다 부끄럼이라는 것을 모르는 아줌마로 변해 있었다.

"너 많이 변했다. 예전의 네가 아녀!"

정미는 내 말에 조금은 마음에 찔렸는지,

"오빠두, 결혼생활 해봐. 애들 뒤치다꺼리에다 속 썩이는 남편하고 오 년만 살아보면 다 이렇게 변해. 나두 옛날에 우리 엄마나 고모들 보구, 나는 절대 저렇게 되지 말아야지 했는데, 별 수 없더라구."

"어쨌든 남편하구 얘기 좀 진지하게 나눠봐. 설득도 해보구. 아이들이 무슨 죄가 있냐?"

내 말에 정미는 묵묵부답, 긍정인지 부정인지 모를 신음만 토해내곤 또 술잔을 내밀었다. 정미는 점점 취해가고 있었다.

"그나저나 오빠는 정말, 장가 안 가? 들리는 풍문으로는 사귀는 여자도 있었다고 들었는데……."

"어디서 그런 얘길 들었냐? 다 끝난 얘긴데 뭘, 내가 무슨 장갈 가겠냐? 너 같으면 나 같은 빈털터리에다 고지식한 놈에게 시집오겠냐구?"

나는 머쓱해져 술잔을 들어 정미의 술잔과 일부러 부딪쳤다. 괜히 그런 말을 꺼냈다 싶어 무안했다. 정미는 살며시 웃으며 내 곁으로 자리를 옮겼다. 마주보고 앉았다가 내 옆자리로 온 것이다.

"그때 내가 당차게 마음먹고 오빠를 구제해줬어야 했던 건데…… 나두 그때부터 오빠가 그 바닥을 떠날 수 없으리라는 걸 알고 있었어. 하지만 자신 없었지. 그런데 다 지나고 나니 별거 아니었는데…… 그냥 살면 되는 거였는데……."

그러면서 정미는 살며시 내 어깨에 머리를 기댔다. 술에 취해서인지 아니면 오랫동안 참아왔던 연정을 느끼고 싶었는지 모를 일이었다. 정미는 눈을 감았다. 나도 모르게 그녀의 어깨를 감쌌다. 정미는 가만히 있었다. 그녀의 눈에 눈물 같은 것이 얼비쳤다. 그렇게 한참을 죽은 듯이 있었다.

기차는 어느새 풍기를 지나 영주역 플랫폼에 들어서고 있었다. 아직도 주위는 어두컴컴하고, 밤새도록 지키고 있었을 가로등과 역사驛舍의 불빛만이 역 구내를 밝히며 반짝이고 있었다. 영주에서는 약 십 분간 정차한다며 혀를 굴리는 듯한 목소리의 안내방송이 두 번 연이어 반복되고 있었다. 휴식을 취하라는 말까지 덧붙여서. 기차를 타면 매번 들어본 목소리였지만 창문을 통해 들어오는 상큼한 새벽 공기를 마시고 있어서였을까, 어째 야릇한 매력까지 풍기고 있었다.

사람들이 웅성웅성 밤새도록 쭈그리고 앉았던 몸을 일으켜 밖으로 나가고 있었다. 어떤 사람들은 벌써 밖으로 나가 길게 심호흡을 하고 기지개를 펴는가 하면, 가볍게 몸을 풀듯이 맨손체조 비슷한 동작을 보이는 사람도 눈에 띄었다.

다시 객실 칸을 사람들이 채웠을 때는 아줌마나 아저씨와 같이 늙수그레한 사람들은 눈에 보이지 않았고, 예의 그 가벼운 옷차림들을 한 젊은 사람들뿐이었다. 우리 3호 칸만 그런 것 같지는 않았다. 관광을 목적으로 하지 않는 한, 이 느려빠진 열차를 타고 동해안까지 간다는 것은 너무 지루하기도 하고, 같은 자세로 밤새 의자에 앉아 있다 보니 어깨도 쑤시고, 다리 하나는 빠져나갈 것 같은 통증에 시달리기까지 했다. 그러니 일반 사람들이 이를 감내하면서 강릉까지 타고 가려면 대단한 인내력이 필요하리라. 이제 기차 안은 빈자리가 제법 남아 사람들은 제각기 가장 편안한 자세로 몸을 늘어뜨리고 있었다. 의자 하나씩을 차지하고 길게 누워 잠을 청하는 사람도 제법 눈에 띄었다.

밤을 도와 우리는 영주까지 남으로 남으로만 달려왔다. 이제는 영주를 기점으로 방향을 틀어 태백산맥의 준령을 넘어 동해를 향해 북으로 북으로만 달릴 것이다. 가슴 설레는 일이었다. 태백산맥의 준령을 기차를 타고 넘는 것 하며, 동해안 해안선을 따라 올라가며 펼쳐질 해돋이의 장관은 생각만 해도 가슴 벅차올랐다. 장마기간이긴 하지만 때마침 비가 그쳐 예감이 좋았다.

그때까지도 정미는 눈을 감고 자는 것인지 자는 척 하는 것인지 모르게 움직이지 않았다. 숨소리만 새근새근 날 뿐이었다. 나는 안 되겠다 싶어 정미를 자리에 뉘고,

"정미야, 불편하더라도 편하게 누워서 좀 자."

술기운을 못 이기는 듯, 눈을 게슴츠레 뜨고 나를 쳐다보았다. 알았다며, 어디 가지 말라고 조그만 소리로 속삭였다. 정미에게 입고 있던 잠바를 벗어 덮어 주었다. 안심이 되는지 이내 잠이 들었다. 나는 잠든 정미의 모습을 가만히 들여다보았다.

좌석에서 다리를 오므려 쪼그리고 잠을 청하는 그녀의 모습이 어

딘가 모르게 슬퍼보였다. 아니 내 느낌이 그랬을 것이다. 꾸부정한 어깨, 지쳐 보이는 듯한 얼굴 표정. 아! 벌써 그의 얼굴에서 세월을 느끼는 것일까? 나는 잠든 그녀의 얼굴과 검은 창에 비친 내 얼굴을 번갈아 쳐다보며 상념에 젖어들었다.

영주까지 오는 동안 나는 거의 말을 하지 않았다. 기껏해야 위로랍시고 몇 마디 던지면서 참으라고 한 말, 그것이 전부였다. 정미가 제 흥에 겨워서 말하는 것을 내심 진지한 표정까지 지어가며 고민에 동참하고 있는 듯 들어주고는 있었지만, 마음은 내내 편치 않았다. 생활이 어렵다는 얘기를 하며, 이혼도 심각하게 고민하고 있다는 정미의 말을 들으면서 오히려 내가 더 무력증에 빠지는 듯 혼란만 가중되었다. 이제는 이 생활도 더 버티기 힘들겠다는 자괴감에 매사 자신감이 없어지고 이전의 열정은 어디론가 사라지고 없었다.

나를 비롯해 동료들도 힘들어 했다. 제도권으로 들어가서 적극적으로 우리의 뜻을 펴야 한다고도 했다. 이제 시대가 변했다고도 했다. 또는 민중운동이 다 뭐냐고, 철딱서니 없는 놈들이라며 특정한 대상도 없이 서로 상처를 내며 마치 자기 자신을 보상받기라도 하려는 듯 험한 입을 놀려댔다. 이제 말, 말, 말만이 난무하고 있었다. 무엇이 진실이고, 무엇이 열정이었는지, 무엇이 그토록 1980년대를 살게 했는지 꼼꼼히 따져볼 여유도 갖지 못한 채 상실의 구렁텅이로 몰아가고 있었다. 우우, 뒤울 대숲에 심한 바람이 불어 대나무가 알 수 없는 신음을 지르며 한쪽으로 기울어 쓰러지듯 그렇게 쓰러지고 있었다.

용기도 쥐뿔도 없는 놈. 소심하기는 뭣에 써 먹을라 해도 쥐 좆만 해서 써먹지도 못할 놈. 그러면서 고집만 부리고 있으면 세상이 다 네가 생각하는 것처럼 변할 성싶은가? 번갯불보다도 더 번쩍번쩍, 빠르게 변하는 세상을 어떻게 살아가려고. 남들은 요리조리 잘도 빠져 나가서 세상을 희롱하고 있구만, 그래, 알량한 자존심만 지키면서 어두운 골방에 처박혀 있으면 세상이 너를 알아나 준다고 하더냐. 이런 말들이 내내 이명처럼 들리면서 괴롭히고 있었다.

가슴속에 지주처럼 붙들고 있던 무엇이 무너졌다. 삶이 삶인 것처럼 지탱해주던 팽팽한 긴장감이 하루아침에 무너지고 난 이후의 허무함, 바로 그것이었다. 그러나 딱히 그것이 무엇이라고 집어낼 수는 없었다. 오랜 시간 두고두고 곱씹어야 할 것 같았다. 아니 영원히 그것의 원인이 무엇인지 모를지 모르겠다. 그러면 무엇 하겠는가. 세상과 유리되어 고민만 하고 있을 때, 세상 속에 살던 정미는 저렇게 상처받고, 나에게 왔을 때 아무런 위로가 돼주지 못하는 존재인 것을.

몸이 으스스, 한기가 느껴졌다. 기차는 삼림이 울창한 산속을 힘에 겨운 듯, 평지를 달릴 때보다 더 큰 굉음을 울리며 오르고 있었다. 거무스름한 산세의 윤곽들이 거대하게 드러나고 있었다. 수천 년, 아니 수백만 년을 거기 그렇게 척, 버티고 있었으리라. 얼마나 의젓한가!

봉화를 지나 법전, 춘양, 현동, 승부, 석포, 철암, 백산, 도계, 마차리……. 가도 가도 끝이 없다. 굴을 지나면 또 산이고, 산을 넘으면 작은 마을이 옹송그리고 앉아 있다. 파르스름한 기운을 내뿜으며 미명의 새벽이 다가오고 있었다. 어디라고 기억이 되지 않는다. 산등성이를 넘어 달리고 있는데, 저 까마득한 산 아래 조그마한 마을이 보였다. 파르스름한 어둠 저 너머 희미한 사람의 불빛이 새벽안개 속을 뚫고 마치 부드러운 불빛의 가스등처럼 비추고 있었다. 저 마을은 필시 우리가 갈 수 없는, 꿈에도 그리던 마음의 본향인 듯했다. 혹시 천상의 마을이 아닌가 생각했다.

나는 한숨도 자지 못했다. 정미를 앞 의자에 뉘고 자는 정미를 물끄러미 바라보다가 태백산맥 준령을 넘는 열차의 바깥 풍경을 응시하며 끊임없는 상념에 사로잡혀 있었다. 정미는 잠자리가 불편한지 가끔 뒤척이긴 했어도 여전히 자고 있었다. 열차도 여전히 달리고 있었다. 그러다 갑자기 준령을 넘어 앞이 탁, 트이는가 싶더니 저 멀리 검은 바다가 넘실거리는 것이 보였다. 그렇다. 동해다. 넘실거리는 물만 보이는 것이 아니었다. 물이 끓고 있었다. 붉은 해가 솟아오르려 안간힘을 쓰고 있었다. 나는 순간 조바심이 일었다. 정미도 이 광경을 보아야 한다고 생각했다. 정미의 어깨를 흔들었다.

"야, 야, 일어나봐! 일어나!"

곤히 잠들어 있다가 갑자기 흔들어 깨우는 바람에 정미는 잠시 멍청하게 나를 바라본다. 나는 아무 말 없이 눈짓으로 창가를 가리켰다. 정미도 이내 알아차린 듯, 내 눈짓이 가리키는 차창으로 고개를 돌렸다. 창가로 바싹 다가섰다.

아무 말이 없다.

둘의 얼굴이 붉게 상기되어 가고 있었다. 바닷물도 온통 핏빛으로 물들어 우리 가슴속으로 밀물처럼 사정없이 밀려들고 있었다. 둘은 누가 먼저랄 것도 없이 마주보고 엷은 미소를 머금었다. 그게 무슨 뜻인지 말은 안 해도 알 수 있을 것 같았다.

불뚝불뚝 힘이 넘쳐흐르는 붉은 태양의 저 장엄함!

우리는 강릉까지 가지 않고 중도에 내렸다. 안내방송이 묵호역임을 알리고 있었다. 나는 묵호항의 생선 파는 아주머니들과 굵은 팔뚝의 뱃사람들이 갑자기 보고 싶어졌다. 팔딱이는 생선을 부리는 사람과 그것을 흥정하는 사람들의 팔팔한 부산함들이 보고 싶어졌다. 거기에 슬쩍 끼어들고도 싶어졌다. 오랫동안 내 가슴속의 그리움으로 자리 잡고 있던 사람들처럼, 그 사람들이 못 견디게 보고 싶어졌다. 내가 두고 온 사람들까지도 다시 그리워졌다. 나는 정미에게 동의도 구하지 않고 내리자고 재촉했다. 정미는 무슨 일인가 싶어 잠시 머뭇거리다가 알았다는 듯이 따라 나섰다.

"묵호항에 가보자. 거기 사람들 구경하러. 배 들어오고 시끌벅적할 거야!"

묵호항을 향하는 발걸음이 더욱 빨라졌다. 오히려 정미가 앞서 걷기 시작했다.

"오빠하고 여기 오길 잘한 거 같애. 오빠하고 쌓였던 얘기 다 털어놓고 나니까 시원하기도 하구, 체한 거 같이 꽉, 막혀 있던 가슴속이 전부 뚫린 거 같기도 하고…… 그동안 가슴속이 텅 빈 것처럼 허전해서 어찌할지 몰랐는데, 그 비워진 자리에 무어라도 다시 채워 넣을 수 있을 거 같애, 무어라도……."

정미가 뒤를 돌아보며 말했다. 상기되어 있는 듯했다. 아니 붉게 퍼져 오른 해돋이 후의 하늘빛에 정미의 얼굴이 물들어서일까?

"갑자기 아이들이 너무 보고 싶어지더라. 아까 이글이글 끓고 있는 해를 보니까 가슴속이 뜨거워져서 혼났어. 떠오르는 해는 아마도 그리움인 거 같아. 알 수 없는 곳에 잠겨 있다가 떠올라 텅 빈 마음을 조금씩 채워주는 그런 거……."

정미는 자기가 말을 하면서도 그게 무슨 말 뜻인지 모르겠는지 어깨를 씰룩, 하며 웃음을 지어 보였다. 다시 앞서서 걷는다. 발걸음이 가벼웠다.

나는 정미의 말이 맞을지 모른다고 생각했다. 사람에 대한 그리움이라는 거!

어느새 눈앞에 묵호항이 보인다. 바닥에 부려진 많은 고기들을 둘러싸고 사람들이 시끌벅적하다. 갈매기 한 마리가 우리 주위를 선회하다 저 멀리 바다로 날아갔다. 바다는 내가 생각했던 것보다 훨씬 넓었다.

늑대

1

자유를 위한 갈망은 어떤 위험을 무릅쓰고라도 탈출을 감행할 가치가 있었나 보다.

벌써 며칠째 소방헬기가 청계산 일대를 선회 비행하고 있었다. 태주는 야생동물구조협회 소속 엽사로서 동물원 동물 탈출사건이 생기면 협조요청을 받고 참여해오곤 했었다. 이번에는 과천동물원에서 말레이곰 한 마리가 우리를 탈출하여 청계산으로 도망쳤다 하여 협회를 통해 연락을 받고 곰 생포 작전에 투입되었다. 태주는 오랫동안 사냥을 취미로 일삼아오다 협회와 인연이 되어 활동해왔다. 지금은 협회의 간부직을 맡으면서 엽사 경력이 오래되어 이런 일이 발생할 때면 꼭 참여하도록 종용을 받곤 하였다. 그의 경험과 정확성, 통솔력을 높이 산 것이었다.

마취총을 들고 청계산 여기저기 능선이며, 계곡, 등산로를 헤매고 다닌 지 여러 날이 지났다. 애초에 곰을 생포하는 것이 목적이었으니 사살 목적으로 하는 총기의 사용은 금지가 되었다. 사살보다 생포하는 것은 몇 배 힘든 작업이다. 그럼에도 방송에서는 계속해서 생포 작전에 허탕을 치고 있는 수색팀과 관리당국의 허술함을 질타하고 있었다.

곰이 우리를 탈출한 것은 관리자가 곰의 우리를 청소하기 위해 들어가면서 먹이를 우리 밖에 둔 것이 원인이라고 하였다. 관리자가 우리를 청소하는 동안 밖에 놓아둔 먹이를 먹기 위해 곰이 안간힘을 쓰는 과정에서 우리의 문이 열려 곰이 탈출했다고 한다. 우리를 탈출해서 먹이를 먹는 것을 보고 깜짝 놀란 관리자가 소리를 치는 바람에 곰이 놀라 산으로 도망쳤고, 곰을 잡으려는 과정을 언론이 생중계하듯 보도하면서 온 나라가 난리법석을 치루고 있었다.

처음에는 곰이 동물원을 탈출해서 1.2킬로미터 떨어진 청계사 인근에서 발견되었다가, 등산객에 의해 이수봉 근처에서도, 또 헬기로 관측한 바로는 서편 산봉우리 매봉 근처 철탑 아래에서도 발견되었다. 말레이곰은 여섯 살의 젊은 곰이다 보니 민첩성이 남달랐고, 시속 60~70킬로미터를 달릴 정도로 무척 빠른 놈이었다. 그런 놈이 청계산 일대를 휘젓고 다니니 동에 번쩍, 서에 번쩍 하는 것은 당연했다. 그러니 수색은 큰 효과를 거두지 못할 수밖에 없었다. 엽사는 엽사대로, 소방대원은 소방대원대로, 동물원 직원들은 직원대로, 경찰은 경찰대로 일원화된 지휘체계 속에서 움직이는 것이 아니라 중구

난방이었다. 하물며 어제는 곰을 눈앞에서 놓친 적도 있었다. 눈 내린 골짜기 숲 속에서 곰이 먹이를 찾기 위해 머뭇거리는 것을 발견하였다. 그러나 기관 이기주의인지, 아니면 서로 공을 세우려는 욕심에서인지 소방대원이 포집망을 들고 먼저 설치하는 바람에 놓치고 말았다. 엽사인 태주가 뒤따르고 있었음에도 그 사이를 못 참고 서두르다 눈치를 챈 곰이 골짜기를 벗어나 능선을 타고 넘어가버린 것이다.

처음에는 동물원 당국이 행정기관에 요청하여 입산통제하고 모든 등산객의 출입을 통제하였다. 그러다 "곰이 온순하니 등산객에게 해를 끼치지는 않겠지만, 그래도 곰을 만나면 자극하지 말고 뒤로 재빨리 도망치라"는 말만 되풀이하면서 안이하게 대처했다. 그러나 생포가 늦어져 나흘째 되는 날 금방 잡힐 것처럼 생각됐던 곰이 잡히지 않자 등산객과 그들을 상대로 생계를 유지하던 노점 상인들의 빗발치는 항의에 부딪혀 입산통제를 푼 상태였다.

생포 작전 오 일이 지나도 성과가 없자 적극적인 생포 작전에서 곳곳에 포획틀을 설치하여 유인하여 생포하겠다는 방침으로 바뀌었다. 출몰이 잦았던 국사봉 부근에 우선 포획틀을 설치하고, 이어 이수봉 부근에도 네 개를 설치했다. 등산로나 곰이 다닐 만한 곳곳에 냄비에 꿀과 포도주를 넣어 유인하고, 포획틀 안에도 포도주와 꿀, 정어리 등을 넣어 놓았다.

태주는 마취총을 들고 곰이 나타났다는 곳마다 쫓아다니며 국사봉에서 이수봉, 매봉으로 뛰어다녔으나 아무런 소득이 없었다. 헬기는 산 위를 높이 선회하면서 곰의 위치만을 파악하고 아래의 체포조에게 정보를 전달해야 함에도 낮은 저공비행으로 오히려 곰을 자극하여 멀리 도망가게 하는 바람에 아무런 도움이 되지 못했다.

다행히 이번에는 생포하는 방침이 처음부터 정해져 태주로서는 마음의 부담을 덜면서 시작했다. 청계사에서 이수봉을 거쳐 국사봉으로 오르면서 포획틀이 이상 없나 살펴보기 위해 동물원 직원들과 등산로를 오르고 있었다. 멀리 능선을 바라보다가 일 년 전 일이 갑자기 생각났다. 태주로서는 도저히 잊을 수 없는 일이었다.

2

"선생님! 아리가 탈출했어요. 큰일 났어요. 어떻게 하죠?"

무척 당황한 듯 사육사가 급히 뛰어 들어오며 소리쳤다. 아리는 한반도에서 토종늑대를 복원하기 위해서 특별히 관리해오고 있던 암컷 늑대였다. 사육사가 우리 청소를 하고 먹이를 주기 위해 준비하던 중에 열려 있는 문을 통해 탈출했던 것이다. 매번 탈출하던 놈이라 조심했어야 했는데 잠시 방심한 사이 기어이 또 일을 벌였다.

당황한 기색이 역력한 사육사가 뛰어오는 것을 보고 정우는 웬 호들갑이냐며 의아한 눈초리로 그를 쳐다보았다. 수의관 생활 십수 년 동안 아리가 탈출한 적이 한두 번이 아니었기 때문이다.

"탈출했으면 근처 어딘가 있겠지 뭐. 걱정하지 말아요."

정우는 대수롭지 않다는 듯이 사육사를 맞았다. 그러나 어딘가 다르게 사육사는 다른 때와 달리 근심스런 표정이 역력했다.

"그럴까요? 그래도 좀······."

사육사는 정우의 태연자약한 태도에 조금은 안심이 되었지만 그래도 무언가 뒤가 찜찜한 것처럼 마음이 놓이지 않았다.

"그래도 한번 가보셔야죠? 본부에는 미리 알려놓긴 했는데······."

"그러죠, 가봅시다."

"금방 잡혀야 할 텐데······."

사육사는 초조한지 연신 중얼거리며 정우의 뒤를 따랐다. 만일 잘못되기라도 하면 사육사의 관리부실로 책임이 따를 게 분명했기 때문이다. 두 사람은 산림동물원 사육동으로 서둘러 나섰다.

정우와 아리는 인연으로 따지자면 십이 년이란 세월이다.

우리 산하에서 한국 늑대는 멸종된 지 오래되었다. 구한말까지 늑대는 한반도에 널리 분포하였다. 그러나 일제강점기에 해로운 동물을 없앤다는 이유로 삼천여 마리가 넘는 개체수가 대량학살을 당하였다. 이때 늑대뿐만이 아니라 호랑이, 여우 등도 대량 학살되었던 것은 잘 알려진 사실이다. 그리고 해방 후에도 늑대 사냥은 멈추지 않았고, 6·25 전쟁을 겪으면서 야생동물들은 또 한 번 참화를 당했다. 이후 쥐잡기 운동이 벌어지면서 광범위하게 쥐약이 뿌려지고 죽은 쥐 등을 먹은 야생동물을 늑대가 먹이로 취하면서 더욱더 멸종은

가속화되었다.

1960년대에 경기도 포천, 충북 괴산, 강원도 삼척, 경북 울진, 영주, 문경, 청송, 청도, 경남 거창, 함양 합천 등지에 십여 두 단위로 서식하였다고 알려졌지만, 공식적으로 발견된 것은 1965년 경북 청송에서 한 두가 포획되었고, 1964년에서 1967년 사이 경북 영주에서 다섯 두가 생포되어 창경궁에 전시되었다. 이후 영주 늑대의 후손들 중 마지막 한 두는 지난 1996년 광주동물원에서 서울대공원으로 옮겨간 직후 폐사하여 동물원의 한국 늑대는 멸종되었다.

기록에 의하면 1968년 충북 수안보에서 원병휘에 의해 한 두가 포획되었고, 1969년 우한정에 의해 한 두가 발견되었으며, 1980년 경북 문경에서 한 두가 생포되었으나 곧 죽었다고 하였다. 1991~1992년에 걸쳐 한겨레신문의 조사 결과 경남 함양군과 합천면에서의 늑대의 서식이 추정되었을 뿐 현재 남한에서 늑대가 멸종되었다고 단정할 수는 없지만 생존해 있다고 해도 극소수일 뿐이라는 것이 대체적인 견해였다.

이러한 연유로 한국 늑대의 번식과 유전자원 보전 및 생태연구를 목적으로 늑대 한 쌍이 광릉숲 국립수목원에 보금자리를 틀었다. 늑대 번식 프로젝트에 따라 씨늑대 늑돌이와 암늑대 늑순이를 과천 서울대공원에서 국립수목원으로 이사시킨 것이다.

정우는 그 당시의 상황이 눈에 선하다. 국립수목원 동물원에서 수의관을 하고 있었으므로 토종늑대 복원프로젝트의 일환으로 서울대공원에서 국립수목원으로 늑대 한 쌍을 수송하는 작전에 참여하였기 때문이다. 그 작전을 수행한 것이 2004년도 겨울이었다.

그때 당시 수놈 늑돌이는 여섯 살이었고, 암컷 늑순이는 일곱 살이었다. 이들을 옮기던 중 수컷 늑돌이가 호송차량의 나무 우리를 물어뜯고 탈출해 청계산으로 도망가 버린 것이다. 그 바람에 헬기가 동원되는 등 대대적인 색출·포획 작전이 펼쳐져 별다른 사고 없이 포획하였지만 이때 늑돌이는 늑대의 외모에서 매우 중요한 꼬리를 다쳤다. 이 사건 이후 늑돌이는 빠삐용이라는 별명까지 갖게 되었다. 빠삐용 늑대 수컷 늑돌이는 1999년 동물구조관리협회가 중국 하얼빈동물원에서 들여와 서울대공원에 기증한 것이었다.

다시 잡힌 늑돌이를 보름간 심리치료를 하고 안정을 충분히 시킨 다음 이송을 시켰다. 이송을 맡은 동물구조협회는 나무 우리를 물어뜯고 탈출한 점을 감안하여 철제 우리로 교체하고 신중하게 이송을 하였다. 그렇게 세간의 시끄러운 관심을 끈 끝에 미리 국립수목원에 간 늑순이와 같은 우리에 합사할 수 있었다.

정우는 그 과정에서 늑돌이와 늑순이를 만나게 되었고, 주의 깊게 살펴볼 수 있었다. 그들과의 첫 만남, 특히 늑돌이와는 요란하고 신기한 어떤 이끌림 같은 묘한 매력이 느껴지는 만남이었다. 늑돌이가 우리를 극적으로 탈출해서였기도 했지만 어쩐지 야생에서 뛰놀던 강인한 늑대가 동물원에 온 것이 아닌가 하는 강한 호기심이 발동한 것도 사실이었다. 물론 탈출한 이후 추위와 허기로 몰골이 볼품없었고,

다시 잡혔을 때는 어딘가 두려움에 떨며 구석으로 자꾸 숨어들어가려는 모습을 보였던 것은 어쩔 수 없는 현실이었지만 안정을 찾고 국립수목원 산림동물원 늑대우리에 풀어놓아졌을 때의 그 위용을 지금도 잊을 수가 없다. 늑돌이는 늑순이가 다가와도 거드름을 피며 거들떠보지도 않고 높은 곳에 앉아 숲 속을 바라보는 것 같았다. 울어대는 긴 늑대울음은 숲 속 멀리 퍼져나가도록 우렁찼다. 그 울음소리의 전율을 잊을 수가 없었다. 숲 속이 일순간 정지되는 느낌을 받았다. 자신의 처지를 슬퍼하는 구슬픈 소리였는지, 아니면 자기의 위용을 과시하는 우렁찬 목소리였는지 구분할 수 없었다. 그러나 가슴을 후벼파는 듯 슬프면서도 우렁찬 묘한 여운의 늑대울음이었다.

3

정우는 원래 늑대에 대해서는 특별히 아는 것이 없었다. 수의사로서 활동해온 것이 삼십여 년이었다. 외유라고 하면 대학에서 강의 요청을 해 몇 년 외부 강사로 나갔던 것이 전부고, 개업을 하여 애완동물이나 가축을 돌보는 정도의 따분한 생활을 거듭해오다가 우연히 야생동물구조나 보호운동을 하는 사람들을 알고부터는 본업은 팽개쳐두고 야생동물에 위험한 사고가 생길 때마다 수의사랍시고 그들을 쫓아다니면서 봉사 아닌 봉사를 하기 시작한 것이 여기까지 온 것이다. 어느 날 동물구조협회에서 우리나라 토종늑대를 복원한다며 중국에서 늑대를 들여오고, 마침 동물원에서 수의관을 구한다는 말에 따분한 생활을 청산하고 무언가 새로운 일을 해봐야겠다는 일념으로 큰 고민 없이 이 일을 지원하여 참여하게 된 것이다.

그때부터 정우는 늑대에 관하여 공부하면서 우리나라 늑대의 역사에 대해서 자료도 찾아보고, 늑대의 습성에 대하여 열심히 연구하였다. 정우가 늑대에 대해서 아는 것이라곤 어렸을 때 읽은 시튼의 『동물기』에 나오는 늑대왕 로보에 관한 것이 전부였다. 늑대왕 로보는 뉴 멕시코주 북부의 광활한 목축 지역인 커럼포 일대에서 군림했던 잿빛 늑대였다. 다섯 마리의 부하 늑대만을 거느리며 일대를 공포에 떨게 만들었던 늑대왕 로보, 정우는 그 책을 통해 늑대에 관한 어렴풋한 기억을 가지고 있을 뿐이었다.

정우는 늑대 우리에서 떠나지 않았다. 물론 수의사가 늑대만을 돌보는 것은 아니지만 늑대에 대하여 공부하면 할수록 묘한 끌림이 있었다. 처음에는 본척만척 신경도 안 쓰던 놈들이 나중에는 발소리만 가까워져도 꼬리를 흔들며 울타리 곁으로 다가와 아는 척을 했다. 늑돌이와 늑순이는 사육사와 정우의 친구가 되고 있었다.

늑대는 티베트승냥이라고도 하고, 식육목 개과 동물이긴 하지만 개보다 크고 다부지게 생겼다. 아마도 모양이나 크기로 볼 때 셰퍼드와 비슷할 것이다. 보통 몸길이 100~130cm, 어깨높이 62~76cm, 꼬리길이 34~50cm, 몸무게 25~45kg 정도 나간다. 그러나 늑돌이와 늑순이는 야생의 늑대들과 비교했을 때 조금 왜소한 편이었다. 야생에서 마음껏 뛰놀며 자란 늑대와는 성격이나 몸 크기 등이 다를 것이라는 점은 짐작하고도 남음이 있었다.

늑돌이와 늑순이를 관찰하면서 안 일이지만 꼬리를 위쪽으로 구부리지 않고 항상 밑으로 늘어뜨렸다. 개는 꼬리를 치켜들고 주인에게 꼬리를 치거나 아니면 겁을 먹을 때 정도만 꼬리를 내리고 다리 아래 감추곤 하는데 늑대는 그렇지 않았다.

늑대의 다리는 길고 굵으며 그 굳센 다리로 늠름하게 앞을 응시한다. 몸은 셰퍼드와 같이 날씬하지 않고 조금 둔하게 보인다. 꼬리는 긴 털로 덮여 있으며 발뒤꿈치까지 늘어졌고, 코는 넓은 머리에 비해 길고 뾰족하다. 이마는 넓고 약간 경사졌다. 눈은 비스듬히 붙어 있고, 귀는 항상 빳빳이 일어서 있다. 털 색깔은 모래색을 포함한 회황색에서 탁한 백색까지 변이가 심하다고 하는데 이것은 아마도 서식하는 환경에 적응하면서 털빛깔이 변한다고 보아야 할 것이다. 늑돌이와 늑순이는 회황색에 가까운 듯하면서 백색의 털빛이 드문드문 비치는 놈이었다.

늑돌이와 늑순이를 합사시키고자 하는 가장 중요한 목적은 이들을 통해서 새끼를 낳게 하여 자손을 번식시키고자 함이다. 한반도의 야생에 늑대가 서식하게 하는 것이다. 따라서 정우는 늑대의 번식과 관련한 지식을 자료를 찾아 숙지하고 있었다. 늑대의 번식기는 한겨울인 1~2월이며, 임신기간은 60~62일이고, 4~6월에 3~6마리의 새끼를 낳는데, 많게는 열 마리까지도 낳는다고 한다.

몽골 초원에서 서식하는 늑대를 촬영한 다큐멘터리를 찾아서 보기도 했는데, 임신한 늑대는 새끼를 위하여 굴속에 매우 복잡하고 다양한 여러 가지 모양의 보금자리를 만들어 새끼를 낳고 있음을 알았다. 큰 바위와 바위 사이, 절벽의 큰 바위 밑, 자연동굴 같은 곳에 보금자리를 선정하고 마른 풀, 짐승의 날가죽, 짐승의 털 같은 것을 넣어 둔다. 새끼가 위험할 때는 이곳저곳으로 새끼를 옮겨 다니기도 한다. 그래서 수목원의 늑대우리도 최대한 자연조건에 근접하게 만들어주려고 애를 썼다. 큰 바위와 돌 틈 사이 공간을 만들어주거나 자연동굴 비슷하게 파놓아 그 속에서 쉬게도 하고, 출산하면 새끼도 키우게 하기 위하여 만반의 준비를 하였다.

늑대는 보통 일부일처제로 가족 단위로 생활한다. 하지만 먹이가 부족하거나 집단으로 사냥할 필요성이 있는 겨울에는 여러 가족이 모여 큰 떼를 형성한다. 늑대는 식욕이 대단하여 양이나 염소 등을 앉은 자리에서 해치우고, 오륙 일간 굶어도 살 수는 있지만 물을 먹지 않고는 얼마 살지 못한다고 한다. 죽은 동물의 고기도 잘 먹지만 들꿩, 멧닭과 같은 야생조류들도 잘 잡아먹는다. 주로 야행성이고 때에 따라서는 낮에도 활동한다.

정우는 늑대의 습성이나 생태를 파악하여 최대한 자연 상태와 같은 환경을 제공하려고 노력하였으나, 이러한 늑대의 습성은 야생에서 자유롭게 자랄 때 해당되는 것이고 아무리 야생에서의 조건, 환경을 고려해준다고 하더라도 동물원의 환경은 늑돌이와 늑순이에게는 상당히 스트레스가 쌓이는 모양이었다.

정우는 늑돌이가 신경이 쓰였다. 늑순이와 우리에 합사할 때부터 둘의 관계는 서먹했다. 처음 만나는 신랑 신부가 부끄러움을 타며 쭈뼛거리는 것처럼 서로는 좀처럼 다가가지 못했다. 한 살 위인 늑순이는 늑돌이에게 관심을 표하듯 냄새를 맡으려 다가가도 오히려 수놈인 늑돌이가 꼬리를 감추고 슬슬 피하기만 했다. 정말 이상하다고 생각했다. 본래 수놈이 암컷 주위를 배회하며 주의를 끌고 온갖 아양을 떨어 암컷의 환심을 사려는 것이 자연의 이치일진데 늑돌이는 전혀 그렇지 않았다. 혹시 늑돌이가 탈출할 당시 꼬리를 다쳐 일부가 잘려 나간 외모 콤플렉스 때문에 그런 것은 아닌가도 생각해봤다. 그러나 어찌 짐승이 꼬리 일부가 없다고 외모 콤플렉스까지 있으랴 싶지만 어쨌든 늑돌이는 늑순이를 소 닭 쳐다보듯 했다. 나중에는 '연상녀'인 늑순이도 늑돌이를 외면했다. 외모에 자신이 없던 늑돌이가 늑순이를 피한 것인지, 늑순이가 꼬리의 일부가 잘린 늑돌이를 저버린 것인지 알 수 없지만 둘 사이에서 새끼는 나오지 않았다.

정우는 속이 탔다. 벌써 이 둘을 합사한지도 이 년이 다되어가는데 새끼는커녕 둘이 사랑도 하지 않고 있으니 사육사도 정우도 모두 그 책임이 자신에게 있는 양 밥맛이 없을 지경이었다. 토종늑대 복원프로젝트의 일환으로 진행되는 이번 일이 이 년이 지나도 아무 성과가 없자 정우와 산림동물원 관계자, 복원프로젝트 담당 환경부 책임자,

과천동물원 담당자까지 모여 회의를 거듭했다. 정우는 조금 더 기다려보자고 주장했으나 설득력을 갖지 못했다. 그동안 기다려온 것도 많이 기다린 거 아니냐? 명시적으로 말은 안 하지만 은근히 정우의 늑대에 관한 전문성이 부족한 것 아닌가 하는 뉘앙스의 말을 환경부 담당자에게 듣기까지 하면서 더 이상 늑돌이를 붙잡을 수 없겠다는 절망감에 사로잡혔다. 그동안 그놈한테 정이 들은 것을 생각하면 그냥 포기할 수는 없는 노릇이었지만 어쩔 수 없었다.

그때 과천동물원 담당자가 새로운 제안을 했다. 늑돌이가 늑순이와 합궁을 못하는 것은 아마도 너무 친근해져서거나, 아니면 늑돌이가 탈출할 당시 충격으로 겁이 많아져서 수컷 구실을 못하는 것일지도 모르니 다른 수컷으로 교체하는 게 어떻겠냐는 제안이었다. 마침 세 살짜리 젊은 늑대가 있으니 그놈을 여기에 교체 투입하자는 것이었다. 환경부 담당자는 좋은 방안이 나왔다며 희색이 만면하여 당장 그렇게 실시하자고 서둘렀다. 국민들의 관심이 있는 이런 사안에 한시라도 성과를 내고 싶은 욕심을 여과 없이 드러냈다. 젊은 수컷을 투입하면 당장 내년에라도 새끼를 볼 수 있겠네, 라며 언제 얼굴에 근심 자국이 있었냐는 듯 밝아져 있었다. 늑돌이는 바로 과천대공원으로 돌아갔고, 새로운 신랑 늑대가 늑순이 아리의 배우자로 들어왔다.

4

    태주는 청계사를 지나 이수봉을 오르고 있었다. 동물원 관계자들과 경찰, 소방관 등 그리고 태주를 비롯한 엽사들이 조를 나눠 대대적으로 수색을 하면서 포위망을 좁혀가기로 한 것이다. 미리 설치해 놓은 포획틀을 중심으로 살펴보기로 했다.

    곰이 대부분 등산로를 따라 이동하는 것으로 파악하고 매봉부터 청계사로 이어지는 등산로를 중심으로 포위망을 좁히고, 등산로에 닭고기와 사과 등 말레이곰이 좋아하는 먹이를 집중적으로 뿌려 배고픈 곰이 먹이를 따라 자연스럽게 대공원 방향으로 오는 작전을 펼치기도 했지만 모두 실패였다.

    이때까지만 해도 서울대공원 관계자는 안이하게 생각했다. 곰이 먹잇감 부족이나 귀소본능으로 멀리 가지는 않을 것으로 보고 쉽게 잡힐 것이라고 생각했다. 하지만 말레이곰이 동남아시아에서 서식하는 곰이어서 추위를 피해 숨을 가능성이 제기되었으며, 더군다나 청계산 이수봉 정상 부근 음식 판매대 천막 곳곳이 뜯겨 나갔고, 라면, 양갱, 소시지를 먹은 흔적과 함께 찢긴 음료수 캔이 발견된 것으로 보아 곰이 다녀간 것으로 보고가 올라왔다. 또한 인근에 배설물도 보였는데 변 색깔이 푸르스름한 것으로 보아 푸성귀 같은 것을 뜯어먹은 흔적이 보이는 것 같다고도 하였다. 이러한 활동상으로 볼 때 애초 우려했던 겨울잠은 자지 않을 것으로 추정됐지만 우리를 비웃기라도 하듯 말레이곰은 신출귀몰하며 수색조들을 따돌렸다. 말레이곰이 사람이 없을 때는 등산로를 이용하고, 사람의 흔적이 느껴지면, 계곡이나 능선을 타고 이동하면서 수색팀을 따돌리는 것으로 판단됐다.

수색이 장기화되면서 청계산 일대 상인의 불만이 점점 고조되기 시작했고, 나아가서는 언론까지도 문제점을 지적하는 등 수색과 포획을 맡은 담당자들은 초조해지기 시작했다. 새로운 대책이 필요했던 것이다. 말레이곰이 사냥개를 따돌릴 정도로 이동 속도가 빨라 수색보다는 먹이가 담긴 포획틀로 유인하는 게 가장 현실적인 방법으로 보았다. 결국 비상대책회의를 열어 포획틀을 만들어 생포하기로 하고 멸종위기종복원센터 지리산곰복원팀의 도움을 받아 곰이 다닐 수 있는 길목이나 목격되고 있는 곳에 설치하기로 했다.

그래서 청계사 위쪽 능선과 이수봉과 청계사 사이, 국사봉과 녹향원 사이 등 세 곳에 설치했다. 포획틀은 드럼통 두 개를 붙여놓은 꼴의 모양이다. 안에는 곰이 좋아하는 포도주, 꿀, 정어리 등을 넣어 곰이 먹이를 먹으러 안으로 들어가면 센서가 작동해 문이 자동으로 닫히도록 만들어졌다. 그리고 서울대공원은 곰이 먹이 부족으로 배고픔을 느끼면 포획틀로 다가설 확률이 높다고 보고 청계산을 찾은 등산객들이 과일 등 음식물을 버리지 말아 줄 것을 언론을 통해 당부하기도 했다.

"그나저나 그놈이 어떻게 탈출한 겁니까?"

태주는 언론이 떠드는 이야기도 있어 짐짓 모르는 척 옆에서 같이 걷고 있는 대공원 관계자에게 물었다.

"언론에서는 어떻게 지어낸 얘긴지 그렇게 떠들고 있잖아요. 그거 다 헛소리예요."

태주의 물음에 그가 퉁명스럽게 대답했다.

언론에서는 추측성 기사를 쏟아냈다. 달아난 여섯 살짜리 수컷 말레이곰 '꼬마'가 서른 살짜리 암컷 '말순이'와 짝짓기에 실패하며 쌓인 스트레스가 탈출의 원인일 수 있다는 것이었다. 꼬마는 번식기에 말순이가 짝짓기를 거부해 자주 짜증을 내는 등 사이가 좋지 않았다고까지 했다. 거기에 덧붙여서 일테면 말레이곰의 수명은 스물다섯에서 서른 살로 꼬마는 청년, 말순이는 할머니에 해당해 짝짓기에 한 번도 성공하지 못했다면서 그러한 스트레스 때문에 탈출했다는 보도였다.

태주는 이전에도 이런 비슷한 얘기를 들어서 정말 그럴까 싶어 마침 동물원 관계자가 옆에 있어 물어보았다. 몇 년 전에도 늑대가 탈출해서 포획하러 출동한 적이 있었는데, 거기 사육사로부터 들은 터라 신기하다 싶었던 것이다. 그 당시에도 암컷 늑대 아리가 사람으로 치면 사십 대의 중년 암컷늑대였고, 합사한 수컷은 이십 대의 젊은 청년에 해당하는 어린 늑대였다는 말을 들은 적이 있었다. 그러나 늑대가 탈출한 원인이 나이차로 인한 스트레스라고는 명시해서 얘기하진 않았어도 그 말이 언뜻 생각나 호기심이 발동했던 것이다.

"몇 년 전 포천에서 늑대가 탈출했을 때도 그런 비슷한 얘기를 들은 적이 있어서요!"

태주는 계면쩍은 듯이 머리를 긁적였다.

"저도 그 내용은 알아요. 그게 우리나라 동물원의 현실이에요. 어쩔 수 없이 그렇게 합사시키고 있죠. 개체수가 워낙 적다 보니……."

"그럼 그건 전부 추측에 불과한 거군요?"

"그렇죠. 그렇게 했다고 짐승이 스트레스 받아서 탈출했겠어요?"

"사육사가 실수한 거예요. 먹이주려다가 우리 문을 소홀하게 관리한 탓이죠. 이번 말레이곰 만해도 그래요. 사육사가 먹이를 주려고 들어가면서 고리를 걸어두긴 했는데, 곰이 문을 잡아 흔드니까 고리가 우연히 벗겨진 모양이에요. 그 틈을 타 이놈이 탈출한 거죠. 에이, 추운 겨울에 이런 생고생을 시키고……."

그는 등산로 옆에 침을 칵, 뱉고는 앞서가기 시작했다.

태주는 뒤를 쫓아가며 그래도 짝짓기를 못해서 그 스트레스로 탈출할 수도 있겠다는 생각을 어렴풋이 하고 있었다. 늑대 탈출 건도 그렇고, 이번 말레이곰 탈출 건도 그러한 연유가 끼어들어 있으니 단순히 우연이라고만 할 수 있을까 생각해보았다.

"그나저나 이번에는 잡혔으면 좋겠어요. 이게 무슨 고생입니까?"

태주는 혼잣말처럼 중얼거리며 동물원 관계자를 위로한답시고 한마디 던졌다. 그도 공감한다는 표정으로 뒤를 돌아보았다.

"형씨는 포수생활 얼마나 되었수?"

"예, 한 이십 년 되죠. 처음에는 친구 따라다니며 재미 붙이다가 아예 직업처럼 되었으니 원."

태주는 눈을 돌려 능선을 바라보았다. 그동안 타고 넘은 능선이 수십 번이니 이 분야에선 베테랑 소리를 들을 수밖에 없었다. 얕은 계곡 여기저기에는 허연 눈밭이 그대로 있었다. 아직 겨울이 본격화되지도 않았는데 며칠 전 온 눈이 쌓여 더욱 추워보였다.

"그런데 말레이곰이 열대지방에서 살던 놈이잖아요. 이 추위에 잘 견디는 거 보면 신기해요?"

"다들 그런 얘길 합디다. 이놈이 우리나라에 들어와서 겨울을 벌써 사오 년은 살아서 아마 충분히 적응이 됐을 겁니다."

"그렇군요."

그렇게 말하는 순간 멀리 포획틀을 설치해놓은 것이 보였다. 태주와 일행은 아침 일찍부터 산을 타고 있는지라 입김을 후후, 내뿜으며 숨을 헐떡이고 있었다. 제발 잡혀 있기만을 빌었다. 이수봉을 거의 다다르고 있었다. 이수봉 근처에 포획틀을 네 개 설치하고 있어 그 네 개를 다 돌아보려 해도 꽤 시간이 지체될 것이었다. 그런데 예감이 적중한 것인지, 아님 간절함 때문이었는지 포획틀에 움직이는 검은 그림자가 언뜻 비치는 것 같았다.

"어, 잡힌 것 같은데요?"

태주의 말에 일행은 흥분하며 단숨에 포획틀에 다가갔다. 곰이 다닐 만한 이수봉 남쪽 청계사 방면 사면에 설치해놓은 포획틀이었다. 구 일간이나 도망 다니며 애를 먹이던 조그만 꼬마 곰이 포획틀 안에

64

서 불안한 기색을 감출 수 없었는지 통 안을 이리저리 들이받으면서 흥분해 있었다. 사람이 다가가니까 더욱 불안해하는 것 같았다.

태주는 동물원 관계자의 눈짓을 받고 말레이곰의 둔부를 향해 마취총을 발사했다. 이내 말레이곰은 눈의 초점을 잃고 힘이 빠져갔다. 마취되어 축, 늘어진 말레이곰을 통에서 꺼내 운반용 망에 단단히 묶어 헬기에 실어 보냈다.

"아이고, 수고들 했습니다. 내려들 가시죠."

"일찍 잡혔으면 저도 고생 덜하고 우리들도 고생 안 했을 텐데, 참, 구 일이나 도망 다녔으니, 그 삐쩍 마른 것 좀 보슈."

태주는 그동안의 피로가 한꺼번에 달아남을 느끼며 산을 터벅터벅 걸어 내려왔다. 이번에는 무사히 생포해서 무척 다행이라고 생각했다. 작년이지 싶다. 그때는 마취총이 아니라 실탄을 발사하는 엽총을 사용했다.

5

정우는 오늘도 동물들을 살피러 산길을 올랐다. 국립수목원의 산림동물원은 수목원길 아래 산림박물관이나 수목원 조성지로부터 산길로 이십여 분 이상을 걸어 올라가야 다다를 수 있는 곳에 위치하고 있다. 정우는 수목이 울창한 이 산길을 오르면서 매번 착각에 빠질 때가 많았다. 마치 북쪽에 있는 개마고원이나 백두산 밀림 속을 걷고 있지 않나 하는 환상 말이다. 물론 짧은 시간 걸어 오르면 다다르는 산길이지만 이곳이 황량하고 나무들로 가득 들어찬 고원지대 삼림이 었으면 하는 마음이 부지불식간에 스쳐가곤 했다. 언제부터 그런 생각이 들었는지 정확하진 않지만 정우가 돌보는 늑대 아리가 애처로워 보일 때부터가 아니었나 생각된다. 우리에서 늑대 부부가 정우의 발소리를 듣더니 이리저리 날뛰며 좋아한다.

늑대는 원래 경계심뿐만 아니라 인내심도 대단한 동물이다. 정우가 늑대에 대하여 파고들면 들수록 그들의 생태를 더 알아야겠다는 욕심이 생겼다. 다양한 자료들을 모으고 책도 닥치는 대로 읽었다. 잭 런던의 『야성의 부름』을 감명 깊게 읽었고, 마침 중국에서 늑대에 관한 책이 인기라 해서 번역도 되기 전에 구해보았다. 장룽의 『늑대 토템』이라는 책인데, 정우는 이 책에 금방 마음을 빼앗겼다. 물론 중국어로 된 책이고 또한 그 분량이 방대해서 읽는데 많은 시간과 노력이 드는 것도 사실이었다.

장룽은 중국 문화대혁명 때 베이징의 지식 청년으로 네이멍구 올란 초원에 정신개조와 노동봉사를 하기 위해 하방 되어서 칠 년간 초원 민족과 늑대를 관찰하고 베이징으로 돌아왔다. 이를 토대로 이십 년간 늑대에 관해 연구하고 칠 년 동안 이 위대한 소설을 썼다고 한다. 몽골 사람들이 늑대는 절대 길들일 수 없다는 말을 하듯이 사람이 데려다 아무리 애정을 쏟아도 늑대는 자기 영역을 절대로 양보하지 않으며, 결국 광야로 돌아가고 싶은 야성을 잃지 않는다는 것, 그리고 어떤 위협의 순간에도 존엄성을 잃지 않는다는 이 책에서의 늑대에 관한 이야기는 정우로 하여금 그 어떤 감동보다도 더 진하게 다가왔다.

소설이라고 하지만 장릉이 늑대들을 직접 체험하면서 쓴 일종의 자전적 소설이라 늑대의 생태나 습성, 그리고 초원의 역사에 대하여 사실성 있고 실감나게 그려져 있어 늑대를 아는데 많은 도움이 되었다. 이 소설을 통해 정우는 늑대에 대하여 더욱 경외감을 갖게 되었고, 심지어는 몽골 초원에 사는 늑대를 만나보기 위하여 휴가를 받아 두 번씩이나 몽골에 다녀오기도 했다. 사육사들은 그런 정우를 보고 늑대에 미친 사람이라고 쑥덕거리기도 했다.

늑돌이가 과천서울대공원으로 돌아가고 세 살짜리 젊은 늑대를 늑순이의 신랑으로 다시 받아들였다. 사람으로 치면 사십 대 중반의 연상녀가 이십 대 초반의 연하남과 짝을 이루게 된 것과 마찬가지다. 정우는 어떻게든 늑돌이가 이곳에 남아서 늑순이와 연을 맺은 만큼 교미가 이루어져 새끼를 보았으면 한 것이 솔직한 심정이었지만, 오히려 늑돌이가 늑순이를 거부하고 세월만 까먹고 있으니 더 이상 설득할 명분이 없었다. 결국 늑돌이와 헤어지고 새로운 신랑을 맞아들이게 된 것이다.

원래 늑대는 일부일처로 생을 사는 것으로 알려져 있다. 시튼의 『동물기』 늑대왕 로보에도 보면 수컷 늑대 로보는 암 늑대 프랑카를 살뜰하게 대하고, 그 애정 또한 사람에 비할 바가 아닌 것으로 그려져 있다. 프랑카가 사람에 의해 먼저 죽었을 때도 그 영리하던 로보가 판단력을 흐려 결국 죽음에 이르게 되는 원인이 된 것으로 보아 늑대는 짝이 정해지면 죽을 때까지 서로의 짝을 위해 충실한 배우자가 되는 모양이다.

따라서 정우는 처음에는 걱정했다. 늑순이가 형식적이긴 했어도 늑돌이와 두 해를 한 우리에서 살았는데 갑자기 다른 늑대를 합사하게 되면 스트레스나 경계심으로 서로를 멀리하거나 심지어 물어뜯는 사태가 올 것이라는 우려가 없지 않아 있었다. 처음에는 서로를 경계하면서 멀리 떨어져 쳐다보기만 했지만 시간이 흐르면서 다행히 먼저 젊은 씨늑대가 늑순이에게 다가가도 늑순이는 큰 반항을 하지 않는 듯했다. 이윽고 꼬리며 항문 근처를 어슬렁거리며 냄새를 맡고 핥아주는 의식 같은 것을 치르니까 늑순이가 경계심을 풀고 받아들였다. 정우는 이 두 놈이 친해질 수 있을까 무척 걱정하면서 노심초사 지켜봤지만 천만다행으로 서로 '늑대식' 진한 애정표현을 하는 것을 매일 지켜보고는 한시름 놓았다. 이제 저놈들이 사랑을 통해서 이세를 출산하는 일만 남았다고 생각했다. 비록 어린 연하의 늑대를 신랑으로 다시 받아들였지만 그들의 애정행각이 점점 더 친밀해진 것으로 보아 이 늑대들이 발정기가 되어 교미에 성공했을 가능성도 높다고 보았다.

정우는 들떴다. 늑대는 번식이 다른 종보다 무척 어렵다는 소리를 귀가 따갑도록 동료들로부터 들어왔던 터라 잘만하면 그 어렵다는 번식을 이번에 성공시킬 수도 있지 않겠나 하는 기대감에 잠을 못 이루는 때가 많았다. 틈만 나면 늑대우리 옆에 와서 지켜보고는 가끔 먹이도 집어 넣어주기도 하고, 눈을 맞추기 위하여 무던히 애를 쓴 적이 한두 번이 아니었다. 그러나 정우의 애타는 심정과는 다르게 늑대들은 먹이에만 관심 있을 뿐 좀체 친밀해지지 않았다. 그들과 함께 한 시간이 많이 흘렀음에도 경계심을 풀지 않았다. 개는 태어날 때부터 조금만 애정을 보여주면 사람과 금방 친해지는데 늑대는 개와 달랐다. 어쨌든 정우는 그들이 알아듣든 못 알아듣든 늑순이에게 '아리'라는 이름을 지어주고, 젊은 수컷 늑대에게는 '구원이'라는 이름을 지어줬다. '구원이'는 아리에게도 일테면 빠삐용 늑돌이를 대신한 구원투수이지만 우리 토종늑대 복원팀에게도 구원투수이기 때문에 제대로 된 이름이라고 생각했다.

그들이 교미를 했는지는 알 수 없었지만 실제로 최근 이 늑대들 사이에 모종의 '작업'이 이루진 것 같다고 정우는 판단했다. 사육사도 싱글벙글하며 같은 의견이라고 맞장구를 쳤다. 그러나 새끼를 배었는지는 아직 알 수 없는 노릇이었다. 만삭이 돼야 외관상 눈치 챌 수 있기 때문이다. 늑대 발정기인 1월이나 2월 초에 수정에 성공했다면 3월중, 늦어도 4월 초에는 아기 늑대가 태어날 가능성이 있어 큰 기대를 하고 있었다.

하지만 봄이 지나가도 새끼는 태어나지 않았다. 여간 실망감이 크지 않았다. 새싹이 돋고 꽃이 필 즈음이면 벌써 새끼를 낳아 굴속에 숨겨놓았어야 할 아리가 아무런 행동의 변화를 보이지 않았기 때문이다. 정우는 허탈한 나머지 한동안 늑대우리를 특별한 일이 없는 한 얼씬 거리지 않았다. 단지 사육사를 통해서 근황을 체크하곤 했다.

그러다가 예상치 못한 일이 벌어졌다. 사육사가 헐레벌떡 뛰어와서 보고했다. 아리가 우리를 탈출했다는 것이었다. 먹이를 주다가 우리 문을 잠깐 열어놓은 사이 그 틈을 이용해 탈출했다는 설명이다. 정우는 사육사를 책망할 겨를도 없었다. 정우가 늑대를 보살핀 이후로 처음 있는 일이어서 무척 당황했기 때문이다. 그동안 수의관으로서 관리를 잘못한 점도 지적받을 것이 뻔한 일이고, 그것보다도 아리가 탈출해 멀리 도망가기라도 한다면 그것이 더 큰 일이었기 때문이다. 늑돌이가 도망쳐서 빠삐용 늑대라는 별명을 얻은 적이 있지만, 또 아리가 탈출했다니 이를 어찌 수습해야 할지 아찔했다. 우선 구원이를 격리시켜놓고 우리 문을 활짝 열어놓으라고 지시했다. 그리고 생닭 등 먹이를 넣어두고 길목에도 먹이를 군데군데 놓아두었다. 혹시 이놈이 멀리가지 않았으면 먹이를 먹으면서 우리로 돌아오리란 생각에서였다. 그러나 아리는 저녁이 되어도 돌아오지 않았다. 동물구조협회에 지원을 요청하고 엽사들이 합류했다. 사냥개도 동원됐다. 정우는 그중에 중년을 넘어선 엽사와 만났다. 사냥꾼이라고 보기에는 첫인상이 서글서글하고 사냥개를 다루는 솜씨가 남달라 보였다.

"처음 뵙겠습니다. 한정우라고 합니다. 여기 수의관으로 일하고 있습니다.”

“아 네, 저는 김태주라고 합니다. 잘 부탁드립니다.”

오히려 부탁해야 할 사람은 정우임에도 공손하게 손을 내밀며 웃는다. 정우는 어쩐지 마음이 잘 통할 것 같은 기분이 들었다.

“어쩌다가 탈출했죠? 아, 아니 그런 거 물어봐야 필요 없고 어떻게 해야 하죠? 늑대는 위험한 동물인데요? 제 말은 여차하면 사살해야 할 수도 있는 건지 해서요?”

정우는 뜨끔했다. 늑대를 죽여야 할 수도 있다는 말에 발끈했다.

“아니, 이보세요. 그 늑대가 어떤 늑대인데 죽인다고 하는 겁니까? 절대 죽여서는 안돼요.”

정우는 단호하게 말했다. 태주는 정우의 단호한 태도에 움찔하며,

“아, 나는 그저 늑대가 위험할 수도 있으니까 여차하면 그럴 수 있다는 것이죠. 그런데 그 늑대가 어떤 늑댄데요?”

정우는 사냥꾼에게 프로젝트에 관한 이야기며, 자기가 그동안 아리에게 정을 쏟은 과정을 산길을 걸으며 사정하듯 얘기했다.

“예, 저는 그것도 모르고 경솔한 발언을 했습니다. 꼭 생포하도록 해보죠 뭐!”

직원들과 엽사들은 몇 개 조로 흩어져 산등성이를 향했다. 다행히 수리봉 쪽으로 백여 미터 오르다보니 흔적이 보였다. 나무가 울창한 사이 오솔길 같이 작게 난 길 옆 커다란 나무 밑에 배설한 흔적을 발견했다. 정우는 금방 알 수 있었다. 먹이의 종류와 배설물 상태로 보

아 아리의 똥이 확실했다. 조금 더 올라가다가 바위틈에 웅크리고 있는 아리를 발견했다. 태주는 아연 긴장하면서 마취총을 꺼내들고, 만약을 대비해서 다른 동료에게 실탄이 든 총을 겨누고 있으라고 말했다. 태주가 먼저 살금살금 기어가며 최대한 아리에게 다가갔다. 아리는 처음으로 우리를 탈출해서인지 어찌할 바를 모르고 당황하고 있는 듯 보였다. 정우도 마찬가지였다. 제발 별일 없이 끝나기만을 빌었다. 아리야 제발 가만히 있어라. 기도가 저절로 나왔다. 아리는 태주가 접근하는 것을 보고 바위틈에서 뛰쳐나가려 하였으나 태주의 마취총이 더 빨랐다. 마취탄이 아리의 등덜미에 정확히 꽂혔다. 태주가 정우 일행을 뒤돌아보며 안심하라는 듯이 미소 지었다. 정우는 단숨에 달려가 태주의 손을 잡았다. 태주도 정우의 진정을 알아서인지 마주 잡은 손을 토닥거렸다.

그러나 아리의 탈출이 이번 한 번만이 아니었다. 어떤 때는 우리 근처에서 서성이다 금방 잡혀 들어오기도 한 것이 대여섯 번이나 되고, 또 어떤 때는 멀리 숲 속까지 달아나서 수목원 식구들을 발칵 뒤집어놓은 것이 두세 번이나 더 있었다. 아리의 거듭된 탈출소동으로 우리도 이중 창살로 보강하고 사육사들의 주의도 거듭 강조하였는데도 어떻게 용의주도하게 탈출하는지 알 수가 없는 노릇이었다. 수컷 늑대 구원이와 소원해져 스트레스를 받는 것도 아닐진대 틈만 나면 아리는 탈출 소동을 벌였던 것이다.

그럴 때마다 태주의 도움이 있었다. 이제 태주와는 친구처럼 친하게 속마음도 털어놓는 사이가 되었다. 어느 날 탈출한 아리를 잡아들여놓고 정우가 태주에게 조심스럽게 술 한 잔 대접하겠다고 말을 건넸다. 그렇게 둘은 술집에서 그동안 살아왔던 얘기며, 사냥꾼의 생활 등을 얘기했다. 그리고 정우는 늑대에 관한 얘기, 수의관으로 오게 된 얘기, 특히 요즘 아리가 계속 탈출 소동을 벌이는 것을 보면서 늑대에 대해서 다시 생각하게 되었다는 얘기 등등을 밤이 이슥하도록 한 적이 있었다. 태주도 늑대 얘기를 들으면서 상당히 흥미 있어 했다.

"몽골에 가봤어요? 저는 두 번이나 늑대를 보러 가봤지요. 늑대가 얼마나 영리한지 몰라요. 책에 보면 옛날 칭기즈칸이 병법이나 전법을 다 늑대에게서 배웠다잖아요. 아마 그런 말하면 이해 못 하실 테지만 그럴 법도 하더라고요. 짐승들 중에 제일 길들이기 힘든 게 뭔지 압니까? 아니 아예 길들일 수 없다고 하더라고요. 늑대는요, 새끼 때부터 사람이 데려다 키워도 절대 야성을 잃지 않아서 결국 초원으로 돌아간다는 말이 있어요. 자유로운 초원정신이죠. 자유로운…… 자유가 뭔지 압니까?"

정우는 술에 취해서 횡설수설하면서도 말을 계속 이어갔다.

"제가요. 옛날에 수의사를 하면서 다람쥐 쳇바퀴 돌 듯하는 생활이 정말 지겨웠거든요. 직장 생활하는 제 친구놈들 하고 얘기하면 그래도 자유직업인 내가 낫다며 빈정대긴 했지만, 그놈들은 아예 체념하고 그냥 산다고 하더라고요. 그러다가 동물구조협회 사람들하고 알게 되면서 그걸 탈피해보고자 그들을 쫓아다니며 생업을 놓다시피 했는데요, 마누라 등살에 그것도 제대로 못했어요. 사무실에 맨날 처박혀서 가져오는 애완동물 치료하다가, 가끔 가축들 병치레한다고 출장 나가는 일을 반복하다 보니 견딜 수가 있어야지요. 마침 동물원에서 수의관을 모집한다 해서 이렇게 이 길로 들어온 거죠. 마누라는 그때 쥐꼬리만 한 월급 받아가면서 어떻게 살 거냐고 엄청 바가지 긁어대더라고요. 결국 이혼하고 애들 다 와이프 딸려 보냈지요. 자유롭게 살고 싶어서…… 그런데 그것도 자유가 아니더라고요. 마누라 없이 거리낌 없이 살면 자유로울 줄 알았더니 이 세상 자체가 창살 없는 감옥 같아요, 감옥."

태주는 정우가 너무 많이 취한 것 같아서 일으켜 세우려 하였다. 그러자 정우는 팔을 가로저으며 말을 이어갔다.

"그런데 요새 아리가 끊임없이 탈출하는 것을 보니까 정말 안쓰럽더라고요. 벌써 열 번째잖아요. 그놈이 그 우리가 얼마나 답답했으면 그러겠어요? 숲 속 맛을 봐서 자꾸 탈출하려는 게 아닌가 싶기도 하구, 내가 생각한대로 아리는 아마도 야성을 잃지 않았을 거예요. 숲 속에서 간섭받지 않고 자유롭게 살고 싶어 하는…… 안 그래요?"

태주는 정우의 물음에 대답하지 못했다. 대답을 바라고 물은 것도 아니었다. 그냥 혼잣말처럼 중얼거렸으니까.

6

태주는 정우의 연락을 받고 급히 수목원으로 향했다. 벌써 어둑해지는 저녁 무렵이었는데 정우의 목소리가 떨렸다. 아리가 오늘 오전 탈출했는데 좀 멀리 달아난 것 같다는 말이었다. 우선 동물구조협회에 출동한다고 보고하고 급히 차를 몰았다.

정우는 직원들을 총동원하여 아리를 추적하였으나 찾지 못하고 지금 시간이면 멀리까지 달아났을 것이라며 초조해했다. 아침 아홉 시 반경에 사육사가 우리 청소를 하고 돌아보니 문이 빼꼼 열려 있더라는 것이다. 자신은 분명히 우리 문을 잠그고 청소한 것으로 기억하는데 어떻게 아리가 그 문을 열고 탈출을 했는지 모를 일이라고 했다. 워낙 자주 있는 일이고 신출귀몰하는 놈이라 조심한다고 했지만 결국 이번에도 틈을 타 탈출하고 만 것이다. 오전 열 시 십 분과 사십 분경에 동물원 주변에서 발견되었지만 잡지 못했다. 그때까지만 해도 주변을 어슬렁거리는 것으로 보아 예전처럼 쉽게 잡히리라고 생각했다. 예전에 하던 대로 우리 안에 먹이를 놓아두기도 하고, 길목마다 닭들을 놓아두어 유인했다. 그러나 전혀 효과가 없었다. 아리는 아침에 벌써 사육사가 던져준 먹이로 배를 채웠을 것이니 배고프지도 않을 것이다.

이번에는 수컷 구원이까지 동원했다. 살갑게 잘 지냈던 수컷이니 수컷을 발견하면 달려올지도 모른다는 생각에서였다. 다른 사람이 하면 아리가 경계할 것 같아서 사육사의 손에 줄을 매달아 구원이를 끌고 숲 속으로 데리고 다녔다. 오후 두 시 반경 산중턱에서 아리와 마주쳤다. 사육사는 구원이를 내세우며 아리를 불렀지만, 멀리 버티고 서서 구원이와 사육사를 쳐다보다가는 아무런 동요도 없이 몸을 돌려 달아나기 시작했다. 정우는 달아나는 아리를 물끄러미 바라보다가 사육사와 동료 직원들에게 돌아가자고 했다. 벌써 아리는 숲 속으로 달아나 흔적도 보이지 않았다. 이렇게 쫓아다니기만 해서는 잡을 수 없다고 판단한 정우는 그때야 태주에게 연락한 것이다.

수목원을 둘러싼 숲은 나무가 울창할 뿐만 아니라 여의도 면적의 네 배에 달하는 넓은 곳이다 보니 무작정 움직일 수도 없었다. 더군다나 아리가 포위망을 뚫고 인근의 인가로 접근하는 날에는 주민들에게 어떤 해를 입힐지 알 수 없는 일이었다. 날은 어두워지기 시작했다. 우선 밤에 수색하기는 어려우므로 경찰과 인근 기관에 협조를 얻어 인가 근처에 출몰하지 못하도록 경계를 요청했다. 그리고 정우를 비롯해 동물원 관계자, 엽사들, 경찰 관계자 등이 모여 회의를 거듭했다.

분명 아리의 탈출이 이번만큼은 예전과 상황이 달랐다. 예전에는 동물원 주변이나 멀리 달아났다 하더라도 인근 숲 속을 벗어나지 않아서 쉽게 생포하여 오곤 했지만, 이번에는 산중턱을 넘어 달아나버렸던 것이다. 밤을 새워 굶주리게 되면 아리도 야성을 가지고 있는 늑대인지라 무슨 일을 저지를지 아무도 예상할 수 없었다. 우선 파악하고 있는 인근 주민들에게 늑대 아리가 탈출해서 주변을 배회하고 있으니 각별히 조심하고, 발견 즉시 인근 파출소나 수목원에 신고해 달라고 문자메시지를 대량 발송했다. 혹시 모를 불상사에 대비하기 위해서였다.

정우도 이번만은 아리를 생포해야 한다고 고집할 수만은 없었다. 잘못하면 인근 주민이 다칠 수도 있고, 상황이 장기화되면 수목원이 감당해야 할 손해도 막대하였기 때문이다. 물론 아리를 생포한다면 더할 나위 없이 다행한 일이지만 만일의 경우에는 사살해야 한다는 데에 이의를 달 수 없었다. 결국 최대한 생포하기 위하여 노력하되 어쩔 수 없을 때는 사살한다는 결정을 내렸다.

밤새 보초를 서 인가 근처로 늑대가 접근하는 것을 막았다. 다음 날 아침이 되도록 늑대를 보았다는 보고는 오지 않았다. 아직 늑대가 수목원 뒷산 어딘가에 숨어 있을 공산이 컸다. 아침 일찍부터 수목원 직원과 엽사와 사냥개를 총동원하여 추적에 나섰다. 물론 태주가 동행하였다. 정우도 태주와 함께 하였다. 다른 두 개 조는 용암산을 둘러싸고 서편 쪽을 중점으로 하여 수색하기 시작했고, 정우와 태주 쪽은 삼 개 조로 나뉘어 수리봉 정상을 향하기 시작했다. 아마도 용암산 쪽보다는 수리봉 쪽이 은신해 있을 가능성이 커보였다. 어제 마지막으로 목격되었을 때에도 수리봉 중턱에서 발견되었으며 다른 곳으로 이동하지 않았을 것이라는 판단이 들었기 때문이다.

산을 오르면서 흔적을 샅샅이 살폈지만 쉽사리 발견되지 않았다.

점심때가 지나고 오후가 접어들었는데도 아리는 발견되지 않았다. 용암산 쪽에 연락해 봐도 흔적을 발견하지 못했다고 했다. 혹시 벌써 수목원을 둘러싼 산중을 벗어난 건 아닐까 하는 불길한 예감이 들었다. 비록 우리에 갇혀서 살았지만 그래도 늑대인지라 하루 사이에 몇 킬로미터씩 이동할 수 있다는 몽골 늑대의 얘기를 알고 있는 정우로서는 그런 예감을 떨쳐버릴 수 없었다.

"태주 씨 혹, 이놈이 이 산을 벗어난 건 아닐까요?"

"아닐 겁니다. 과거 경험을 봐도 그렇게 멀리까진 달아나지 않을 듯싶긴 한데…… 글쎄요."

태주도 자신할 수 없었다. 이전과는 다른 상황이라는 것쯤은 태주도 짐작하고 있었기 때문이다.

"너무 걱정하지 마십시오. 잘 될 겁니다."

태주는 정우를 바라보며 위로 아닌 위로의 말을 건넸다.

"오늘 안까지 잡지 못하면 늑대가 무슨 일을 저지를지 몰라요. 굶주리면 인가를 습격하거나 사람에게 덤벼들지도 모르니까요."

벌써 땅거미가 내려앉고 있었다. 수리봉 정상 부근까지 뒤지면서 올라왔지만 아리는 보이지 않고 어두워지기 시작했으니 정우나 태주도 초조해지긴 마찬가지였다.

"저기 정상까지 수색해보고 없으면 일단 오늘은 철수하는 게 좋을 거 같습니다."

태주가 혼잣말처럼 중얼거렸다.

그 순간 앞서가던 사냥개가 요란스럽게 짖기 시작했다. 거무스름한 물체가 움직이는 것 같았다. 나무에 가려 정확히 보이지는 않았지만 크기로 보아 오소리나 너구리같지는 않고 분명 늑대라는 것을 직감할 수 있었다. 정우는 정신이 바짝 들었다. 태주에게 잠깐 기다리라고 눈짓으로 신호를 보내고는 일행의 앞으로 나섰다. 혹시나 그동안 정들은 정우를 보면 알아볼까 하는 간절함에 위험한지도 모르고 늑대를 불렀다.

"아리야, 아리야, 이리 온, 네 아빠다."

정우는 자기도 모르게 자신을 아빠라 칭하면서 애타게 불렀다. 그런데도 아리는 요지부동이었다. 아리가 잠시 산 아래를 주시하며 늠름히 서 있었다. 정우는 순간 늠름히 서 있는 아리에게서 마치 몽골 초원의 위대한 늑대를 연상했다. 몽골 초원에 갔을 때도 직접 늑대를 보고 오지는 못했었다. 두 번이나 몽골을 여행하면서 현지인의 안내를 받아 사냥에 나섰지만 옛날의 그 늠름한 늑대는 볼 수 없었고 사냥꾼에 쫓기며 줄행랑을 치는 늑대의 꼬리만 보고 온 터였다. 그런데 여기서 상상만 하고 있던 몽골 초원의 강인하고 생명력 넘치는 늑대의 모습을 보는 듯했다.

아리는 이내 고개를 거둬 사냥개를 응시했다. 사냥개의 짖는 소리에 흥분한 아리는 이빨을 드러내고 으르렁, 대며 더욱 사납게 울부짖었다. 그러함에도 한번 흘낏, 자신을 바라본다고 느낀 정우는 더욱더 애타게 아리를 불러댔다. 그러나 그것은 정우만의 착각이었다. 아리는 사냥개에게 덤벼들면서 더욱 사납게 울어댔다. 사방은 어두워서 아리가 으르렁대며 눈에 불을 켜서 시퍼런 광선의 살기가 느껴졌다. 태주가 위험하다고 느꼈는지 정우의 손을 잡아끌었다. 안 되겠다고 눈짓으로 알리며, 포기하라는 얘기를 했다. 바로 그때 아리가 점프를 하며 사냥개 한 마리에게 달려들었다. 사냥개가 질겁하고 뒤로 물러서는 순간 태주의 총에서 불을 뿜었다. 아리는 그 자리에서 고꾸라졌다. 정우는 순간 무릎을 꿇고 일어날 줄 몰랐다. 동료들이 아리의 시신을 수습하여 산을 내려가는 동안에도 일어날 줄 몰랐다. 태주도 그 옆에서 안타까운 듯 정우를 지켜볼 뿐이었다.

7

태주는 말레이곰을 보내고 터덜터덜 청계산 등산로를 따라 내려왔다. 태주는 이제 이 일을 그만두어야지 하는 자괴감이 엄습해왔다. 그냥 가끔 꿩 사냥질이나 하면서 전국 산천을 떠돌아다니는 꿈을 꾸고 있었다. 모든 연락처를 없애버리고 숨어들어야 가능한 것이었다. 그럴 수 있는지는 자신이 없었지만 이런 일이 터질 때마다 생명을 죽여야 하는 자신의 처지가 여간 거북살스러운 것이 아니었다. 작년에 늑대를 죽일 때만 해도 정우의 슬퍼하는 눈동자를 보면서 다시는 이 일을 하지는 않으리라 마음먹었지만 이렇게 또다시 나서는 꼴이 되었다.

정우는 그 일이 있고 자의반 타의반 사표를 쓰고 수목원을 떠났다. 더 이상 그곳에 머물러 있고 싶지도 않았다. 그 후 어디론가 떠나서는 소식도 알 수 없었다. 그런데 얼마 전 태주에게 뜬금없이 연락이 와서 잠깐 만난 적이 있었다. 몰골이 말이 아니었다. 수염은 덥수룩하게 자라 있었고, 후줄근한 옷차림에 배낭 하나 달랑 메고 있었다. 태주는 정우의 심정을 익히 아는지라 수목원에서의 일은 물어보지도 않았고, 어디 가서 무얼 하고 지내는지 물었지만 빙그레 웃기만 할 뿐이었다. 그냥 자유롭게 떠돌아다니면서 살고 있다고만 했다. 그러다가 어디 정착할 수도 있을 거라고 걱정하지 말라고도 했다.

그런데 술이 거나해질 무렵 정우가 정색을 하면서 태주를 쳐다보며 말했다.

"아리는 내가 죽인 거나 마찬가지예요. 그때 내가 그런 짓만 안 했어도 죽지 않고 살았을 텐데…… 그렇게 죽어라고 탈출하는 아리를 보고 이상한 생각이 들었던 거예요. 마치 내가 저 우리에 갇혀 있다는 환상 말예요. 그래서 결심을 했죠. 아리를 탈출시켜서 자유를 찾아주자. 결국 그날 사육사가 청소하러 들어간 틈을 타서 우리 문을 살짝 열어두고 몰래 사무실로 돌아왔죠. 그런데 아리가 그렇게 허무하게 죽을 줄은 예상 못했어요. 단지 그냥 도망쳐서 어디든 돌아다니며 살기를 바랐죠. 참, 내가 너무 어리석었어요."

* 이 소설은 실재 일어난 사실을 소재로 하여 쓴 것이나 구체적 전개 내용은 사실과 다른 허구임을 알려둔다.

눈사람도 사랑하네

1

여자는 자기의 간절함을 표시하기 위해 가끔 성당을 찾나, 하는 의심이 들었다.

눈길 끄는 고풍스러운 근대 건축양식이어서 데이트하기 좋아 찾아온 것도 아니고, 언덕 위에서 내려다보는 도시 풍경을 바라보기 위해서도 아니었다. 이 고장이 그녀의 고향이라서 익숙하기 때문에 성당을 찾은 것이 아니라고 짐작은 하지만 무슨 연유로 찾았는지는 알 수 없었다. 보통은 데이트할 때 어디에 무엇이 있으니 보러 가자며 먼저 제안을 하고 내 의사를 묻는 그녀였지만, 성당이 보기 좋으니 데이트하러 가자는 말은 없었다. 나는 다만 그녀가 발길을 성당으로 잡기에 무작정 따라 나선 것뿐이었다. 그런 그녀가 평상시의 모습과는 달리 경건하고 엄숙하게 기도하는 모습을 보고 좀 의외다, 라는 표현이 더 정확할 것이다. 갑자기 무엇 때문에 그렇게 간절히 기도를 했을까?

그녀는 성당 안에 들어서더니 예배당 회랑 옆 늘어선 의자 제일 앞으로 가 앞을 보고 경건하게 앉았다. 그리고 두 손을 모아 쥐었다. 그러더니 간절한 표정으로 머리를 숙이고는 들릴 듯 말듯 한 작은 소리로 기도를 했다. 나는 그 옆에 앉아 뻘쭘한 표정으로 그녀를 물끄러미 쳐다보았다. 무엇이 그리 간절할까? 그러다가 나도 그녀를 쫓아서 기도를 해야 한다는 무언의 압박 같은 느낌이 있어 기도하는 척, 머리를 숙이고 가만히 있었다. 그러는 시간이 무척이나 길다고 느껴졌다. 우연인지 마침 예배당 안에는 나와 그녀 밖에 없었다. 성당이라곤 조카 결혼식 미사에 참석한 것이 전부라서 성당에 대해 전혀 알지 못할 뿐만 아니라 결혼식 의례를 거의 한 시간가량 진행하는 동안 너무 지루했다는 기억밖에는 없었다. 그런 분위기에 경건함이 주는 위압감이 내 의식을 지배하여 나는 가만히 고개 숙이고 그녀의 낌새를 살피고 있었다.

그녀가 기도를 끝냈는지 옆에 앉은 나를 쳐다보고는 빙그레 웃었다. 나도 빙그레 그녀의 눈꼬리를 보며 웃었다. 귀엽다고 생각했다. 그만 나가자는 눈짓을 하기에 부스스 일어서며 그녀의 손을 살며시 잡아끌었다. 갑자기 든 생각이었다. 나는 그녀의 손을 맞잡고 단 위에 있는 천주님을 눈짓으로 가리켰다. 그녀도 무슨 얘기를 하려는지 안 것 같았다. 우리는 손을 마주잡고 예배당 제일 앞으로 나갔다. 그 앞에서 우리 둘은 무릎을 꿇고 빌었다. 무엇을 위해 빌어야 하는지는 서로 말이 없었다. 인지상정으로 서로 알고 있는 것같이 그냥 간절하게 빌었다. 그녀의 눈에 눈물방울이 촉촉하게 맺히고 있다는 것을 느꼈다.

밖으로 나와서 주변을 둘러보았다. 이런 지방의 소읍에 유서 깊은 성당이 자리하고 있다니 조금 놀랐다. 차를 타고 지나다니면서 산중턱에 십자가가 보이고 성당의 첨탑이 보이기에 조금은 궁금증이 있었지만 내가 종교에 대해 특별히 관심이 있는 것도 아니어서 그런가 보다 하고 지내왔다. 그런데 그녀가 갑자기 성당에 가보자고 해서 언덕을 가로질러 걸어 올라온 길이었다. 성당으로 올라가기 위해서는 꽤나 가파른 언덕길을 올라야 했다. 나는 이런 길을 오르면서 그녀에게 힘들게 이런 곳을 오르느냐며 나지막한 푸념을 늘어놓았다. 그녀는 개의치 않고 익숙한 길을 오르듯 성당 안으로 들어왔다. 프랑스 선교사가 들어와서 창립한 백여 년이 훨씬 넘은 고풍스런 성당이었다. 우리는 나오면서 성당의 내력이 적힌 팻말을 둘러보고, 근대풍의 건물이며 설립자의 동상을 돌아보았다. 나는 이내 싫증을 느껴 조금은 시큰둥한 표정으로 그녀에게 슬쩍 채근하듯 나가자고 눈짓을 했다.

겨울 막바지이긴 해도 산중턱의 성당에는 꽤 바람이 불었다. 나는 그녀의 손을 바싹 잡아당겨 내 주머니에 집어넣고는 나란히 밖을 향해 걸었다. 그녀도 추위를 느꼈는지 내 몸 쪽으로 바싹 붙여 다가온다.

"아까 뭘 그리 간절하게 빌었어?"

"……."

빙그레 웃으며 쳐다보기만 하고 말이 없다.

"성당에 원래 다녔어?"

그녀랑 만나면서 성당에 다닌다는 낌새를 전혀 느끼지 못했는데 성당 안에서의 행동거지가 너무 익숙해보여서 물어보는 소리였다.

"아니, 학생 때 친구 따라 다녔는데, 타지에 나가 결혼하고 자연히 멀어지더라고. 정말 오랜만에 여기 와보는 거야."

나는 아까 간절함이 엿보이던 그녀의 얼굴 모습을 떠올리며 내 손에 잡혀 있는 그녀의 손을 더욱 끌어안듯이 잡아보았다. 그녀도 내 손을 꼬옥 힘주어 잡는다. 묘한 쾌감이 느껴졌다. 그럴 때마다 그녀에게 내 마음이 전달되는 양 심장이 쿵쾅거리고 있음을 느꼈다.

우리는 성당을 나와 자연스레 읍내를 가로질러 흐르는 하천 뚝방길로 향했다. 벌써 길은 어둑어둑해져 있었다. 이 하천은 남한강을 향하는 강폭이 꽤 넓은 하천이다. 우리는 만날 때 가끔 이곳 하천 뚝방길을 이용하곤 했다. 시골 하천이라 사람들이 거의 없을 뿐만 아니라 있다 해도 뜨내기 낚시꾼이 몇 명씩 보일 뿐이어서 한적해서 좋았다. 특히 그녀는 이 지역이 고향인지라 지역 사람들의 눈치를 볼 수밖에 없는 처지여서 남자를 만나고 다니는 것이 눈에 띄기라도 하면 구설수에 오른다며 조심하는 눈치였다. 그래서 대개는 차를 타고 타 지역으로 원정 다니며 몰래 만나곤 했다. 하지만 이렇게 밖으로 나갈 수 없어서 잠깐씩 시간을 내야할 때는 뚝방길을 거닐곤 했다. 뚝방길은 길기도 하거니와 길옆으로 갈대풀들이 가슴 높이까지 자라서 사람의 인기척을 가려주어 은밀한 곳을 좋아하는 우리에겐 금상첨화였다.

얼마나 걸었을까? 저 멀리 읍내거리의 불빛들이 어룽어룽 얼비쳤다. 강물 위에 불빛이 어른거려 출렁거리는 것 같았다.

우리는 뚝방 옆 마른 풀밭 위에 나란히 걸터앉았다. 사방은 어두컴컴하고 아무것도 보이지 않았으며, 하천 너머 도로에는 헤드라이트 불빛을 길게 내뿜으며 달리는 차량만이 가끔 적막을 흔들어놓곤 했다. 우리는 가만히 앉아서 저 멀리 불빛 일렁이는 읍내 거리를 쳐다보기만 했다. 하천 물가에는 청둥오리가 잠을 자려는지 고개를 날개 속에 푹 파묻고 자기들끼리 몸을 기대고 있었다. 나는 장난기가 발동하여 옆에 굴러다니는 조그만 돌멩이를 주워 청둥오리에게 휙, 던졌다. 움찔하던 오리는 이내 아무 일도 없었다는 듯 다시 고개를 날개 속에 집어넣었다. 그녀가 잡고 있는 손을 슬쩍 흔들어 그러지 말라는 표시를 한다. 나는 고개를 돌려 그녀의 얼굴을 보았다. 평소 같지 않게 근심어린 표정이 읽어져 무슨 일이라도 있느냐는 듯 눈을 동그랗게 떴다. 그녀도 내 눈을 쳐다보고 무슨 말을 하려다 단념한 듯 강물을 응시한다. 겨울바람이 가슴팍을 파고들었다. 그녀의 쓸쓸한 표정이 더욱 안쓰러워 보였다. 나는 옆으로 더욱 바싹 다가앉아 그녀를 가슴에 끌어당겼다. 그녀의 머리카락을 만지작거리다 가만 등을 쓰다듬었다. 이윽고 내려다보고 있는 내 눈을 응시하고는,

"우리 이렇게 계속 만나야 돼요?"

내 눈을 빤히 쳐다보며 묻는 그녀도 내 대답이 없으리라는 것쯤은 짐작하면서도 물어보는 것이었다. 나는 애써 그녀의 눈길을 피하면

서 어룽거리는 읍내 거리의 불빛을 쳐다보았다. 강물에 얼비치는 불빛이 먼 나라 세상 같았다.

"강물에 비치는 저 불빛 너무 아름답지 않아?"

나는 대답 대신 혼자 중얼거렸다.

겨울 밤하늘에는 별빛 하나 보이지 않았다. 으레 그렇듯이 오늘도 안개가 스멀스멀 피어올랐다. 사방은 안개에 뒤덮여 더 이상 아무것도 보이지 않았다. 나는 그녀를 당겨 가슴에 안았다. 그녀의 눈은 촉촉이 젖어 있었다. 가만히 그녀의 눈가에 얼비치는 눈물을 두 손으로 닦아주고는 살며시 입술을 포갰다.

2

내가 그녀를 만난 지도 벌써 삼 년이란 세월이 흘렀다.

나는 수도권의 P 시에 있는 조그만 기업에 다니고 있었는데, 총무과에 있으면서 회사의 재정살림을 돌보았다. 특히 대학에서 법학을 전공한 관계로 회사에서는 회사의 자산 취득 및 관리까지도 맡아보도록 했다. 그러다 지방에 공장을 설립해야 하는 프로젝트가 있어서 그 일을 전담하게 되어 지방에 출장 가는 일이 자주 있었다. 법원 경매물건을 찾아보거나, 아니면 공장 부지를 전문으로 취급하는 공인중개사를 찾아보기도 하고, 무작정 지방의 적당한 곳을 방문하여 그럴듯한 중개업소를 찾아들어가 상담해보기도 하였다. 주로 경기도나 충청도를 대상으로 하였으나, 경매물건이 좋은 게 눈에 띄면 더 먼 곳으로도 출장을 갔다. 사실 사무실에 오래 앉아 있으면 좀이 쑤셔 무작정 차를 몰고 충청도 어디쯤으로 쏘다니기도 했다. 물론 회사에 는 물건이 좋은 게 있어서 출장 간다고 보고하고였다.

그러던 어느 날 충북 K 면소재지에 경매물건이 눈에 띄었다. 철강 공장을 하던 곳이었는데 팔백여 평쯤 하는 건물이 두 동, 부지도 그 만하면 넓은 편이고, 교통편의도 중부고속도로 IC에서 차량으로 십 여 분 거리였으니 위치는 아주 좋았다. 그 일대를 샅샅이 돌아다니며 입지도 살펴보고, 군청에 들어가 허가를 내려는 공장의 입지로서도 가능한지 알아보고 동분서주하였다.

그러던 중 그 지역에 거주하는 우리 회사 직원이 있다는 얘기를 듣 고 그의 도움을 받기로 했다. 군청 내 사람도 소개받고, 공장이 위치 한 동네의 이장님도 소개받고, 공장이 설립될 수 있도록 도와달라는 부탁을 하는 등 그 직원과 같이 하는 시간이 길어졌다. 그와 가까워 졌고, 일이 늦어지는 경우에는 그의 집에 가서 신세를 지는 것도 잦 아졌다. 그는 원래 서울이 고향이었지만 사업을 하다 잘못되는 바람 에 회사가 부도나고, 자기 회사 공장을 짓던 지역인 이곳에 그냥 머 물러 살게 되었다고 했다. 나는 그와 함께 때때로 지역에 머물면서 공장 설립 가능입지를 철저히 체크한 결과 이상이 없다 판단하여 경 매에 입찰, 무사히 그 공장을 인수하기에 이르렀다.

공장을 인수한 날, 서로에게 축하도 할 겸 그의 인도에 따라 술이나 한 잔 하자고 해서 따라나섰다. 그는 이 지역에서 십여 년을 살았다고 했다. 이 지역의 술집이나 음식점 등은 손에 꿰듯 훤하게 알고 있었다. 이 지역은 하천을 경계로 충북의 K 면소재지와 경기도의 A읍 소재지로 나뉘어 하나의 생활권으로 묶여 있는 소도시였다. 통행금지가 있을 당시에는 경기도의 통행금지가 있는 A읍에서 식사를 하다가 통행금지가 가까워지면 다리 하나 건너 충북의 K면으로 이동을 했다고 한다. 충북 소재인 K면은 통행금지가 없었기 때문이다. K면 소재지에는 통행금지 제도가 없어진 지금까지도 단란주점이나 아가씨들이 나오는 술집이 많이 발달해 있다고 했다. 정말 그랬다. 조그만 면소재지임에도 골목골목에 술집 간판들이 네온사인을 밝히고 있는 것을 보아도 단박에 알 수 있었다.

우리는 A읍의 어느 골목에 있는 허름한 횟집으로 들어갔다. 들어가자마자 조그만 거실 홀이 자리 잡고, 한쪽 벽면에 방 하나가 따로 구성되어 있는 그런 술집이었다. 우리는 방에 들어가 앉아 안주로 모듬회를 시켜놓고 기다렸다. 안주가 들어오고 소주 반병쯤을 비우고 있을 즈음 방문이 드르륵, 열리면서 여자 둘이 익숙한 듯 들어서는 게 아닌가. 나는 깜짝 놀라 직원을 쳐다보았다.

"아, 내가 불렀어요. 이 동네 사는 친구들인데 같이 술 한 잔 하자고……."

그는 아무렇지도 않은 듯이 술병을 들었다. 서로 인사를 하는 둥 마는 둥 각자의 자리 옆에 앉아서 술잔을 받아들었다. 내 옆자리에 앉은 여자가 다소곳이 내게 술을 따라주며 오히려 내게 여기 무슨 일로 왔느냐며 물었다. 마치 여기는 내 집인데 어떻게 왔느냐는 식이었다. 나는 어리둥절 웃으며 따라주는 술잔을 받아들었다. 그 말을 받아 내 대신 동료 직원이 우리 회사 직원이며, 이곳에 공장을 인수하게 되어 앞으로 자주 내려오게 되었다고 말했다.

그녀는 처음부터 당돌했으며, 머리도 다른 여자들과는 다르게 짧게 커트를 하고 있어 마치 성숙한 소년 같은 이미지를 하고 있었다. 차림은 단정했고, 무언가 모를 묘한 분위기가 풍기는 보이시한 여자였다. 몇 순배 술잔이 돌고, 술이 어느 정도 취하자 성격도 그렇게 여느 여자들처럼 부끄러운 듯이 숨기는 내숭도 없었다. 그녀는 내게 자주 술잔을 건넸다. 그녀도 내가 따라주는 소주를 연거푸 들이켰다. 좀 취기가 올랐다고 생각되었다. 그녀는 말이 많아졌다. 생긴 모습이 좀 샌님 같다는 둥, 술도 많이 못하시는 거 같다는 둥. 그녀는 취기가 오른 용기에 기대어서 그러는 것인지, 아니면 원래 성격이 그렇게 거침이 없는 것인지 알 수 없었다. 일부러 활달한 척, 하는 것 같다는 생각도 언뜻 들었지만 그날의 술자리는 이 차로 이어졌다.

옛날 통행금지가 있었을 때처럼 우리도 K면 소재지로 자리를 옮겼다. 〈7080〉이라는 중년의 남녀들이 자주 간다는 단란주점이었다. 주점으로 옮긴 이후에도 자연스레 내 옆에 앉았던 그녀는 내 파트너가 되었고, 또 다른 여자는 그의 파트너가 되었다. 우리는 이미 일 차로 얼근하게 술을 하고 왔던 터라 노래주점 분위기에 익숙하게 흐느적 거리고 있었다. 각자 노래를 부르며 솜씨를 뽐내기도 하고, 느린 곡조의 노래를 할 때는 블루스 타임이라며 서로 허리를 껴안고 스텝을 돌리고 있었다. 회사 동료 B는 그의 파트너와 아주 익숙하게 껴안고 노래 부르며 즐겁게 나를 채근하고 있었다. 같이 나와서 자기처럼 파트너와 즐기라는 무언의 압력이었다.

나는 원래 이런 분위기에 익숙하지 않았다. 그녀가 날보고 샌님 같다고 한 건 정확하게 보고 한 얘기였다. 대학을 다니던 중 군대 갔다오고 졸업하여 회사에 취직하자마자 결혼을 했으니, 오직 여자는 집에 있는 아내가 내 유일한 여자라면 여자였다. 아내는 대학 때 사귀던 여자였고, 자연스레 결혼을 한 이후로 나는 회식을 하더라도 일차를 끝내면 곧바로 집에 들어가는 바른생활의 사내였다. 처음에는 이 차를 가자며 팔소매를 잡아끌곤 했으나 내가 한사코 마다하는 통에 이젠 아예 나를 제껴놓았다. 물론 이 차를 가면 룸에서 양주를 시켜놓고 아가씨를 불러 노래를 부르고 하는 분위기라는 것쯤은 익히 알고 있었기 때문에, 그런 분위기가 어색할뿐더러 집에 있는 아내 보기도 민망하여 되도록 별 핑계를 다 대며 참석하지 않았다. 그런 생활이 굳어진지도 벌써 사십 줄 중반을 넘었으니 회사생활이나 개인생활이나 너무 무미건조했다. 아내는 가끔 사람이 너무 재미없다며 취미생활이라도 하든지, 여행을 가든지, 가끔 친구들하고 술이라도 해야지 매일 집구석에서만 죽치고 있다고 죽돌이라며 놀려대었지만,

막상 내가 어쩌다 술이라도 먹고 늦게 귀가하면 다음 날까지 바가지를 긁어대는 통에 여간 스트레스가 아니었다. 그러나 아내도 이젠 나에 대해서는 관심이 많이 없어져 데면데면 하는 결혼생활을 몇 년이나 흘려보냈는지 모른다. 아내를 안아본 지도 언제인지 기억이 잘 나지 않을 정도였다.

나는 옆에 앉아 맥주를 들이키는 그녀를 바라보았다. 그녀는 전혀 개의치 않는 눈치였다. 아까 알아봤다는 듯이 너는 별수 없는 젬병이라고 생각해서였을까, 아니면 초면에 생면부지의 남자와 허리를 껴안고 노래 부르는 것이 무안해서였을까? 나도 용기를 내지 못하고 다만 그녀의 어깨를 조심스레 감싸고 같이 마시자며 술잔을 디밀었다. 그녀는 어둠 속에서 살짝 입술을 씰룩거리고는 술잔을 부딪쳤다. 나는 흐느적거리는 어두운 분위기에 용기를 내어 그녀의 어깨를 감싸 안으면서도 무척 조심스러웠다. 노래도 못 부르고 술잔만 들이켰으며, 다만 허리를 껴안고 흐느적거리며 노래 부르는 회사 동료와 그의 파트너만 맨숭맨숭 쳐다보고 있었다. 그녀는 내 감싸 안은 팔을 뿌리치지 않았다. 그냥 다소곳이 앉아 빈 술잔에 술을 따랐으며, 나도 그녀의 빈 술잔에 술을 따르고 있었다. 그렇게 술잔만 끊임없이 오가고 그녀에게 뭔가 말하고 그녀도 나에게 무슨 말을 했다. 그러나 무슨 말을 했는지 하나도 기억나는 것은 없었다. 그만큼 서로 술이 많이 취해 있었다. 그렇게 술자리를 파하고 그녀와 인사를 하고 헤어졌는지도 몰랐다. 다음 날 아침 깨어보니 회사 동료의 집이었다. 물어보지도 않았다. 그녀는 집에 잘 들어갔는지?

3

그 이후로 한동안 그녀를 만나지 못했다. 아니 잊어먹고 있었다.

공장을 인수하여 회사가 필요로 하는 새로운 허가를 내야 했던 나는 거기에 온 정신을 쏟느라 그녀를 생각할 겨를이 없었다. 내가 다니던 회사는 오염된 토양을 정화하여 깨끗한 토양으로 복원하는 회사였는데, 공장에 오염된 토양을 실어다 적재하여 정화하는 토양정화장을 허가 내는 것이었다. 입지 가능 여부 체크를 한 군청에서는 법상 문제가 없을 거라며 적합 판정을 내려줬지만, 문제는 그 공장 부지를 둘러싸고 있는 마을주민들이었다. 군청 담당자도 입지하는데 법상 문제는 없지만 주민들이 문제라며 주민들의 동의서를 받아오는 조건으로 허가를 내주겠다고 했다. 나는 무슨 그런 게 있느냐고 불만 섞인 푸념을 했지만, 자기도 그건 알지만 요새 시골 주민들이 얼마나 드센지 몰라서 하는 소리라며, 그들이 길을 막고 농성하면 자기로서도 대책이 없다고, 은근히 으름장을 놓았다. 어쩔 수 없었다.

회사동료인 B와 한 몸으로 움직이면서 먼저 마을 이장을 불러내어 설득을 했다. 이장은 난색을 표하며 토양정화장을 하면 냄새가 나는 것 아니냐, 그리고 그것뿐이겠냐, 주변은 모두 오염되는 것 아니냐,

며 막무가내였다. 나로서는 참 난처했다. 내가 주도적으로 진행하는 프로젝트로서 토양정화장을 허가 내어야 수십억을 주고 인수한 공장부지도 제 역할을 하는 것이기 때문에 반드시 성공시켜야 하는 부담감이 있었다. 최악에는 사표를 쓸 각오도 해야 했다. 이장은 계속 난색을 표하고는 있지만 은근히 설득은 해볼 수 있다며 머뭇거리는 것을 보고, 이 사람이 뭔가 다른 것을 바라고 있구나 짐작했다. 나는 회사의 승인을 받아 이장에게 활동비로 쓰라며 돈을 찔러주었다. 이장은 마지못한 듯 봉투를 집어 들고는, 호기를 부리기 시작했다. 자기가 이 지역에서 얼마나 영향력이 있으며, 이장협의회에 나가면 다 후배들이라는 둥, 군청에도 다 후배들이니 처리할 일이 있으면 자기에게 말하라 하는 등, 마을 주민들 설득할 테니 염려 마란다. 나는 한시름 놓고는 이장의 연락만을 기다렸다.

나는 일단 그렇게 한숨을 돌려놓고 나니 그제야 다시 주변이 보이기 시작했다. 나는 B에게 술 한 잔 하자고 하고는, 그때 같이 술자리에 합석했던 여자 분한테 연락 좀 해보라고 했다. 회사일을 핑계로 집을 며칠씩 비우게 되는 일이 자주 있다 보니 묘한 해방감 같은 것이 느껴지던 때였다. 일상의 무미건조함과 아내의 스트레스로부터도 탈출할 수 있는 합법적 일탈을 꿈꾸고 있었는지 모른다. 더군다나 아내는 요즘 더욱더 예민해져 있었다. 툭하면 출장 간다 하고, 출장 가서도 며칠씩 있다 후줄근해진 모습으로 집에 들어오니 못마땅할 것은 뻔했다. 회사일이 바빠서 그러니 대놓고 타박을 하진 못하고 아예 대거리를 하지 않았다. 사실은 내게 문제가 많을 거라고 생각은 하고 있었다. 일찍 결혼했으니 아내와의 결혼생활이 벌써 이십여 년이 넘어가고 아이들도 다 커서 아내에 대한 관심이 거의 없었다. 예전에야 회사 끝나면 곧바로 집에 가서 가정에 충실한 모범생이었지만 언젠가부터 그런 생활이 못 견디게 지루했고, 무언가 다른 일탈의 자극이라도 있다면 금방 거기에 빠져들 것 같은 위험수위에 도달해 있었다. 아내도 나도 서로에게 짜증과 무관심으로 일관하고 있었다.

그녀는 연락하자 얼마 후 술자리에 합석하게 되었고, 또 그 자리에는 예전에 같이 만났던 예의 또 다른 여자도 함께였다. 오래간만에 만난 우리는 악수를 하며 반가운 얼굴로 웃었다. 식사와 반주를 곁들였다. 그동안의 긴장감에서 잠시나마 마음의 짐을 털어버리고 술이나 먹자고 마음먹었다. 그녀는 여전히 새침한 표정으로 내 옆에 앉아 있었다. 나는 동료 B로부터 그녀에 대한 이야기를 들었다. 그녀는 오래전에 이혼했으며, 아이는 남편이 데려갔고, 혼자 산다고, 지금은 직장에 다니며 살림을 꾸려가고 있다고, 외로워한다고도 했다. 웃음기 띄며 그가 '외로워'한다는 말에 힘을 주어 말하는 듯했다. 뜬금없다는 듯이, 왜 그런 얘기를 나에게 하지, 하는 의구심을 표하면서도 혼자 산다는 말에 조금은 측은하다는 생각을 했다.

"지금 추진하는 일은 잘 되고 있어요?"

그녀가 걱정된다는 표정으로 내게 물었다. 나 없는 자리에서 동료 B가 여기에서 추진하는 일의 사정을 얘기했던 모양이다. 나는 그런

애기를 이 자리에서 하는 것이 내키지 않았다. 가뜩이나 머리 복잡하고 사람들에게 실망하던 참이라 그들 얘기를 하는 것이 스트레스를 더하는 것 같았기 때문이다.

"잘 되고 있어요. 아마 그놈 이장이 잘 처리해주겠죠 뭐."

나는 능글맞은 이장의 얼굴을 떠올리며 '그놈'이라는 말에 그동안 그에게 굽실거리며 잘 부탁한다는 말을 수없이 되뇌었던 굴욕감을 해소해버리려는 듯 의도적으로 악센트를 주어 내뱉었다.

"자자, 그 얘기는 이 자리에서 그만 하고 술이나 듭시다."

B가 좌중을 제지하며 잔을 들어 올렸다. 나도 잔을 들어 올려 내 옆에 앉은 그녀의 술잔에 쨍,하고 부딪혔다.

그날은 그녀가 좀 일찍 들어가야 한다며 식사와 함께 약간의 술을 마시고 헤어졌다. 나는 좀 더 시간을 가졌으면 하는 아쉬움이 있으면서도 내색은 하지 못하고 그녀를 보냈다. 사라지는 뒷모습을 보니 안쓰러움이 더했다. 그렇지 않아도 안색이 무슨 고민거리가 있는지 어두웠고, 내내 웃는 모습을 보지 못했다.

보름여가 흐른 후 이장으로부터 연락이 왔다. 마을사람들을 설득해봤는데, 그게 좀 쉽지 않더라는 전제를 깔면서, 그래도 내가 부장님하고 약속한 게 있어서 한 사람 한 사람 붙들고 설득했다. 그래서 합의한 것이 마을사람들 모아놓고 그 회사가 하려는 것을 설명을 듣고 결정을 하자, 그러니 날짜를 정해서 우리 마을회관에서 주민설명회를 해달라는 요지의 말이었다. 끝말에 사람들 만나면서 커피 사주고, 술도 사면서 돈을 다 썼다고 혼잣소리처럼 하고는 전화를 끊었다. 이 자가 음흉하긴, 또 손을 내미는 수작이군, 하면서도 어쩔 수 없었다. 다시 이장을 만나서, 이 일 잘 처리만 되면 이장님에게 섭섭지 않게 사례하겠다며 안심시켜 놓고는 밀어붙였다.

그러나 의외의 복병이 나타났다. 막상 주민설명회를 해보니 이장은 생각했던 것만큼 마을주민들에게 영향력을 행사할 수 없다는 것을 알게 되었다. 마을사람들은 전前 이장과 현現 이장 사이에 세력이 양분되어 의견이 갈리고 있었던 것이다. 현 이장의 말로는 누구누구만 설득하면 된다며 다 된 것처럼 떠들었지만 뚜껑을 열어본 즉은 삼사십 퍼센트 이상이 반대로 나타났다. 그중에서도 공장부지에 인접해 사는 한 주민의 반대가 강렬했다. 당신들이 아무리 냄새 안 나고, 오염이 안 된다고 하지만 절대 믿을 수가 없다며, 시골사람답지 않게 조리 있는 언변으로 우리를 공격하다 보니 하나둘 그의 말에 맞장구치는 마을사람들이 늘어났다. 이래서는 안 되겠다 싶어 이장에게 눈짓으로 이 자리를 끝내자고 신호를 주니, 오늘 모든 걸 끝내자는 건 아니고 나중에 더 얘기해보자며 서둘러 자리를 정리했다.

주민설명회 이후로 이장은 눈에 띄게 소극적으로 나왔다. 자기는 최선을 다하는데 전 이장을 너희가 설득해보라며 이제는 공을 우리에게 넘기기까지 했다. 나로서는 진퇴양난이었다. 회사 사장은 이 건을 해결하지 못하면 공장을 인수함으로써 입는 손해가 막대할 것이며, 공장을 허가내지 못하면 당장 수주에도 나서지 못하니 목숨을 내놓을 각오로 해결하라고 윽박질렀다.

나는 도피하는 심정으로 B에게 술이나 먹자며 꼬드겼다. 물론 그녀를 불러낸 것도 이전과 마찬가지였다. 언젠가부터 그녀는 술자리에 꼬박꼬박 참석하는 친구가 되었다. 나는 그동안의 스트레스를 날려버리려는 듯 술을 들이켜고 있었다. 그녀도 그간의 사정을 어느 정도 짐작하고 있는지라 술을 따라주며 자기에게도 술을 달라고 잔을 자주 내밀었다. 그냥 즐기고 싶었다. 이제 스스럼없이 그녀의 손을 잡고, 어깨를 감싸도 부끄러움이 없었다. 다른 사람들이 노래 부르고 춤추기 위해 플로어에 나가 흐느적거리는 모습을 지켜보고 있노라니 내 옆의 그녀도 물끄러미 플로어를 쳐다보고 있었다. 그녀의 옆모습이 평소같이 우수에 차 있는 듯하면서도 또한 무언가 모를 밝은 표정을 감추지 않았다. 가끔 나를 돌아보면서 맥주잔을 입에 가져다 대고는 살짝 웃음 띤 눈짓을 내게 보내곤 했다. 갑자기 그녀의 모습이 환하게 눈에 들어왔다. 나도 모르게 그녀의 옆얼굴에 입술을 갖다 댔다. 어디서 그런 용기가 났는지 몰랐다. 그녀는 깜짝 놀란 듯한 표정을 짓다가 아무 일 없다는 듯이 고개를 돌렸다. 나는 죄지은 사람처럼 이런 말을 하고 있었다.

"저어, 개인적으로 우리 연락할 수 있어요?"

그녀는 잠시 머뭇거렸다. 그리고 이내 결심했다는 듯 내 휴대폰을 집어 들더니 전화번호를 입력해주었다. 나는 환한 표정으로 그녀의 손을 잡아끌었다. 플로어에 나가 그녀를 끌어안고 노래를 불렀다. 술도 많이 취했고, 그녀의 허리도 나긋했다. 갑자기 밀착해 있는 우리를 보고 별일이다 싶다는 듯이 옆에 있던 사람도 웃었다. 그날은 그녀가 혼자 산다는 집 근처까지 데려다 주었다. 집을 향해 비틀거리며 들어가는 뒷모습이 쓸쓸해 보였다. 뒤돌아서 손을 흔들었다. 나도 잘 들어가라며 손을 흔들었다.

4

공장을 허가받기 위한 노력은 쉽지 않았다. 이장은 설득이 되지 않는 사람들에 대해 나 몰라라 하고, 우리에게 해보라며 공을 넘기고는 은근히 사례비만 챙기려 했고, 전 이장이나 반대하는 사람들의 태도가 너무 완강하여 설득은커녕 오히려 반발만 불러일으켰다. 설상가상으로 마을 어귀 도로변에 토양정화장 설치 반대 현수막까지 내걸렸다. 급기야 군청까지 쳐들어가서 허가를 내주면 안 된다고 으름장을 놓기까지 했다. 군청 담당자는 보란 듯이 주민들 때문에 허가를 내주기 어렵다며 반려공문을 보내왔다. 나는 회사에서 설자리가 없는 처지로 몰려갔고, 사장으로부터 그동안의 신임이 무색하리만치 능력 없는 놈으로 낙인찍혀 공개회의 석상에서까지 망신을 받기에 이르렀다.

그동안 매일같이 지방출장 다니며 고군분투했지만 회사로부터도

망신을 당하고, 아내는 그렇게 열심히 했으면 뭐 하냐며, 처음에는 당신 회사가 너무하는 거 아니냐는 등 내 편을 들어주는 듯하다가 내가 툭하면 술 먹고 늦게 퇴근하자, 본격적으로 내 능력에 대해서까지 인신공격조로 퍼붓고는 못 살겠다며 아이 방으로 들어가서는 문도 열어주지 않고, 아침도 차려주지 않는 상황까지 이르렀다. 더군다나 회사를 그만두어야 하는 상황까지 갈 수도 있다는 말에, 당신, 회사 그만두면 이혼할 줄 알라며, 애들에게 들어갈 학비가 얼마나 되는지 아느냐는 말을 비수 던지듯 앙칼지게 날렸다. 말끝에는 꼭, 내가 저런 인간을 믿고 살아왔다며 혀를 끌끌 차는 것을 잊지 않았다. 나는 회사에서나 집안에서나 능력 없는 놈으로 취급받고 설자리가 없는 막다른 골목으로 내몰리고 있었다. 회사에서는 결국 토양정화장 허가를 포기하고 다른 업종에 임대를 주고 마무리했다. 다만, 나에게는 토양정화장 허가가 가능한 다른 부지를 단시일 내에 물색하라는 명이 떨어졌다. 뭐, 하던 일이라 별다른 것은 아니었지만 신뢰가 떨어진 상황이고, 더 이상 회사에서 신임을 받으며 일할 수는 없겠다는 심정으로 또다시 지방으로 향했다.

　나는 출장을 핑계로 더 자주 지방에 내려갔다. 내려가서는 이리저리 살펴보고서 그녀를 만나러 A읍으로 향했다. 저녁이 다 되어 아내에게는, 일이 늦어져서 못 들어간다, 고 문자를 날려놓고는 그녀를 불러냈던 것이다. 아내도 이제 아무런 참견조차 하지 않았다. 일 끝나고 집에 들어가면 일이 잘 되가느냐고 빈말이라도 물어볼 듯한데도 그런 물음조차 없었다.

그녀는 내가 전화를 하면 밝은 표정으로 몇 시까지 기다리라는 말과 함께 회사 끝나면 시간 맞춰 갈 테니 어디 들어가서 먼저 먹고 있으라고 했다. 나는 그녀와 만났던 음식점에 먼저 들어가서 음식을 시켜놓고 먼저 소주잔을 기울였다.

지방에 내려오기만 하면 그녀를 불러내어 같이 식사하고 술도 마시면서 지낸 것이 꽤 여러 번이었다. 이제는 둘만의 시간을 갖게 될 정도로 가까워져 있었다. 개인 연락처를 주고받고부터는 마치 오래 알고 지낸 연인처럼 스스럼이 없었고, 가끔 내 차에 동승해서 지역 외곽을 돌아다니며 몰래 데이트를 즐기곤 했다. 한 번은 저녁을 먹자고 불러내서는, 우리 여기 말고 다른 데로 갈까? 라고 운을 떼어봤더니, 고대했던 말을 들은 것처럼 고개를 끄덕였다. 그녀에게 목적지도 말하지 않고 내처 차를 몰아 고속도로로 들어가 양평으로 원정을 갔다. 레스토랑에서 스테이크로 저녁을 해결하고 차를 몰고 양평 방향으로 향하던 중 길 옆의 자동차 극장으로 갔다. 여름이 지나 가을로 접어드는 날이었다. 꽤 시간이 흘러 벌써 사위는 어두워져 있었다. 나는 그녀에게 눈짓으로 자동차 극장을 가리키며 영화를 보자고 하니 좋아하는 눈빛으로 자기도 영화가 보고 싶었다고 조그만 소리로 말했다.

자동차 극장은 규모가 그렇게 크지 않았지만 뒤로는 남한강이 흐르고, 옆에 수목원이 있어서 분위기가 좋았다. 더군다나 하늘에는 평소에 보지도 못했던 별이 떠 있고, 강 건너편에는 길 따라 건물들에서 비치는 네온사인과 그 뒤로 산맥처럼 연이은 거뭇한 산 그림자가 밤하늘을 배경으로 펼쳐져 있었다.

나는 무슨 영화를 보았는지 기억이 나지 않는다. 예정에도 없었거니와 그녀를 옆에 두고 영화를 보고 있자니 영화 내용은 전혀 머릿속에 들어오지 않고 그녀의 손만 쥐고 만지작거렸다. 그녀가 부끄러웠던지 손을 슬며시 빼내는 눈치였다. 같이 술을 먹으면서 취기가 올랐을 때는 손도 잡고 어깨를 감싸도 아무런 내색을 하지 않더니 이곳에서는 주위를 둘러보면서 조심스러워 했다. 영화관에는 평일이어서 그런지 차량이 몇 대 되지는 않았지만 주변의 상황에 신경 쓰이는 모양이었다. 나는 슬며시 일어나 차량을 빠져나가 캔 맥주 두 개와 마른오징어 한 개, 그리고 과자 두어 봉지를 사들고 돌아왔다. 그 사이 그녀는 영화에 몰입해 심각한 표정을 짓고 있었다. 눈가에 눈물이 조금 고여 있었다. 아마 슬픈 멜로물이었던 것 같았다. 나는 조용히 맥주 캔을 따 그녀에게 건네고 나도 한 모금 마시며 스크린을 쳐다봤지만 벌써 영화는 내 관심거리가 아니었다. 캔 맥주를 거의 반쯤이나 홀짝거리면서 마시다가 다시 그녀의 손을 잡아끌었고, 거부반응이 없자 슬쩍 어깨를 감싸 안았다. 감싸 안는 순간 나는 그녀의 볼에 무엇에 이끌리듯 입술을 갖다 댔고, 그녀가 고개를 돌리려는 찰나 입술이 닿았다. 우리는 서로가 누가 먼저랄 것도 없이 껴안으면서 입술을 비비고 눈빛이 오갔다. 그녀도 오래 참은 격정을 토로하듯 격렬했고, 나도 그동안의 쌓였던 감정을 쏟아내듯 그녀를 원했다. 왜 그때 눈물이 났는지 몰랐다. 그녀도 눈물을 흘렸다. 서로의 입장은 달랐지만 일상의 중압감에서 헤어 나오지 못하던 나와 그녀는 누구도 모르게 숨어 만나면서 일종의 해방구 같은 느낌을 가졌을지 모르겠다고 생각했다.

그녀가 시간을 맞춰 음식점 문을 열고 들어섰다.

"벌써 꽤 마신 거 같네요?"

그랬다. 그녀가 오기 전 나는 소주 한 병을 다 마시고 두 병째도 거의 비워가고 있었다. 앞에 앉는 그녀에게 술잔을 내밀고 소주병을 기울였다. 따라준 소주잔에 입술을 가져다 슬쩍 적시고는 다시 내려놓는다.

"오늘 가본다고 한데는 좀 괜찮았어요?"

내가 출장을 내려오면서 오전에 물건을 보러 내려가니 일 끝나고 저녁에 보자 연락을 한 참이었다.

"좋기는, 가보니까 문제가 많아. 우선 마을이 멀리 떨어져 있어야 되는데, 삼사백 미터도 안 떨어졌어. 어떻게 되겠지 뭐."

"천천히 여유 갖고 찾아봐요. 그게 어디 쉽겠어요!"

그녀는 위로하면서 축 처진 내 어깨를 툭, 친다. 나는 피식 웃으며, 우리가 이렇게 가까워 졌나, 싶을 정도로 그녀와 열정적인 키스를 나눈 이후로는 더 친밀해져 있었다.

"나 아무래도 회사에 사표를 내야 할까 봐!"

나는 불쾌해진 얼굴을 들지 못하고 그녀에게 말했다. 사실 신뢰가 무너진 상태이고 내가 알아서 사표를 내면 언제든지 수리할거라고는 짐작이 되었지만, 아이들을 빌미로 사표만은 안 된다고 냉정하게 아내가 윽박지르는 통에 감히 입 밖에 낼 용기가 없었다.

그 말을 들으면서 그녀도 가만히 술잔의 술을 입에 털어 넣더니 내게 술잔을 바로 넘긴다.

"좀 참아 봐요. 자기가 뭐 능력이 없어서 그 일이 안된 건가. 누가 봐도 거기는 마을과 가깝고 원래 그 마을사람들이 드센 건 이 근방에서 다 아는 사실인데. 자기도 봤잖아요? 그 마을에서 엄청 떨어져 있는 곳에 축산폐수처리공장 세운다니까 인근 마을사람들 전부 동원해서 무산시킨 거 알잖아. 그 사람들이 그런 경험이 많아서……."

그렇다고 해도 내게 위로가 되는 것은 아니었다. 회사는 어쨌든 결과로 말해주는 것이고 책임을 맡았던 나로서는 그 부담에서 벗어날 수 없었던 것이다.

"우리 나가요. 어디 바람도 좀 쐴 겸……."

어느 정도 취기가 오르고 있고 해답도 없는 얘길 더 말해봐야 소용없다고 생각했는지, 아니면 내가 안 돼 보였는지 기분전환도 할 겸 그녀가 먼저 일어서며 밖으로 나가잔다.

우리는 음식점을 나와서 무작정 걷기 시작했다. 불과 몇 분만 걸어도 도심을 벗어날 수 있는 조그만 읍내 거리였지만 우리는 서로 조금 거리를 두고 걸어 나와 어느새 뚝방길을 걸었다. 청미천이라고 했다.

용인, 안성, 음성 등지에서 발원하여 드넓은 평야를 적신 후 A읍과 K 면을 사이에 두고 가로질러 남한강으로 흐르는 긴 강이었다. 도심의 불빛이 멀어지고 사람들의 인기척이 멀어지자 그녀가 다가와 슬쩍 팔짱을 낀다. 어두운 둑방길이었지만 그녀와 내 눈망울만은 밝게 빛나고 있었다.

우리들의 인기척에 놀랐는지 강가 모래톱에서 잠을 청하던 오리 몇 마리가 놀라 푸드덕 날아올랐다. 우리도 덩달아 놀라 움찔하며 내가 그녀를 보호하듯이 허리를 낚아채듯 끌어안았다. 그녀가 나를 보고 빙그레 웃는다. 길게 이어진 강줄기가 희미하게 멀리 기어가고 있었다.

5

나는 그 후로 그녀에게 연락도 하지 않았다. 아니 연락할 수 없었다. 아내는 더욱더 신경질적인 반응을 보였다. 물론 이전과 같이 내가 하는 행동에 무관심한 것은 마찬가지지만 여자의 육감인지 어떤지는 모르나 의심하는 눈치였다. 당연한 의심이기도 했다. 출장 간다고 간 사람이 이제는 툭하면 외박하고, 문자메시지 하나 날리는 것이 전부여서 처음에는 그러려니 했는데 그것이 더 잦아지다 보니 밥상머리에만 앉으면,

"당신 요새 무슨 일 있는 거지? 솔직히 말해봐. 혹시 내가 모르는 여자 생긴 거 아냐?"

나는 뜨끔했으나 생사람 잡지 말라고, 할 소리 있고 못할 소리 따로 있다, 면서 괜히 어깃장을 보이고는 밥만 꾸역꾸역 처넣었다. 그러는 꼴을 보니 한심했나 보다.

하긴, 당신 주제에 무슨 바람이나 피겠어,라고 말하면서도 아내는 못미더워 하는 눈초리로 나를 감시하곤 했다. 아내는 내 성격을 잘 아는 터라 무슨 일을 쉽게 저지를 만큼 충동적인 사람이 아니라는 것을 의심하지 않지만 그래도 안심이 되지 않는가 보았다. 처음에는 그런 점이 좋아 결혼을 했지만 결혼하고 나서 생활하다 보니 사람이 너무 틀에 박힌 일만 하고 조심성이 너무 많아 사는 재미가 없다고 느낀 적이 한두 번이 아니라고 투덜대기까지 했다. 그것이 짜증으로 발전하고, 나아가서는 내 무능력도 그런 성격에 빗대어 공격하기까지 했다. 나는 더욱더 주눅이 들어갔고 한번이라도 허투로 외박하는 날에는 아내의 공격에 방어할 용기마저도 잃어갔다.

회사일도 마찬가지였다. 그 일을 실패한 후에는 사장의 눈길을 피하기 일쑤였다. 물론 같은 동료들끼리는, 그게 뭐 부장님 탓이냐, 그건 불가항력적인 일이다, 그 사람들 설득 못한 것이 혼자 책임질 일은 아니지 않느냐, 며 위로를 하곤 했지만 위로가 되지 않았다. 또한 매주 주례회의 때에는 보고할 사항이 마땅치 않아서 회의에 참석하는 것조차 죽을 맛이었다. 무슨 핑계라도 있으면 그 자리를 벗어나고

픈 심정이 굴뚝같았다.

다른 부지를 알아보라 하는 것도 쉽게 되는 일이 아니었다. 가격이나 부지면적, 건물 크기 등 인수조건이 괜찮다 싶어서 현장을 방문해보면, 인근 마을주민 주거지와 가까이 있어서 다른 조건이 아무리 좋아도 쉽사리 결정을 할 수 없었다. 한번 겪은 일이 있어서 제일 먼저 인근 마을주민들을 만나서 그냥, 부동산에 관심 있는 사람처럼 사정을 알아보기도 하고, 조금 가능성이 있다 싶으면 이장을 찾아갔다. 이장은 대개 자기가 책임지고 나서려는 사람이 없었다. 마을사람들에게 물어보아야 한다며 초점을 돌리거나, 관공서에 가서 알아보고 나에게 다시 오든지 하라며 대꾸도 하지 않는 경우가 대부분이었다. 물론 관공서에 가서 상담하면 해당 법률을 검토해보고 별 이상은 없을 것 같은데, 민원소지가 있어서 잘 되겠느냐고 오히려 나를 쳐다보고 반문하는 투였다.

이렇게 부지를 물색하기 위해 몇 달을 허비하며 보냈다. 아무런 성과도 보여주지 못하고 있으니 회사 사장은 은근히 압박하였다. 그동안의 성과도 있어서 매몰차게 내치진 못하고 있지만, 다른 간부들의 입을 통해서 내가 왜 버티고 있는지 모르겠다고 투덜대더라는 이야기를 우연히 전해 듣기도 했다. 이제 더 버틸 수 없겠다 싶었다. 전전긍긍하며 언제 아내에게 회사를 그만두어야겠다고 말할지를 엿보고 있었다.

이렇게 아내나 회사 일로 인해 그녀를 까맣게 잊고 있던 어느 날

카카오톡으로 메시지가 떴다.

"부장님, 잘 지내시죠? 그동안 하두 연락이 없어서요. 절 잊어버린 건 아닐 테고. 일은 잘 되고 있나요? 걱정되네요. 한번 연락 주세요. 꼭."

그랬다. A읍에 뻔질나게 드나들 때는 한 번도 빠짐없이 불러내서는 밥도 먹고, 술도 먹고, 뚝방길 걸으면서 몰래 데이트도 하고, 외곽으로 드라이브 나가서는 아내와는 다른 달콤함과 해방감을 느끼곤 했던 것이 엊그제 같은데, 벌써 그녀를 잊어버리고 있는 것 같았다. 머리가 터질 듯한 압박감을 느끼고 있던 나는 갑자기 그녀의 문자 메시지를 보고 무엇엔가 이끌리듯 휴대폰의 자판을 누르고 있었다.

"은정 씨, 미안해요. 그동안 연락을 못해서. 회사일이 잘 안 풀려서 마음이 여의치 않았어요. 그리고 지금 너무 머리가 아프네요. 혹시, 만날 수 있을까요?"

그녀로부터 다시 메시지가 도착했다.

"예, 그러셨군요. 사정은 어떤지 모르지만, 한번 내려 오셔서 연락 주세요. 기다리고 있겠습니다."

6

우리는 한동안 아무 말도 하지 않고 뚝방길을 계속해서 걸었다. 밤 안개는 더욱 짙게 드리워 불과 몇 발자국 앞도 보이지 않을 정도였다. 마치 내 인생의 앞길을 가로막는 장애물 같다는 생각을 언뜻 하고 있었다. 그녀도 크게 다르지 않을 거라고 생각했다. 이혼한 후로 한때는 가끔 커가는 아이들을 몰래 불러내서는 밥도 먹이고, 옷도 사주는 재미로 살았는데, 아이들이 사춘기를 지나고부터는 연락도 잘 안 되고, 연락이 되면 바쁘다는 핑계로 전화를 끊어버리기 다반사라고 했다. 그녀가 생각하기로는 아이들이 엄마와 연락하는 것을 달가워하지 않는 전남편이 막고 있는 것 같다고도 했다. 그런 일로 수심이 깊은 얼굴을 하며 고민하는 얼굴을 두고 그녀와 연락이 끊어진 때가 바로 그즈음이었다.

"아이들하고는 다시 연락이 돼?"

그녀는 대답 대신 고개를 가로 저었다. 나는 그녀의 잡은 손을 더욱 그러쥐면서 힘을 주었다. 힘내라고 그녀를 위로하는 표시였다. 그녀도 화답이라도 하듯 힘을 주어 신호를 보냈다. 얼마나 걸어왔는지 모른다. 이렇게 걸어가다가는 남한강이 나올 것이라고 그녀를 쳐다보며 말했다. 그녀도 웃었다.

"아까 성당에서는 무엇을 그렇게 간절하게 빌었어?"

나는 그녀의 평소 같지 않은 진지함에 무슨 일이 있는가 싶어 다시

한 번 물었다. 그녀는 역시 이번에도 대답하지 않았다. 그냥, 이라는 말만 하고는 다시 걷기만 했다.

갈대숲은 을씨년스러웠다. 조금 있으면 겨울도 다 지나가고 다시 새싹이 올라오겠지만 막바지 추위가 갈대의 서걱대는 소리에 더하여 우리를 더욱 오싹하게 만들었다. 그녀가 나를 쳐다보고는, 춥지 않느냐, 고 물었다. 갑작스럽게 그녀가 묻는 것이 그냥 추워서 묻고 있는 소리가 아니라는 것쯤은 알아챌 수 있었다. 둘은 무언가 아쉬워하고 있었다. 나는 그녀의 손을 잡아끌어 마을을 잇는 다리를 건너 도로로 나섰다. 그녀는 아무 말도 없이 내가 이끄는 대로 따랐다. 무엇을 하자는 것인지 인지상정으로 통하고 있었다. 지나가는 택시를 잡아 타고 가까운 모텔로 가자고 했다.

그녀는 내게 몸을 맡기면서 아무런 말을 하지 않았다. 격정에 신음만 토해내곤 이내 방 안에는 적막이 흘렀다. 한참을 그렇게 누워서 천장을 쳐다보았다. 나는 담배를 피워 물고 그녀를 쳐다보았다. 이윽고 그녀가 나를 돌아보면서 말했다.

"날 사랑하긴 해요?"

대답이 없었다.

"날 사랑하지 않아도 상관없어요. 당신이나 나나 외로워서 그동안 서로 붙잡고 있었던 거예요. 나도 잘 알아요. 당신이 떠나가리란 걸……."

나는 부정하지 않았다. 나는 그런 용기도, 일탈도 감히 꿈꾸지 못했다.

"당신은 꼭 눈사람 같아요. 내가 어렸을 때 눈이 펑펑 내리면 오빠랑 눈을 뭉쳐서 눈사람을 만들어놓고는 마당 한구석에다 세워놓잖아요. 바로 그 눈사람…… 눈사람은 아무것도 하지 않고 겨우내 녹았다 얼었다 하다가 서서히 흔적도 없이 사라지잖아요. 요즘은 겨울에도 너무 따뜻해서 금방 녹아 없어져 버리긴 하지만…… 당신이 그 눈사람 같아요. 어찌 당신만 그러겠어요? 세상 살면서 이러지도 저러지도 못하면서 그냥, 지켜만 보고, 애만 태우다 속 문드러지는 사람, 겨울 추위에 온몸이 드러나도 누구 하나 쳐다보지 않는 눈사람 같은 사람들 말예요. 물론 나도 마찬가지예요. 살면서 너무 힘들었어요. 사실 여태껏 내 의지대로 살아본 게 없는 거 같아요. 그러니 눈사람인 당신을 사랑한 거예요. 나도 당신과 똑같은 눈사람이니까…… 정말 당신을 사랑한 거예요."

어둠 속 그녀의 눈가에 살짝 눈물이 맺혔다. 나도 역시 부정하지 않았다. 대신 나는 그녀를 으스러져라 끌어안았다. 그녀가 잠시 몸을 떨었다. 껴안고 있는 두 사람의 신체가 서서히 녹기 시작했다. 그럴수록 더욱더 힘을 주어 끌어안았다. 손가락 사이로 빠져나가는 물처럼 녹아내리는 신체가 안타깝기라도 한 듯 둘은 갈망의 눈빛으로 서로의 슬픈 눈동자만 쳐다보았다. 이내 둘이 누워 있던 자리는 물이 흥건하였다. 봄이 오고 있었다.

아그배의 추억

누구에게나 유년의 추억은 있다.

그 유년이 쓸쓸했든 아니든, 또는 지나온 삶이 고통스러웠든 아니든 간에 아련한 기억은 모두 따뜻하기 마련이다. 여훈은 지금 고향으로 가는 버스에 몸을 싣고 있다. 고향으로 가는 버스에 몸을 실은 다음부터는 자연스럽게 과거의 기억으로 여행을 떠났다.

참 오랜만에 몸을 실은 버스다. 서울에서 버스 타면 갈아타는 시간 합쳐서 겨우 두 시간이면 갈 수 있는 거리임에도 그토록 발길을 끊어왔는지 알다가도 모를 일이다. 굳이 변명하자면 초등학교 때 우리 집이 솔가를 해 서울로 이사해온 이후로 쉽게 갈 수 없었는지 모른다. 아니다. 그래도 중학교 다닐 때까지만 해도 고향에 가끔 내려가 마을 앞산 밑을 흐르는 작은 계곡에서 동무들 하고 가재며 중태기(버들치)를 잡아 버들가지에 꿰어 구워먹고, 다락논가 둠벙 품어 송사리, 징거미, 미꾸라지, 개구리를 잡아 어죽 끓여 먹던 추억이 있었다.

가재는 달래 뿌리가 여물기 시작하고 알을 품을 때가 제격이었다.

다른 때는 맛이 없어서 그런지는 몰라도 잡아먹지 않았다. 그때면 가재가 새끼를 치기 위해 가재 꼬리에 까만 알을 하나 가득 달고 물속을 어기적어기적 걸어 다니거나, 자갈돌 밑에 굴을 파고 들어앉아 밖의 동정을 살피며 더듬이를 조아리고 있을 뿐 행동이 민첩하지 않았다. 우리는 개울의 자갈들을 뒤집어 가재를 잡았다. 가재는 꼬리 부분으로 추진력을 얻어 뒤로 잽싸게 도망가기 때문에 섣불리 손을 먼저 집어넣지 않아야 한다. 돌을 떠들면 흙탕물이 일어 가재를 잘 볼수 없을 뿐만 아니라, 잘못하면 커다란 집게발로 손가락을 물릴 수도 있기 때문이다. 흙탕물이 가서 가재가 잘 보일 때까지 끈기를 가지고 기다려야 한다. 그러면 거기 가재가 가만히 웅크리고 있다. 살그머니 가재의 뒤로 손을 집어넣어 움켜잡으면 그만이다. 가재가 어느 정도 먹을 만치 잡히면 모닥불을 피웠다. 모닥불이 거의 타들어갈 무렵 시뻘건 숯덩이들만 남아 이글이글 타고 있을 때, 가재가 불 위에 엎어 놓으면 이내 쉬익 쉭, 소리를 내며 가재가 빨갛게 구워진다. 빨갛게 구워진 가재의 딱딱한 등딱지를 떼어내면 김이 모락모락 피어오르며 먹음직스런 간식거리가 되는 것이다. 바삭바삭 부서지는 식감 때문에 가재를 구워 먹는다.

중태기는 어떤가. 중태기는 산골 맑은 물에서만 사는 작고 깨끗한 물고기다. 배면은 하얗고 등은 잿빛이 도는 은회색이다. 여훈의 고향에는 특히 중태기가 많았다. 다른 물고기는 그리 잡히지 않았다. 중태기는 아무 때나 잡아먹지만 겨울에 특히 맛이 있었고, 잡는 재미도 있었다. 온 산이 하얗게 눈으로 덮이고, 개울에 얼음이 얼어 얼음장 밑으로 마을의 전설이 흐를 때 사냥을 나간다. 겨울은 유난히 추웠지만 그렇다고 집 안에만 가만히 있지는 않았다. 도끼나 쇠망치, 쇠지레, 그리고 고기를 뜰 뜰채만 있으면 준비는 다 된 것이다. 겨울에는 너무 춥기 때문에 고기들이 바위 밑에 들어가 거의 활동을 하지 않는다. 따라서 우리는 도끼로 그 바위를 텅텅, 두어 번 때리고는 쇠지레로 바위를 떠들기만 하면 된다. 그러면 중태기가 허연 배때기를 드러내고 둥둥 떠오른다. 바위를 때리는 충격에 잠시 기절을 한 것이므로 잽싸게 고기를 뜨지 않으면 안 된다.

고기를 잡은 후, 한쪽에서는 나무를 거둬다 쌓아놓고 불을 지펴 활활 잘 타도록 만반의 준비를 한다. 다른 한쪽은 꽁꽁 언 손을 호호 불며 고기를 얼음물에 씻어 넓적한 돌에 펼쳐놓고, 가느다란 버들가지를 꺾어 일일이 고기 아가미에 꿴다. 그러면 준비는 끝난다.

불이 잘 피워지면 좋겠지만 항시 그렇지는 않았다. 연기만 무럭무럭 피어오르는 곳에 대고 입술이 부르트도록 입김을 불고 나면 눈물이 핑그르르 돈다. 어떤 놈은 연기를 들이마시고 저만치 떨어져 캑캑, 기침을 해대며 야단이었다. 태초부터 인류는 불과 친해서 그랬던가. 우리는 불장난하는 것이 무엇보다 신기했고 재미있었다. 불을 피울 수 있다는 것만으로도 어른이 다 된 특별 허가를 받은 양 우쭐하면서 말이다. 나무가 거의 다 타들어갈 무렵 잉걸불만 남았을 때, 중태기를 꽂아 논 버들가지 꿰미를 불 옆 땅에 줄줄이 박아 불기에 익도록 비스듬히 기울여놓는다. 그러면 지글지글 소리를 내며 중태기는 이내 은회색 자태를 잃고 노르스름하게 익는다. 그 익는 양을 바라보고 있는 친구들은 먹기도 전에 볼따구니에 숯검정을 칠하고 기다린다. 다 익기도 전에 다투어 손을 뻗는다. 고기에 재티가 묻어도 아랑곳하지 않는다. 먹느라 정신이 없다. 그 사이 얼굴에 묻은 숯검정을 보고는, 그 모양이 우스운지 서로들 깔깔거리고 웃는다. 한바탕 골짜기가 떠나갈 듯하다.

여훈은 버스 안에서 어릴 적 추억을 떠올리며 슬며시 미소가 번지는 것을 멈출 수 없었다. 하얗게 눈 덮인 논이며 짚동가리, 아무런 기척 없던 마을길, 동그마니 앉아 바람을 맞고 있는 횅뎅그렁한 초가집(얼마 안 있어 새마을 운동으로 지붕만 슬레이트로 바뀐), 저녁밥 짓는 연기가 모락모락 피어오르던 마을, 너무 조용했다. 가끔 바람이 불어 눈 덮인 솔가지가 무게를 못 이겨 우지끈, 부러지는 소리만 울려 퍼질 뿐, 굴뚝에 연기가 피어오를 때쯤이면, 우리는 슬슬 일어나 꺼져가는 모닥불에 빙 둘러섰다. 누가 먼저랄 것도 없이 낄낄거리며 그것을 내놓고 오줌을 깔기기 시작했다. 피시식, 피시식 불이 꺼져가는 소리를 들으며 누가 제일 늦게까지 오줌을 깔기는지 내기를 했다. 그러면 키도 제일 크고 덩치도 제일 큰 관석이가 매일 일등을 차지했다. 후훗, 자식들! 그들의 얼굴이 하나씩 하나씩 그려졌다간 사라졌다. 그러나 또렷하지가 않았다.

지금 여훈은 아버지를 대신해서 오촌 당숙의 부음을 듣고 고향으로 가는 길이다. 얼마만인지 모른다. 고등학교를 다니던 이후로 발길을 끊었으니 벌써 이십여 년이 훌쩍 넘은 셈이다. 가끔 아버지는 한식 성묘나 시제를 지낼 때면 고향에 다녀오시는 눈치였으나, 같이 가자는 소리는 하지 않았다. 여훈이 스스로도 발길을 끊었을 뿐 아니라 딱히 그곳에 가야 할 이유는 없었다. 기껏해야 친척이라곤 매일 술에 절어 사는 당숙과 아주 먼 친척 몇이 살고 있었을 뿐이니 말이다. 더군다나 대학교에 들어간 여훈이 전두환 정권 시절 감옥에 드나든 이후로 아버지는 통 고향에 같이 가자는 얘기를 하지 않으셨다. 당신 스스로도 자식이 감옥에 갔다 온 것을 창피하게 여겼던지 문중 사람들에게 보이고 싶지 않으셨을 것이다.

여훈은 그것이 오히려 편했다. 감옥에 갔다 온 이후로 사회단체를 전전하며 제 밥벌이마저 변변히 못하고 있던 터라 얼굴도 잘 모르는 먼 일가친척들을 만난다는 것에 부담을 느끼고 있었던 것이다. 그러던 중 문민정부가 들어섰다. 감옥 갔다는 이유로 학교도 졸업하지 못했는데 복학이 허용되자, 아버지는 여훈더러 복학을 하라고 성화를 해댔고, 아버지의 소원에 따라 복학을 했다. 겨우겨우 졸업을 한 여훈이 어렵사리 조그만 기업에 취직을 하기까지 아버지의 성화는 말도 못했다. 사회단체 활동을 그만두고 회사에 나가게 된 것도 아버지의 간곡한 부탁이 크게 작용한 점을 부인할 수 없었다. 그런 회사에나마 취직을 하자 아버지는 얼마나 좋아하셨는지 모른다.

아버지는 사상적으로 완고한 어른이었다. 당시 아버지는 대학생들

이 공부는 안 하고 데모한다고 경멸했으며, 북괴놈들 무서운 줄 알고
나 저런 짓거리들을 하느냐며 데모하는 놈들은 모두 빨갱이로 통했
다. 심지어 대가리에 피도 안 마른 것들이 아무것도 모르면서 정부를
비판한다며 모조리 잡아다 감옥에 처넣어야 한다고 노발대발했다.
막상 아들놈이 감옥에 들어가자 배신감과 충격은 이루 말할 수 없었
다. 아버지는 몇 날 며칠 식음을 전폐했으며(나중에 어머니로부터 전해
들은 이야기지만), 몇 개월 감옥에 있는 동안에도 어머니가 아들 면회
가자고 꼬드겨도 창피하다며 한 번도 발걸음을 하지 않았던 분이다.
그런 아들이 정신 차리고 취직을 했으니 아버지로서는 다시 세상을
얻은 양 얼마나 기뻤겠는가. 실상은 제 생활비 대기도 어려운 봉급을
주는 아주 부실한 직장이었음에도 말이다. 그때부터 아버지는 여훈
을 데리고 고향에 내려가려 여훈의 눈치를 보곤 했다. 그러나 이런저
런 핑계를 대어 그 이후로도 고향에 간 일은 없었다. 그런데 덜컥 아
버지가 중풍으로 앓아눕기 시작하면서 사정이 달라졌다. 할 수 없이
아버지 대신 집안일에 참여하지 않을 수 없었으며, 오늘도 그런 연유
로 해서 고향으로 가는 버스를 타게 된 것이다.

　아침을 먹고 있던 자리에서였다.

　아내 수정이 젓가락으로 밥알을 깨작거리며 먹기 싫은 밥을 억지
로 먹는 모습을 보자니 고역이었다. 생각 같아서는 버럭 소리를 치
고 싶었으나 꾹, 참고 있는 중이다. 어머니도 그 모양을 보고는 며느
리가 눈치 채지 않게 얼굴을 찡그린다. 아들이 겨우 제 밥벌이 정도

나 하고 있고, 며느리가 출판사에 나가 생활비에 보태고 있어 그나마 집안 살림이 유지되고 있었으니, 어머니는 며느리에게 기를 못 펴셨다. 더군다나 남편마저 중풍으로 병석에 누워 있으니, 며느리의 눈치를 살피는 게 이만저만한 일이 아니었다. 며느리가 아무 소리 안 하고 잘 참아주는 것 만해도 여간 고마운 일이 아니라고 생각했다.

여훈은 요즘 수정에게 무감각하다. 잠자리에서 은근히 손길만 뻗쳐도 아내는 무슨 짐승이라도 다가오는 양 한사코 몸을 사렸다. 다가오지 말라는 것이다. 한 번은 잔뜩 화가 나서 덮고 자던 이불을 획 뒤집어버리고는, 왜 그러느냐고 버럭 화를 냈더니 수정이, 애 하나 키우기도 벅찬데 당신 주제에 하나 더 키울 수 있겠느냐며 냉랭한 바람을 일으키고는 밖으로 나가 버렸다. 수정은 여훈의 생리적 본능을 단호히 거부하면서 그의 경제적 무능력을 연계시켜 시위하고 있는 중이었다. 여훈은 여지없이 자존심이 무너지면서 수정으로의 욕정도 동시에 무너지고 있었다. 여훈이 수정에게 무관심한 만큼 수정은 더욱더 냉랭해졌다. 등을 보이고 자기 일쑤였다. 만리장성보다도 더 높은, 미동도 하지 않는 등판만을 쳐다보고 잔 것이 벌써 몇 달이 흘렀는지 모른다.

"얘야, 당숙 아저씨가 알콜중독에다 영양실조 때미 돌아가셨단다. 쯧쯧, 그여 그 양반이…… 어쩌겠냐? 네가 가봐야지. 모레가 발인이라는데……."

여훈은 가끔 아버지가 고향에 다녀오실 때면 고향 소식을 물어오면서 당숙 아저씨 얘기를 해서 사정은 알고 있었다.

"쯧쯧, 그 사람 참, 큰일이야. 안식구 도망간 이후로 이제는 아예 술로 살고 있더구만. 술로 찌들어서 얼굴은 시커멓고…… 새끼들 하나 지 애비 들여다보지도 않으니, 밥이라곤 아예 구경도 못하는 것 같어. 그러다간 오래 못 살겠어, 오래 못살아. 쯧쯧……."

연신 입맛을 다시듯 쯧쯧, 소리를 내며 긴 한숨을 내쉬던 아버지였다.

"그럼, 워쩐대유? 그러다 산송장 치우기라두 허믄……."

어머니는 당숙이 옆에 있는 사람마냥 걱정이 되는지 근심어린 표정으로 아버지를 쳐다봤다.

"그려두 이웃사람들이 가끔 들여다보나 봐, 끼니두 가끔 챙겨주구, 근디 그러문 뭐하나. 그런 것이라두 제대로 먹어야지! 갖다 주면 제대로 먹지도 못하나 봐. 맨날 술만 찾구……."

여훈이 중학시절 고향에 놀러갈 때면 당숙집에 머물렀다. 가장 가까운 친척이라곤 그분밖에 없었으니 당연하기도 하려니와 여훈이 나이 또래의 큰아들이 있어 그와 어울려 놀러 다니기도 좋았다. 아침에 일어나 보면 당숙은 어김없이 여훈이와 그의 아들이 자고 있는 사랑방 부엌에서 쇠죽을 끓이고 있었다. 그분은 일 년 열두 달 술을 입에 달고 있을 정도로 워낙 술을 좋아했다. 고주망태가 되면 누구든 붙들고 싸움 벌이는 게 다반사였다. 쉽게 말해서 술만 취하면 동네에서는 아예 내 논 자식 취급했던 것이다. 그럼에도 이튿날 새벽이면 어김없이 일어나 전날 밤에 무슨 일이 있었냐 싶게 태연히 앉아 쇠죽솥 아궁이에 솔가지를 분질러 넣고 있는 것이었다.

"춥지는 않았냐?"

당숙이 여훈에게 한 말이라곤, 아침에 쇠죽 끓이다 말고 꾸부정한 허리를 펴고 빙그레 웃으며 건네는 이 말과 고향에 내려와 꾸벅, 인사를 하면, "그래, 아버진 안녕하시냐?"란 말 두어 마디밖에 하지 않았다. 술만 취하지 않으면 워낙 과묵해서 감히 무슨 말이라도 건넬 엄두가 나지 않는 분이었다. 술에 취하지 않은 날이 별로 없었지만, 그래도 멀쩡한 정신일 때는 주로 나무를 하러 산으로 들어갔다. 보리밥 한 그릇을 뚝딱 해치우고, 삭정이 치는 거친 조선낫을 지게에 척, 얹은 다음 가뿐히 지게를 들어 어깨에 건다. 그리곤 묵묵히 산모퉁이를 돌아 사라지던 모습이 여훈의 머릿속에 각인된 그에 관한 기억의 전부다. 그만큼 여훈은 아이들과 어울려 노는 데만 정신이 팔렸지 당숙의 일에 대해서는 신경 쓰지 않았다.

당숙모는 여훈을 무척 귀여워했다. 행실이 헤퍼보여서 헤실헤실 웃기 잘하고, 남 비위를 맞추는 데는 일가견이 있다고 주위 사람들이 삐죽거렸지만, 그래도 여훈은 당숙모가 좋았다. 틈만 나면 서울에 가서도 공부 잘한다고 머리 쓰다듬어주면서 칭찬하는 것이 싫지 않았다. 어디서 들었는지는 몰라도, 아니 지레 짐작하고 하는 소리임에 틀림없지만 시골에서 전학을 가 공부를 잘하는 것이 얼마나 어렵고 대견하냐 하는 말이다. 그러면서 꼭 자기 아들딸들을 돌아보며, "너희들도 형 같이 공부 잘해야 한다"는 말을 빼놓지 않았다. 여훈은 겨우 중간에서 윗길쯤 하는 실력인 자기를 칭찬하는 것이 한편으로는 창피하고 쑥스러워 어쩔 줄 모르면서도 또 한편으로는 우쭐한 마음이 드는 것도 어쩔 수 없었다.

또 개구쟁이들이 옷을 전부 진흙투성이로 버려가면서 물고기를 잡아가도 아무 말 없이 물고기조림을 해주기도 하고, 국수발을 넣어 끓인 맛있는 어죽을 푸짐하게 내오기도 했다. 우리들이 그래도 사내들이라고 맛을 보라며 막걸리도 내다주곤 했다. 정말 당숙모는 달착지근한, 그리고 사기 사발에 찰랑찰랑 넘치는 막걸리처럼 수더분하고 정이 넘치는 시골 아낙이었다. 어쨌든 당숙모는 우리들 비위를 잘 맞췄다. 생글생글 웃으며 무슨 일이든 잘 해주려고 애를 쓰는 당숙모가 좋았다. 그것뿐만이 아니다. 여훈이 다시 서울로 올라가려 할 때면, 꼭 동구 밖까지 쫓아 나와 치마를 걷어 올려 고쟁이에서 꼬깃꼬깃한 지폐 몇 장을 꺼내 쥐여 주며, "올라 가문서 맛있는 거 꼭 사먹거라 이!"라는 말을 잊지 않았다.

그런데 여훈이 대학입시 준비로 눈코 뜰 새 없을 때 이상한 소문이 끊임없이 바람을 타고 올라왔다. 당숙모가 바람을 피우고 있다는 것이었다. 지붕개량 하던 때부터였다고 한다. 소문들을 재구성해서 맞춰보면 대충 이러했다

여훈의 고향은 산골이어서 다른 곳보다 상당히 뒤늦게 지붕개량을 하기 시작했다. 일테면 큰 신작로에 면한 다른 마을들은 우선적으로

지원을 받아서 일찌감치 끝냈지만 전시효과에서 밀리는 산골마을이라 아주 늦게 새마을 운동이 벌어진 것이다. 초가지붕을 일제히 거둬내고 슬레이트 지붕으로 누구네 집 할 것 없이 똑같이 씌워놓고, 빨간색, 파란색으로 페인트를 칠하는 우스꽝스런 작업이었다.

지붕개량 작업이 당숙모의 바람피우는 것과 무슨 직접적인 관계가 있는 것은 아니지만, 그때부터 마을에는 이상한 분위기가 감돌았다. 마을은 확실히 변하긴 변했다. 초가지붕에서 슬레이트 지붕으로 바뀐 것뿐만 아니라, 버드나무숲으로 가득 찼던 마을을 가로질러 흐르는 개울이 버드나무가 뿌리 채 뽑혀나가고 개울 뚝은 가지런히 시멘트벽으로 발라졌다. 마을 아낙네들은 공동구판장을 운영한다며 삼삼오오 몰려 읍내 장을 뻔질나게 나다녔다.

더 나아가서 아낙네들은 친목계를 구성해서 여행도 다니고, 또 파종이나 추수가 끝나면 그 핑계로 유원지에 나들이 하는 빈도수가 많아졌다. 떡본 김에 제사 지낸다고, 술판을 벌이고 남정네들과 손목잡고 춤추는 것쯤은 아무것도 아니게 되었다. 지붕개량 이전에는 꿈도 꾸지 않았던 새로운 문화가 꿈틀대고 있었던 것이다. 그러나 이도 시간이 지나면서 시들해져갈 무렵이었다. 다시 마을은 평안해졌다.

하지만 당숙모에게만은 그것이 아니었다.

매일같이 술타령에 행패만 부리는 남편과 읍내 장에 드나들면서 만났던 남자는 영판 달랐다. 그가 누구인지 여훈은 모른다. 어쨌든 당숙모는 쌀독에서 쌀을 퍼내가기 시작했고, 심지어는 며칠씩 밤을 새고 들어오기까지 했다. 빚도 상당수라고 했다. 이 모든 것은 큰아들이 군대에 가 있을 때 벌어졌다.

당숙은 그때는 이미 폐인이 다 되어서 아내 하나 제대로 건사할 처지가 못 되었다. 방 안에 누워 술병을 끼고 기껏 밖에다 대고 혀 꼬부라진 말로 한다는 소리가,

"이년, 어디서 자빠졌다 인제 들어오는 겨. 그럴라문 나가 뒈져버려! 씨부랄년아! 집구석에 뭐 처먹을 게 있다고 또 들어와, 이 잡년아! 서방 잡아먹을 년아!"

그뿐이었다. 그러다 감정이 더 격해지면 소주병을 방문에 집어던지는 정도였다.

큰아들이 제대해 돌아왔을 때 온 집안이 발칵 뒤집혔다. 그 사실을 알고 큰아들이 세간살이를 모두 때려 부수고 농약을 먹고 자살을 기도했던 것이다. 다행히 일찍 발견돼서 목숨은 살렸지만, 그도 역시 술타령은 마찬가지였다. 그리고 집을 나갔다.

집안에서는 전혀 의사표현 능력이 없는 당숙을 제쳐두고 당숙모를 간통죄로 고소한다며 떠들썩했지만 뜻을 관철하지는 못했다. 집안 망신이라며 당숙모를 내쫓으려고 경찰서에 드나들었지만 당사자인 당숙모가 "네까짓 것들이 뭔데 남의 속고쟁이 일에 참견하느냐"며 악다구니 해대는 통에 흐지부지되었다. 뿐만 아니라 동네에서는 화냥년이라며 왕따 시켰다. 그러던 어느 날 밤에 아예 사라져버렸다. 사람들은 바람피우던 남자와 도망갔다느니, C 시에 있는 장거리 어

느 주막집에서 우연히 봤다느니 말들이 많았지만 정확한 풍문은 없었다. 나중에 안 일이지만 당숙모는 그 남자에게 찾아갔지만 그 사람 역시 당숙모와 결합해서 살 형편이 되지 못하는 처지였다고 한다. 그 남자도 당숙모와 바람피운 것은 단지 희롱을 일삼았던 건달기에 의한 불장난이었지 시골 아낙을 책임지겠다는 의식은 전혀 없었던지라, 막상 당숙모가 보따리 싸서 찾아오자 그 남자는 그럴 줄은 꿈에도 생각 못했다며 오히려 눈을 부라리며 매정하게 내쳤던 모양이었다. 실상은 당숙모만 그 사람에게 이용당한 꼴이었다. 그 이후로 당숙모가 어디에서 어떻게 사는지 소식은 들려오지 않았다.

문제는 그다음이었다. 이미 딸들은 중학교만 마치고 도시로 돈 벌러 나간 상태여서 아버지와는 그리 가깝지 못했다. 매일 술에 빠져 사는 아버지가 원망스럽기까지 했으니, 오히려 아버지는 제쳐두고 어디에 있는지도 모를 어머니만을 찾고 다닌다는 얘기였다. 그래도 가끔, 아주 가끔 아버지에게 들리긴 했지만 밥을 차려주곤 이내 떠나버렸다. 그나마 명절 때는 얼굴을 내밀더니만 어느 해부턴가 명절이 되어도 집에 들르지 않게 되었다. 큰아들은 아예 고향에 발걸음을 끊어버렸다. 밖을 떠돌면서 역시 어머니에게 연락을 하며 산다는 풍문이 떠돌았다. 아니 아예 모시고 산다는 말까지 있었다. 자식들은 어머니를 모두 용서하고 있음에 틀림없었다. 그러나 집안 어른들은 불쾌한 표정을 감추지 않았다. 불쌍한 제 아버지는 내팽개쳐두고 오히려 죄지은 어미한테만 드나든다는 것이 이유였다.

그렇게 집안이 풍비박산이 난 이후, 당숙은 집을 혼자 지키면서 어쩌다 이웃집에서 챙겨다 주는 밥으로 연명을 하고 술로 나날을 보냈다. 나중에는 거의 거동도 하지 못하고 방 안에만 누워 있는 처지가 되었다. 어쩌다 찾는 사람에게는 누구랄 것도 없이 잘 알아보지 못하고 욕을 해대기 일쑤였고, 술이 취한 상태에서 고래고래 내뱉는 말이 고약스러웠다.

"지미랄 것들! 내 마누라 어딨어? 어디다 빼돌렸냔 말여! 빨리 안 데려와! 내 마누라 데려다 뭔 지랄들 하는 겨!"

소리치는 것이 꼭 미친 사람 같았다고 한다. 몸 하나 가눌 수 없고 정신도 오락가락하는 본인 처지는 전혀 생각 못 하고, 그런 파국의 상황으로 몰아간 것에 대해 증오심만 키워가고 있었던 것이다. 집안 어른들을 비롯해서 심지어는 그를 둘러싸고 있는 이웃 사람들에 대해서까지.

그렇게 아무에게나 욕을 해대니 이웃 사람들도 자주 들여다보지 않았고, 그러던 어느 날 집 안이 조용하다 싶어 이상히 여긴 이웃집 아주머니가 방문을 열어보니 죽어 있었다고 했다. 밖으로 기어 나오려 했는지 방문턱 앞에서 방문도 열어보지 못하고 눈을 허옇게 뜨고 죽었다고 했다. 언제 죽었는지도 정확히 몰랐다.

당숙의 집에 도착해보니 장례식을 치루는 집답지 않게 너무 썰렁했다. 그도 그럴 것이 살아서 남에게 인덕을 베풀며 산 것도 아니고,

매일같이 술에 취해 사람대접 제대로 받지 못하고 산 인생이요, 거기다 티끌 같던 가족이나마 정 쏟으며 올곧게 살았으면 그나마 훈훈한 온기라도 남아 있으련만 그것도 아니었다.

대문은 돌쩌귀 하나가 떨어져나가 반쯤 기운 상태였고, 마당이며 뜰에는 잡풀이 수북이 자라 이게 사람 사는 집이었는지 의심스러울 지경이었다. 뒤뜰로 돌아가 보니 밤나무 한 그루가 무성히 자라 풀섶에는 벌써 아람불은 토실한 밤이 떨어져 구르고 있었다. 당숙이 심은 나무라고 했다. 사람이 죽어서 밤을 딸 사람은 없어도 나무는 무성해서 가을 햇볕에 짙은 갈색의 밤알들이 나란히 누워 배부른 배때기를 두드리고 있었다.

동네 사람들은 대충 마당의 잡풀부터 제거하고 차일을 쳐놓았다. 한쪽 마당 구석에서는 벌써 술판을 벌이고 있었다. 워낙 술로 세월을 보낸 사람이니 술로 이승 생활의 아쉬움을 달랠 수밖에. 당숙과 툭하면 싸움질하던 아저씨들은 아예 멍석을 펴놓고 주질러 앉을 판이다. 동네 아낙들은 부엌이며 마당가에서 전을 붙이고 음식을 장만하느라 여념이 없다. 안주인이 있어 부엌일을 주재할 사람이 없음에도 저마다 자기 집에서 그릇이며 숟가락 등 살림가지들을 챙겨 나와 도와주는 품이 참 다행이다 싶었다. 가끔 깔깔거리는 웃음소리가 앞마당까지 새어나온다. 누구 하나 망자에 대해서 슬퍼하는 기색은 없었다. 당연히 예상했다는 듯이 그저 데면데면했다.

어떻게 연락을 받았는지 큰아들이 와 있었다. 제 아버지마냥 얼굴은 시커멓게 찌들어 있었고, 갈아입은 누런 색깔의 상복과 묘한 대조를 이루었다. 얼굴도 제대로 못 들고 백부며 아저씨들이 시키는 대로 따라 할 뿐이었다. 아무런 동요의 표정도 없었다. 그에게 가해지는 공공연한 비난이나 등 뒤에서 느껴지는 눈초리들이 그를 한없이 움츠려들게 하고 있었다. 아니면 화가 났을지도 모른다. 곡할 줄도 모르고 묵묵히 망자의 관 앞에 서 있는 그의 표정이 꼭 그렇게 느껴졌다.

그날 저녁 때까지도 당숙모는 나타나지 않았다. 아마 나타나지 않을 것이라 했다. 동네 사람들은 은근히 그녀가 나타나길 기다렸는지도 모른다. 그녀가 나타나면 무슨 일이 벌어질까 무척 궁금해하는 눈치이기도 했고, 어쩌면 방조자였을 동네 아낙들은 강 건너 불구경하듯 서방을 잡아먹은 년의 상판대기가 어떻게 변했을까 궁금해하는 것 같기도 했다. 그러나 집안 어른들은, "예가 감히 어디라고 지가 나타날까!" 어림없다는 단호한 태도를 취했다.

여훈은 내일 아침에 빨리 올라가리라 마음먹고 있었다. 망자가 장지로 마지막 떠나는 날이긴 했지만 굳이 장지까지 따라가지 않아도 될 성싶었다. 회사일을 핑계 댈 작정이었다. 일을 대충 정리해놓고 연차를 써서 내려왔으니 내일까지 일이 그렇게 바쁜 것은 아니었지만, 딱히 할 일이 있는 것도 아니었고 어쩐지 가시밭 속에 들어와 있는 것처럼 마음이 불안하고 찜찜했다. 아까부터 할 일 없이 밖으로만 빙빙 돌고 있는 자신을 발견하고는 더욱 그랬다.

여훈은 사람들과 어울려 참견하고 호들갑 떠는 것을 무척 싫어했다. 그냥 뒷전에 앉아서 사람들 하는 양을 묵묵히 지켜보고, 무심하게 지내는 것이 오히려 마음이 편했다. 언제부터 그런 버릇이 붙어버렸는지 자신도 알 수 없었다. 아무 표정 없이 그저 묵묵히 서 있으니, 어쩌다 아는 사람이 다가와서 아는 체를 하고 인사 몇 마디 하더라도 상대편에서 먼저 서먹함을 견디지 못해 여훈의 곁을 떠나기 일쑤였다.

오후가 되면서부터 그나마 조문 오는 사람도 뚝 끊겼다. 너무 을씨년스러웠다. 땅거미가 서서히 내리 깔렸다. 풀벌레 소리만 요란했다. 가을이 깊었음을 알리고 있었다. 첫날에 북적거렸던 인기척도 이젠 사그라지고 여기저기 화투판을 벌인 축들만 눈에 핏발이 살아 돌아갔다. 지난밤을 밝혔던 대문 앞 화톳불 자리엔 재만 남아 뒹굴고 있었다. 여훈은 아직도 그 언저리에서 서성거리고 있었다.

"불 좀 피워야 쓰겄네. 해가 떨어지니께 날씨도 쌀쌀하고, 장사지내는 집에 불을 꺼뜨리믄 못 쓰는 벱이여. 집안이 화안해야 저승사자덜이, 이 집이 바로 그 집이구나, 허구 똑바루 찾아올게 아닌 감! 자네, 저그 장작덜 좀 주워다가 불 좀 피우게. 아무리 개돼지마냥 살었어두 저승엔 제대루다 가야할 거 아녀. 그리키 살다 갈 거믄 뭣하러 이승엔 나와가지고…… 불쌍한 사람, 쯧쯧."

마당 한가운데에서 상여를 꿰맞추느라 이리저리 뛰어다니던 영제 아버지가 대문 앞에서 서성거리는 여훈을 보고 혼잣말처럼 중얼거리곤 다시 상여 있는 곳으로 다가간다. 그는 여훈이 어렸을 때부터 상여를 잘 만지고, 동네에서 인정해주는 요령잡이로 알려져 있는 사람이다. 나이로 치자면 이런 일에 나설 처지가 아님에도 상여 꾸미는 것이나, 요령을 흔들며 구성지게 망자를 저승으로 인도하는 그의 말솜씨를 따를 사람이 없을 뿐만 아니라 아예 그런 일을 나서서 하려고 하는 사람도 없어 이제껏 그의 일차지가 되어 있는 모양이었다.

여훈은 생전에 당숙이 해다 놓았을 장작을 주섬주섬 주워 올리며 죽음이란 것에 대해 골똘히 생각하고 있었다. 여훈이 죽음이란 것을 처음으로 인식한 것은 고등학교 이학년 때였다. 할아버지가 돌아가셨다는 어머니의 다급한 전화를 받고 큰집에 갔을 때 할아버지는 이미 병풍 뒤에 누워 계셨다. 향을 피워 올리고 무릎을 꿇었으면 곡을 해야 하는데 울음이 나오지 않았다. 얼떨떨했다. 가만히 엎드려 몇 분을 있었을까, 아니 단 몇 초였을 것이다. 옆에 서 있던 백부는, "이젠 됐다, 그만 일어나라" 하실 뿐 아무런 말이 없었다. 할아버지의 부재를 전혀 느낄 수 없었다. 할아버지는 큰집에 사시며 가끔 여훈의 집에 들르긴 했어도 손자에게 따뜻한 정을 주는 사람이 아니었다. 할아버지도 죽은 당숙처럼 술을 너무 좋아해서 돌아가실 때까지 술타령에, 술주정만 보아왔던 여훈에게는 할아버지에 대해 그다지 좋은 감정을 가지고 있을 턱이 없었다. 정이 없었으니 눈물이 나올 리 없는 것도 당연할지 모른다.

그러나 이튿날 할아버지 염습을 하는데 모두 모이라고 해 가보았다. 노환으로 한 달여를 거의 아무것도 먹지 못하고 앓다 돌아가신 할아버지의 신체는 말 그대로 뼈만 남은 반쪽이 되어 있었다. 쭈글쭈

글 거무죽죽해진 피부, 거의 비어 있다는 느낌을 주는 쑤욱 들어가 버린 동공, 뼈가 그대로 드러나 마치 미라 같은 몸. 누런 베로 온몸을 칭칭 동여매고 마지막, 얼굴을 가리려 하는 순간, 여훈은 자기도 모르게 눈물을 주르륵, 흘리고 말았다. 감히 상상할 수도 없었던 시신의 몰골, 그리고 마지막 얼굴을 돌아보라던 염장이의 말이 떨어지자 그때서야 여훈은 처음으로 가족의 절대적 부재, 바로 그것이 죽음이라는 것을 깨달았다.

그 후에도 할머니, 친구, 동료, 동지라고 부르는 사람에 이르기까지 많은 죽음들을 접해왔다. 때로는 슬픔, 또 때로는 엄청난 분노로 몸을 떨었던 적이 있었다. 죽음의 의미에 대해 생각하기 이전에 그 죽음을 둘러싼 사회적 환경을 저주하고 눈에 불을 켜며 적을 만들어 갔다. 죽음 그 자체의 의미에 대해서 생각할 겨를이 없었다. 오직 적의만이 불타오르고 있었다.

그러나 할아버지의 그 파리한 죽음은 달랐다. 여훈의 어린 가슴속에 처음 슬픔으로 자리 잡았다. 아니 아무리 몸부림쳐도 떨쳐버릴 수 없는 무서운 공포로 자리 잡았다. 너무나 처참하게 무너져 있던 시신의 모습이 계속해서 머릿속을 떠나지 않았고, 곁에 있던 사람이 갑자기 없어지는 절대적 부재, 그것이 살아 있는 사람으로 하여금 얼마나 무섭고 고독하게 하는 것인지를 어렴풋이 깨달았다. 하지만 당숙의 죽음을 어떻게 보아야 할까? 아무리 생각해도 그 색깔을 규정지을 수 없었다.

여훈은 불을 피웠다. 장작이 빠지직, 타닥타닥, 소리를 내며 타들어갔다. 장작이 타들어가는 속도는 맹렬했다. 헛간에 쌓아두었던 장작이 몇 해를 묵었는지 잘 말라 있었다. 붉은 화염이 혀를 날름거리며 장작개비를 집어삼킬 듯 감싸며 입맛을 다시고 있었다. 그 화광이 당숙의 마지막 가는 길을 환히 밝혀주는 것 같았다. 당신 가는 길 환히 밝히려 미리 알고 해다 놓은 장작이라는 생각이 언뜻 들었다. 벌써 사위는 검은 장막이 드리워지고, 장작 타는 잉걸불만이 이글이글 일렁이고 있었다.

여훈이 몸을 으스스, 떨었다. 추워서라기보다 계속되는 상념을 떨쳐버리려 하는 것일지도 모른다. 나무를 더 집어넣으려고 하는데, 누가 뒤에서 다가오고 있는 인기척이 들렸다. 여훈은 나무를 불길 속에 던져 넣으려다 말고 뒤를 돌아보았다. 상대편에서도 잠시 멈칫하는 듯했다. 어둠의 윤곽 속에 드러난 사람은 여자였다. 여훈은 잘못 보았나 생각하여 눈을 비벼 보았다.

"어! 어떻게?"

전혀 생각지도 않았던 사람이 눈앞에 나타난 것이다.

"나야, 정희! 엄마한테 네가 와 있더라는 얘기 듣고 아까 낮에 와보려 했는데, 남들 눈도 있구 해서……."

잠시 말을 끊고 머뭇머뭇 하더니 변명하듯 다시 잇는다.

"여기 뭐 도울 게 있나 보구 온다고 핑계대고 오는 길이야. 그동안 잘 있었어?"

"이게 얼마만이야? 참 오래됐지? 난 네가 시집가서 여기 없을 줄 알았는데…… 친정에 다니러 왔나 보지?"

여훈은 짐짓 놀라는 척하며, 오랜만에 만난 서먹함을 호들갑으로 모면해보려 목소리를 높였다. 당연히 시집가 있는 여자를 여기서 볼 거라고는 생각지 않았기에 놀란 것은 당연한 것이고, 또한 그렇지 않아도 여태껏 이방인처럼 외곽으로만 빙빙 돌던 여훈에게는 무척 반가운 것이기도 했다.

"응, 그냥……."

어쩐지 힘이 없어 보였다. 정희는 얼버무리다 눈을 돌려 가만히 장작불을 응시했다. 불빛에 비친 정희의 옆모습이 불꽃처럼 일렁이고 있었다. 언뜻 슬퍼 보인다는 느낌이 들었다. 일렁이는 불빛에 비쳐 보여서 일까? 의외의 반응이었다. 감히 범접할 수 없는 무거운 침묵에 여훈은 그만 입을 다물어버렸다. 여훈도 역시 장작불을 응시하며 아무 말도 하지 않았다.

"……."

"그런데 그동안 왜 통 내려오지 않았니?"

먼저 침묵을 깬 건 정희였다.

"응, 그저……."

여훈은 뚜렷한 대답을 생각해낼 수 없었다. 사는 게 바빠서였을 까? 그럴지도 모른다. 그렇다고 딱히 찾아와봐야 할 일이 있었던 것 도 아니었다. 그렇게 단순한 이유만은 아니었던 것 같다. 여훈은 철이 들면서 고향의 칙칙함이 싫었다. 동네 사람들은 울타리처럼 쳐진 산속에 파묻혀 넓은 세상이 어떻게 돌아가는지도 모르고 살았다. 오직 손바닥만 한 논밭뙈기 흙과 씨름하면서 때로는 동네가 떠나가라 악다구니하며 서로 싸움질 하는 동네 사람들의 술 취한 모습, ─ 이것이 조용하고 지루한 일상을 깨뜨리는 동네의 유일한 파문이었다 ─ 또 흙벽의 흙이 너덜너덜 떨어져나가 벽 속의 수숫대 뼈대들이 드러나 구멍이 숭숭 뚫린 궁상스런 집들. 이런 기억들 속에 파묻혀 있던 여훈이 언제부턴가 자신의 내면으로부터 고향의 냄새와 빛깔들을 하나씩 하나씩 지워가고 있었다. 고향을 생각하면 답답하기만 했다. 여훈은 그들과 다르게 살 자신이 있었다. 더 넓은 세상을 생각했다. 세상을 마음껏 자신의 품 안에 집어넣을 수 있을 것 같았다. 여훈의 젊음은 세상을 향한 열정으로 가득 찼었다. 1980년대를 그렇게 보냈다. 아니 그렇게 보냈다고 생각했다. 고향의 기억은 그렇게 해서 잊혔다.

그렇지만…… 여훈은 정색을 하며 정희가 고향에 없었기 때문에 내려오지 않았다는 말을 하려다 그만 두었다. 침묵으로 이어지는 분위기가 어색했던지 정희가 발짝을 띄었기 때문이다. 참 다행이다 싶었다.

"우리, 저 동구 밖으로 나가볼래?"

정희가 먼저 몇 발짝 앞을 걸어가고 있었다.

사방은 벌써 칠흑같이 어두웠다. 검은 먹물도 이렇게까지 검지는 않으리라. 그믐이 가까워서 일 것이다. 두 그림자가 앞서거니 뒤서

거니 하며 어둠의 바닷속을 천천히 유영하듯 움직여 갔다. 정희가 길 위에 자란 그렁(지장풀)에 걸려 앞으로 넘어질 뻔 하려 하자, 여훈이 재빨리 정희의 손을 잡아 중심을 잡아주었다. 둘은 잠시 손을 잡은 채로 쳐다보고 있다가 정희가 눈길을 피하며 살그머니 손을 빼냈다. 여훈은 쑥스러워 괜히 헛기침을 하며 하늘을 쳐다보는 척했다. 하늘에는 별이 거대한 총으로 쏘아 올려 총총히 박힌 보석처럼 반짝이고 있었다. 오랜만에 쳐다보는 하늘의 별이다. 여름철, 어렸을 때 마당에 밀짚자리를 펴놓고 누워 꿈을 키워가던 그 별들이다. 별들 사이를 뛰어다니며 외계인과 만나다 보면 어느새 잠이 들어버렸으니까.

여훈과 정희는 마을 앞을 흐르는 개울을 가로질러놓은 시멘트다리 난간에 나란히 걸터앉았다. 이 다리는 마을과 많이 떨어져 있어 어른들의 눈치를 피할 수 있는 곳이어서, 밤이면 계집아이들과 같이 나와 놀기 좋았다. 먼 곳에 인기척이 보이기라도 하면 잽싸게 다리 밑으로 숨어버리면 그만이었기 때문이다.

방학이면 고향에 내려와 가끔 밤에 정희와 만나던 곳도 이곳이었다. 중학생의 가슴에 밤을 기다리는 설렘으로 하루를 지나게 한 것은 정희였다. 도깨비가 나올 것 같은 산속의 깜깜한 밤도 아무렇지 않게 활보할 수 있는 용기를 심어준 것도 정희였다. 너구리같이 밤에만 몰래 마을을 빠져나가는 스릴을 맛보게 해준 것도 정희였다. 어른이 되어가고 있다는, 가슴의 뿌리 저 깊은 곳에서부터 용솟음쳐 오르는 듯한 뿌듯함을 느끼게 해준 것도 역시 정희였다.

한 번은 다리 난간에 걸터앉아 정희와 이야기하고 있는데, 밤늦게 어떤 아저씨가 술에 취해 노래를 부르며 마을로 걸어오고 있었다. 여훈은 정희의 손을 잡아끌고 재빨리 다리 밑으로 들어갔다. 어쩐 일인지 그때까지 여훈의 손에 정희의 손이 잡혀 있는 게 아닌가. 여훈은 마을사람에게 들킬까 봐 급해서 서두르기만 했지 그때까지 정희의 손을 잡고 있다는 생각은 하고 있지 못했다. 개울물은 돌돌돌, 소리를 내며 앉아 있는 두 사람의 앞을 흐르고 있었다. 다리 가까이 다가온 술 취한 아저씨는 "어! 분명히 여기 사람이 있었던 거 같은데……." 라고 중얼거리며 다리 아래를 기웃기웃 내려다보는 시늉을 하는 것이 아닌가. 여훈은 어느새 최대한 웅크려 정희를 감싸고 돌아앉았다. 들키지 않으려 정희도 여훈의 옆구리를 파고들며 최대한 밀착했다. "내가 잘못 봤나?" 혼자 중얼거리고는 찾는 것을 단념하고 좀 전에 부르던 노래를 다시 시작했다. 거나해진 아저씨의 노랫소리는 점점 멀어져 귀에 들리지 않았다. 그때까지도 둘은 손을 잡은 채로 가만히 숨죽여 앉아 물 흐르는 소리만 듣고 있었다. 정희는 여훈이 손을 잡고 있는 것을 의식하고 있었다. 하지만 어색해하면서도 빼지는 않았다.

그런데 여훈이 어디서 그런 용기가 솟았는지 모른다. 침을 꿀꺽 삼켰다. 그 순간 여훈이 정희의 어깨를 감싸려고 손을 뻗었다. 어깨에 여훈의 손이 닿는 순간, 정희는 깜짝 놀라 일순 몸이 굳어지는 것이었다. 상당히 긴장하고 있었음에 틀림없었다. 정희가 몸을 뒤로 빼는가 싶더니 잡고 있던 손을 본능적으로 뿌리쳤다. 여훈은 정희의 갑작스런 반응에 어쩔 줄 몰라 했다. 무슨 커다란 죄를 지은 것처럼 안절부절못했다. 잠시 침묵이 흐른 뒤였다. 아저씨가 사라졌음을 확인한 정희는 다리 밑에서 나와 총총히 어둠 속으로 사라져갔다. 그 이후 며칠 동안 정희를 볼 수 없었다. 밤에 혼자 다리에 나가 기다려 보기도 하고, 마음 졸이며 정희네 집 담장 언저리에서 정희를 만나볼 수 있을까 몰래 훔쳐보았지만 그녀는 통, 밖으로 나오는 것 같지 않았다.

"실은 나, 여기 내려와 있은 지 꽤 됐어. 남편이 교통사고로 죽은 뒤 애하고 먹고 살려고 무진 애를 썼는데…… 마트에서 일하다 일이 좀 있어서 그만두고 내려왔지. 어디 마땅히 갈 데가 있어야지, 맘 붙일 곳도 없구. 그래, 애 데리고 내려와 있는 거야. 처음엔 참기 어려웠는데 지금은 담담해."

"그랬었구나, 난 그런 줄도 모르고……."

멀리 검은 산을 응시하며 담담하게 얘기하는 정희의 표정은 슬픈 것이라기보다 메말라 보였다.

정희는 중학교를 졸업하고 이듬해 봄에 서울로 올라갔다. 그때는 너나없이 똥구멍이 찢어져라 가난해서 한 사람이라도 입을 덜어야 할 형편이었다. 그러니 여자가 중학교까지 공부한 것 만해도 감지덕지였다. 정희가 일찌감치 올라가 돈 벌고 있던 친구의 소개를 받아 구로에 있는 어느 전자회사에 취직을 했다는 사실까지는 알고 있었다.

여훈은 그때 이후로 정희를 볼 수 없었다. 찾아보면 찾을 수 있었겠지만 서울 생활도 차차 적응이 되어 새로 사귄 친구들 속에 파묻혀 차츰 정희를 잊고 살았다. 가끔 생각나는 적은 있어도 그때뿐이었다. 정희와 지냈던 순간이 끊어진 필름 속의 파노라마처럼 잠깐 잠깐 기억될 뿐이었다.

여훈은 남편이 어떤 사람이었느냐고 물으려다 실없는 질문이라는 생각이 들어 이내 단념해버렸다. 굳이 여훈이 알아야 할 이유도 없을 뿐더러, 정희로 하여금 과거를 회상하게 함으로써 애써 마음을 가라앉히고 담담해하는 그녀의 마음속을 다시 상처내고 싶지 않았기 때문이다.

"너, 결혼했지? 마누란 이쁘니? 나보다 이쁘지 않았으면 좋겠다."

"후훗, 글쎄, 너랑 비교할 수 있겠니? 넌 마음씨도 이쁘지, 그 얼굴, 그 몸매 가지고 어디 가서 사십 대 애 있는 여자라고 하면 믿겠어? 우리 마누라! 생각만 해두 지겹다 지겨워. 얼마나 여우같이 구는지 원, 요샌 돈 못 벌어 온다고 은근히 쪼는데, 마지막 남은 자존심까지 구겨져 내팽개쳐질 판이다 야!"

여훈은 '마지막 남은' 이란 말에 강한 억양을 주며 과장되게 몸을 움직거렸다. 나보다 이쁘지 않았으면 좋겠다는 정희의 장난기 섞인 말에 조금은 진심이 들어있을 거라는 생각을 하며 좀 수다스런 몸짓을 보이는 것이 자연스러울 거라는 생각이 들었다. 무거웠던 분위기도 많이 녹어 들었다.

여훈이 정희의 얼굴을 돌아보았다. 좀 추워보였다. 여훈은 외투를 벗어 정희의 어깨를 감싸주었다. 옛날처럼 경직되지 않고 여훈의 손길을 받아들이는 것이 자연스러웠다. 여훈은 옛날 다리 밑 일이 생각나 혼자 키득키득 웃었다.

"왜 웃니? 뭐가 이상해?"

"아니, 잠시 옛날 일이 생각나서, 아무 일도 아냐."

여훈은 황급히 말을 접어 들였다.

"네 소식은 어쩌다 얻어 들어서 알고 있었어. 그동안 고생했다지. 어른들은 네 얘기들 하면서, 애 버렸다고 쉬쉬, 하더라. 제 앞가림이나 잘하지 그런 짓 한다고 핏대를 올리는 사람두 있구. 네가 감옥에 갔다는 얘기가 들렸을 땐 한동안 네 얘기로 술렁술렁 했지. 하지만 난 속으로 네가 자랑스러웠어. 요즘 어디 자기 신념대로 사는 게 그렇게 쉽니. 잘은 모르지만 난 그것 자체만으로도 의미가 있다고 생각해. 다시 생각해보면 인생은 길잖아, 지금은 좀 고통스럽긴 해도, 그런데…… 그런데……."

갑자기 정희가 엄숙해지며 여훈의 얘기를 꺼내는 이유가 뭘까? 정희는 무슨 말을 할 듯 말 듯, 그런데, 그런데 소리만 되뇌다 말문을 닫아버렸다. 그냥 어둠 속만 응시할 뿐이었다. 정희의 입술이 언제 다시 떨어질까 지켜보다 여훈도 가만히 어둠 속으로 눈길을 돌렸다.

정희가 생각하는 만큼 그렇게 살았을까?

여훈은 요즘 대단한 혼란에 빠져 있었다. 그동안 지주처럼 붙들고 살아왔던 신념도 먹고살아야 한다는 일상사의 짓눌림에 여간 허덕이고 있는 게 아니었다. 신념의 내용도 형체도 이젠 모두 해체되어 하찮은 것이 되어 있었다. 가슴속에서 이미 지워지고 있었다. 이젠 아내와 딸과 먹고살아야 한다는 본능만이 온통 머릿속을 지배하고 있었다. 하지만 마음뿐, 그동안 굳어져 굼뜬 몸과 마음은 남들처럼 약삭빠르게 움직여지지 않았다.

동료들은 하나둘 제 살길 찾아 떠나갔다. 그래도 그것만은 참을 수 있었다. 여훈을 더욱더 괴롭게 만든 것은 그동안 믿어주었던 아내마저도 여훈의 능력을 의심하기 시작했다는 점이다. 꼭 집어서 말은 안하지만 여훈을 바라보는 눈빛이 예전 같지 않았다. 어쩌다 번듯한 직장을 다니고 있는 대학동기를 만나고 오는 날이면 더욱 그랬다. 부러워하는 아내의 눈빛을 옆에서 지켜보는 여훈의 심정은 형언할 수 없는 회한으로 가득 찼다. 제어할 수 없는 화가 치밀어 오르기도 했다. 여태껏 허겁지겁 걸어온 삶일지라도 스스로의 자존을 지키며 살고 있다는 일말의 자부심으로 버티며 살아왔건만, 이제 그것마저도 지키기 힘들어 무너져 내릴 것 같은 공포에 떨며 힘들어 하고 있었다.

"참, 너 아그배 생각나니? 아그배 말야?"

"아그배?"

"그래! 아그배. 저기 사기점에 가면 길가에 아그배나무가 있잖아? 거기 조그맣게 달려 있는…… 네가 옛날에 나한테 따줬었잖아. 기억안 나?"

"아! 그 아그배, 그 아그배나무 아직도 거기 있을까?"

여훈이 정희와 어떻게 사기점에 갔었는지 정확히 기억나는 건 없다.

사기점은 마을 뒷산을 돌아 계곡 깊숙이 들어가면 산속에 밭이 있는 곳이다. 아주 옛날에는 거기에 사기를 굽는 가마가 있었다고 전해지지만, 지금은 가마터도 남아 있지 않다. 가끔 사기 조각이 출토되어 사기 가마가 있었음을 미루어 짐작할 수 있을 뿐이다. 어른들은 그곳을 사기점이라고 불렀다.

거기까지 가는 길은 한쪽으로 다랑논이, 다른 한쪽으로는 산자락이 면해 있는 좁은 오솔길이다. 길옆에는 철마다 다르긴 해도 갖가지 들꽃들이 피어 만발했다. 봄이면 흐드러진 진달래로부터 노란 병아리마냥 앙증맞게 바람에 흔들리는 양지꽃, 찔레순 꺾어먹던 하얀 찔레꽃, 허리 굽은 할미꽃, 하얀 티밥이 뿌려진 듯한 조팝나무꽃, 여름에는 망초꽃, 가시가 많아 건드리지도 않았던 엉겅퀴꽃, 어쩐지 애달파 보이는 노란 달맞이꽃, 입술연지 같은 빨간 오이풀꽃, 고고해 보이는 하늘나리꽃, 깜찍하게 작은 자줏빛 칡꽃, 그리고 산나물 뜯으러 갔던 할머니가 어김없이 손자 먹으라고 꺾어다주던 시큼한 싱아에 이르기까지, 가을에는 한들거리는 구절초 등을 볼 수 있었으며, 가끔 산딸기, 애기사과, 으름, 다래도 따먹을 수 있었다. 거기에 아그배가 있었음은 물론이다. 여훈은 어려서 이 길을 따라 사기점까지 갔다 오는 것을 좋아했다. 아마도 정희와 같이 길을 나섰던 것도 이런 경험 때문이었을 것이다. 분명 정희에게 거기 가면 많은 꽃이 있으니 꽃을 보러 가자고 꼬드겼을 것이다.

오솔길을 따라 걷다가 여훈은 길바닥에 자라고 있는 그령(지장풀)을 뽑아 질겅질겅 씹었다. 그령을 뽑으면 하얀 속살이 나오는데, 그것을 씹으면 달짝지근한 즙이 나온다. 정희도 그령을 뽑으려 했지만 쉽게 되는 것이 아니다. 단단하게 박혀 있어 잘 뽑아지지 않기 때문이다. 여훈은 그것 보란 듯이 자랑스럽게 그령을 뽑아 정희에게 주었다. 마주 보고 웃으며 정희도 질겅질겅 씹는다.

"우리 시합 한번 할까?"

여훈은 그령의 단물을 다 뽑아먹고는 잔디풀이 있는 곳에 털썩 주저앉으며 말했다.

"그래, 지는 사람 팔뚝 때리기 하자."

정희도 질세라 한 술 더 뜨고 나왔다. 맞대응 하는 둘의 음성이 가볍고 경쾌했다.

둘은 잔디씨가 붙어 있는 꽃대를 뽑아 들었다. 그 꽃대를 거꾸로 잡고 손톱으로 꼭 눌러, 잡아 올리면 수액이 나오는데, 그 수액을 서로 맞부딪혀 따먹는 쪽이 이기는 놀이다. 굵고 실한 놈으로 골라야 이길 수 있었다. 굵고 실한 잔디꽃대를 뽑아야 물이 많이 나와 표면장력이 커져 상대편 것을 따먹을 수 있기 때문이다.

여훈은 굵은 꽃대를 찾느라 혈안이었다. 그래야 정희의 야들야들한 손목을 잡고 팔뚝을 때릴 수 있으니. 여훈은 제일 굵은 놈을 뽑아다 정희의 눈치를 살피며 수액을 뽑아 올렸다. 여훈은 모르는 척, 정희의 꽃대에서 수액을 따 먹었다. 여훈이 이겼다. 그러나 막상 손목을 잡으면 때릴 용기가 나지 않았다. 어찌, 이 가냘픈 손목을 무지막지한 손으로 때릴 수 있으랴 싶어 마음이 약해졌다. 여훈이 슬쩍 때리는 시늉만 하자, 오히려 정희가 약 올라 죽겠다는 듯이 다시 하잔다. 다시 꽃대를 뽑아다 겨루었는데, 이번에는 정희가 이겼다. 정희는 정색을 하고 여훈의 팔뚝을 잡더니 있는 힘껏 팔뚝을 내려쳤다. 그러고는 무안했던지 재빨리 뛰어 달아났다. 여훈은 도망가는 정희를 뒤쫓았다. 둘의 웃음소리가 산을 타고 넘어갔다.

여훈은 가는 길에 하늘나리꽃을 꺾어 정희에게 쥐어 주기도 했다. 정희가 꽃이 예쁘다며 손짓을 하자, 여훈이 산의 경사면을 기어 올라가 꺾어온 꽃이다. 꽃을 받아든 정희는 연신 싱글벙글 웃었다. "정말 여기 예쁜 꽃들이 많구나 얘! 나는 왜 여태 그걸 몰랐지?"라며 신기한 듯 사방을 둘러보았다. 그리고 이것저것 꽃 이름들을 물었다. 여훈은 꽃을 많이 알고 있었다. 물어보는 것마다 대답해주었다. 정희는 여훈의 존재를 새삼 다시 보았다는 듯이 눈을 휘둥그레 떴다. 정말 놀라는 눈치였다. 여훈은 우쭐해졌다.

그렇게 어디까지 올라갔을까.

여훈의 키보다 두 배는 컸다고 기억한다. 아그배나무는 잔가지를 무성히 키우고 있었다. 길옆에 서서 수많은 열매를 달고 있으나 아무도 손을 타지 않는 불쌍한 아그배. 다 익으면 연한 붉은빛을 띠며 보기 좋지만 익지 않은 아그배 열매는 몹시 떫거나 시큼했다. 새끼손가락만 한 열매, 아그배. 여훈은 갑자기 정희를 골려 주어야겠다는 생

각을 했다. 아그배를 따서 정희에게 주며,

"정희야, 이게 아그배란 열맨데, 이름이 참 예쁘지, 앙증맞기도 하고. 잘은 모르지만 아기배란 뜻인가 봐. 한번 먹어봐. 아주 맛있어."

정희는 여훈의 말에 한 알을 받아 입에 넣고 씹었다. 순간 정희의 얼굴이 일그러지면서 퉤퉤, 뱉어 내느라 야단이었다. 아그배는 못 먹을 것은 아니지만 떫고 쓰고, 더군다나 덜 익은 열매는 여간해서는 손을 대지 않는 열매다. 이내 속은 것을 안 정희는 여훈을 잡으려 달려들었다. 여훈은 고소하다는 듯이 약을 올리며 달아났다. 정희는 몇 발짝을 쫓다가 그만 심하게 고꾸라지고 말았다. 그령에 걸려 넘어진 것이다. 여훈은 깜짝 놀라 되돌아왔지만 정희의 무릎에서는 피가 흐르고 있었다. 정희는 난감해하며 피가 흐르는 것만 멀뚱히 쳐다보고 있었다. 통증으로 얼굴은 더욱더 일그러졌다.

"미안해, 정말. 미안해. 어떡하지, 어떡하지……."

여훈은 허둥대며 정말 미안해서 어쩔 줄 몰라 했다. 그렇게 허둥대는 여훈을 보고 정희는 얼굴이 일그러지면서 자기도 모르게 살짝 웃음이 삐져나왔다.

"너, 손수건 같은 거 없니?"

"손수건?"

"응, 손수건!"

"맞아! 손수건 있다. 가만있어. 상처를 먼저 닦고……."

여훈은 그 말을 꺼내자마자 정희의 무릎에 난 상처에 입술을 갖다 댔다. 순간적으로 벌어진 일이었다. 정희는 부끄러워 발을 빼려 했으나, 여훈이 너무나 진지하게 입술로 닦아내는 통에 그냥 맡겨두었다. 정희는 짜릿한 전율이 일어 아픈 줄 몰랐다. 아픈 것이 금방 사라지는 것 같았다. 정희는 여훈이 상처를 손수건으로 처맬 때까지 그에게서 눈길을 떼지 않았다.

방학이 끝나고 서울로 올라오는 날, 정희는 여훈에게 다른 손수건을 건네주었다. 아무 말도 없었다. "내 손수건, 그냥 빨아서 줘도 되는데……."라는 말이 목구멍까지 올라왔지만 하지 않았다. 여훈은 정희가 자신의 손수건을 갖고 싶었을 것이라고 생각했다. 아니 그렇게 믿고 싶었다.

"그 아그배가 꼭 우리들 인생 같더라구. 네 당숙두 그렇구. 쓰고 떫고, 아무도 따먹지 않는 쓸쓸하고 외로운 열매. 난 그 아그배가 어쩐지 불쌍해서 좋아. 내 지쳐가는 삶두 그렇구, 너두 그렇구. 그래서 언제부턴지 세상 외롭고 불쌍한 것들을 좋아하기로 했지. 아그배처럼."

정희는 그런 말을 하며 스스로 격했던지 가만히 여훈의 어깨에 기대어 가엾은 새의 조그만 날갯짓처럼 어깨를 들썩였다. 정희의 눈에 동짓달 밤의 살얼음 같은 눈물이 살짝 비쳤다. 여훈이 가만히 정희의 어깨를 감싸 안았다. 마치 한없이 먼 길을 떠났다 지쳐 돌아와 날개를 접은 새를 품듯이. 둘은 한없이 그렇게 어둠 속을 쳐다보고 있었다. 아무 말 없이.

다음 날 아침 여훈은 일찍 올라가려던 생각을 포기했다. 어쩐지 당숙의 마지막 가는 모습을 보고 가야 마음이 놓일 것 같아서였다. 아직도 당숙모는 나타나지 않았다. 자식들이 상여 바로 뒤를 쫓고, 쯧쯧, 연신 혀를 차는 집안 어른들이 뒤따랐다. 장지로 가는 상여는 빨리 내달았다. 질질 끌어봤자 자손들이 내는 저승 여비도 별반 없을 것이기 때문이었다. 여훈은 상여 앞으로 나가 큰 절을 하고 만 원짜리 지폐 한 장을 상여에 매단 새끼줄에 꽂았다. 불쌍한 우리 당숙, 죽어선 부디 천당 가라고 빌었다.

장지에서 돌아오니 해는 벌써 중천을 넘어 하오의 햇볕이 내리쬐고 있었다. 가을 햇살이 참 부드럽다고 생각했다. 여훈은 집안 어른들께 인사를 하는 둥 마는 둥 하고 읍내 가는 버스정류장으로 나갔다. 조금은 마음이 홀가분해졌다. 그런데 거기 정희가 나와 있지 않은가. 정말 뜻밖이었다.

"어! 정희야 어디 나가니? 이렇게 차려 입고……."

"응, 서울 친구 집에 갈려고. 하두 답답해서 엄마한테 말하구 며칠 쉬었다 온다고 했어."

"그래, 잘 됐다. 그럼 같이 가자."

여훈은 별다르게 생각하지 않았다. 친구 집에 갈 수도 있다고 생각했다. 어젯밤만 해도 정희는 무척 힘들어 했다.

여훈은 어제, 오늘 일 때문인지 피곤을 이기지 못하고 올라오는 차

안에서 내내 잠이 들었다. 가끔 잠이 깨서 옆을 돌아보면 여전히 정희가 창밖을 내다보며 무심하게 지나쳐 가는 풍경을 구경하고 있었다. 그때마다 여훈을 돌아보며 보일 듯 말 듯 한 미소만 지을 뿐이었다.

서울에 도착했다. 터미널에서 그녀는 머뭇머뭇하며 어디로든 갈 눈치를 보이지 않았다.

"친구 집이 어디야? 어느 쪽으로 가면 돼?"

"아니, 그냥⋯⋯."

정희는 어쩔 줄 몰라 하며 얼버무리기만 했다.

여훈은 짐작했다. 친구 집에 간다는 것은 핑계일지 모른다는. 그러나 여훈은 모르는 척, 정희에게 제안했다.

"시간이 괜찮으면 우리 어디 가서 술이나 한 잔 하든지? 아니면 차라두 한 잔 하고 가는 게 어때? 너만 괜찮다면⋯⋯."

정희가 부담스러워 할까 봐 짐짓 장난기 섞인 표정을 지어 물었다. 정희는 망설이는 표정을 짓더니, 말 대신 고개를 끄덕여 동의를 표했다.

"어디로 가는 게 좋겠어?"

대답 대신 여훈에게 일임하겠다는 몸짓을 해 보인다. 마땅히 생각나는 곳은 없었다. 여훈은 가만히 갈 만한 곳을 생각해봤지만 딱히 떠오르는 곳이 없어 하늘을 물끄러미 쳐다보다가 하늘의 색깔이 곱게 타들어 가고 있음을 보았다. 여훈은 막무가내로 정희를 앞세워 택시를 불러 세웠다. 정희는 궁금한 표정을 지었지만 이내 고개를 돌려 차창 밖의 풍경을 응시했다. 여전히 정희는 얼굴 표정이 굳어 있었다. 처음 만나는 남자를 대하듯 무언가 어색함이 엿보였으며, 조금은 긴장한 표정이 역력했다.

　여훈은 해가 뉘엿뉘엿 져 가고 있는 한강의 풍경을 보고 싶었다. 정희도 좋아할 것이라 여겼다. 고향에서 보던 노을 풍경과는 또 다른 맛을 느낄 수 있는 한강의 석양이다. 강줄기 저 아래 너머로 해는 유난히 빨갛게 타들어갔다. 남산의 높다란 타워도, 멀대같이 큰 63빌딩도, 강 옆에 늘어선 아파트도, 강물마저도 모두 태워 없애버릴 듯 그렇게 강렬하게 붉은 이글거림은 가슴속으로 육박해 들어왔다.

　여훈과 정희는 한강 둔치 아래 강물을 굽어보는 계단에 걸터앉아 아무 말 없이 노을만을 바라보았다. 여훈은 매점에서 사온 소주를 조용히 한 잔, 한 잔 입에 털어 넣었다. 침묵이 흘렀다. 정희도 여훈을 돌아보며 아무 말 없이 종이컵을 내밀었다. 여훈은 말없이 정희가 내민 컵에 소주를 부어주고 흘러가는 강물을 응시했다. 누구도 이 장엄하기까지 한 침묵의 정경을 깨뜨리는 것을 원치 않았다. 둘은 얼마나 그 자리에 붙박이처럼 앉아 소주잔만 기울였을까. 정희는 고개를 푹 수그려 턱을 무릎에 괴고 강물을 응시하며 무언가 골똘히 생각하고 있었다. 시간이 흘렀다. 여훈은 가만히 지켜보기만 했다. 그러다가 정희가 몸을 일으켜 세우려 하였으나 취기가 올라서인지 몸이 기우뚱 기우는 듯했다. 여훈은 재빨리 일어나 정희의 몸을 안아 일으켜 세웠다. 정희는 몸을 곧추 세우고 바람에 날리는 머리칼을 슬쩍 쓸어 넘겼다. 그리고 여훈을 바라보며 말했다.

"훈아, 우리 저기…… 한번 걸어보자."

정희가 해가 지는 쪽을 눈빛으로 가리켰다. 그녀는 여훈의 말을 기다리기도 전 먼저 발짝을 옮기고 있었다. 상대방의 동의를 구하기 위해 한 말은 아니었다. 앞서 가는 정희의 몸이 휘청하고 몸을 가누지 못했다. 여훈이 얼른 다가가 부축하려 했지만 이내 정색을 하고 한 발짝 앞서서 걸어 나갔다. 여훈이 뭔지 모를 측은함으로 멀뚱히 서서 정희의 뒷모습을 바라보고 있었다. 그들은 강물을 따라 한없이 걸어 내려갔다. 빨갛게 타 넘어가던 서편의 해가 벌써 모습을 감춘 지 오래되었다. 사위는 벌써 어두워졌다. 그들은 서편 어둠 속으로 모습을 감췄다.

거리는 조용했고, 네온의 불빛만이 꺼지지 않고 살아 있었다. 어디까지 걸었는지 한참을 걸었다고 생각했는데, 둘의 앞에 여관 간판이 보였다. 여훈의 어깨에 기대 풀어진 다리를 옮기며 정희는 가만히 속삭인다.

"훈아, 너 나 가질 수 있지? 그 떫고 쓰디쓴 아그배 말야. 아무도 쳐다보지 않는 그 외로운 아그배 말야?"

아그배! 그래, 그 아그배를 가지기 위해 유년의 시절부터 갈망해 왔는지 모르겠다. 수년이 지나 이제 둘은 지쳐 휘청거리는 장년이 되어 서로의 아그배를 갖게 되었다. 길고도 지루한 길이었다. 청춘을 뚫고 온 길이.

"괜찮겠어?"

여훈의 나직한 물음에 정희는 눈도 뜨지 않고 가만히 아주 가만히 고개를 끄덕인다.

여관방에 둘은 나란히 누웠다. 정희는 여훈의 품에 안겨서 내내 울음을 그치지 않았다. 기뻐서 우는 건지 슬퍼서 우는 건지 분간이 가지 않았다. 여훈은 정희를 있는 힘껏 끌어안으며 오직 정희에게만 몰입하고 있었다.

둘의 격정이 스쳐간 방 안은 어두웠다. 빼꼼 열려 있는 커튼 사이로 이따금 창문 밖 네온 불빛이 새어 들어와 명멸하는 영사불빛처럼 어두운 방 안이 밝아졌다 어두워졌다를 반복하고 있었다. 신경이 쓰여선지 여훈이 일어나 커튼을 잡아끌어 완전히 가렸다. 여훈이 침대 맡에 기대 앉아 담배를 피워 물었다. 방 안은 여훈이 담배를 빨아들일 때에만 빨갛게 타들어가며 두 사람의 윤곽을 드러냈다간 이내 사라졌다.

정희가 갈망하듯 여훈을 바라봤다. 여훈이 담배를 끄고 돌아누워 정희를 살포시 끌어안았다. 정희는 여훈이 이끄는 대로 품에 안겼다. 편안해 보였다. 시간이 얼마나 흘렀을까? 어둠 속에서도 둘의 윤곽이 뚜렷하게 보였다. 정희는 여훈의 품에 안겨 애정 깊은 눈으로 여훈을 보고 있었다. 그렇게 침묵이 얼마간 흘렀다.

"그런데…… 내 물어보려고 하진 않았는데, 네가 그렇게 우는 것을 보니까 마음이 안돼서…… 혹시 남편 생각이 나서?"

짐짓 조심스럽게 묻는 여훈의 말에 품에서 빠져나와 자세를 고쳐 잡은 정희는 그동안 묻어두었던 속 깊은 얘기를 친구에게 털어놓듯 담담히, 그리고 느릿하게 이야기했다.

"남편은 내가 공장 다닐 때 만났던 사람이야. 그인 정말 자상했어. 옆 공장 다니던 사람이었는데, 오다가다 어찌 만났는데 그 사람이 참 잘 해주더라구. 그때는 정말 외로웠지. 서울 천지간에 누가 있었간, 손 붙들어주는 사람 하나 없었어. 사람들이 공순이라고 놀리던 때에 옆 공장 공돌이를 만났으니 조금은 위안이 되었지. 사랑이고 뭐고 그 냥 외로우니깐 서로 만나서 지지고 볶다 어느 날 우리 합치자 해서 결혼한 거구. 근데, 죽어라고 일해도 손에 쥐는 건 얼마 없지, 애들은 생기지, 거기다 애 아빠가 자기 공장에서 노조가 생겨서 거기 기웃거 리다가 어영부영 잘리더니, 영 복직을 못하는 거야. 사는 게 어찌 그 리 힘드니. 그런데 쥐구멍에 볕들 날 있다구, 애 아빠 직장 동료가 소 개해줘서 중국집 배달원으로 갔다가 한 일 년 몇 개월 거기서 벌어 먹었나 그랬는데, 장사가 잘 안 되서 중국집을 내논다는 거야. 그래 서 잘하면 되겠다 싶어 여기저기서 돈을 빌려다 인수했지. 정말 주방 장 모셔다 밤낮으로 배우고 노력했더니 좀 먹을 만하게 장사가 되더 라구…… 그렇게 좀 사는가 싶었는데…… 그런데 그이가…… 배달을 갔다가 그만…… 모든 게 허무해지더라."

잠시 회상에 젖듯, 정희는 창문 쪽을 멍하니 바라보고 있다가 말을 이었다.

"참, 참기 힘들었어. 그렇게 허무하게 갈 줄은…… 그래도 애가 있으니 어떻게 해, 살아야지. 중국집 넘기고 빚잔치 하다 보니 어찌 할 수가 있어야지 뭐. 그래서 마트에 점원으로 취직해서 죽어라고 일했지. 애하고 겨우 먹고 살만했는데…… 우리 같은 비정규직들은 파리 목숨이드라고, 매일 하루 종일 서서 일하잖니, 우리들은. 그래서 몇 명이 모여서 대표를 뽑고, 휴식시간을 요구하고, 휴게실을 마련해 달라고, 또 근로시간을 정확히 해달라고 요구했지. 그랬더니 느닷없이 대표를 비롯해서 몇 명을 자르는 겨. 그러니 참을 수 있어야지. 맨날 옆에서 같이 일하던 동료들인데…… 말도 마라, 생존권을 요구하며 몇 달을 싸웠을 겨. 그런데도 요지부동이더라. 오히려 업무방해로 고소한다면서 우린 만져보지도 못한 액수로다 손해배상을 청구한다는 겨. 난 정말 겁났어. 신문방송 보면 업주한테 고소당해서 결국 법원도 업주 편 손들어주잖아! 그래서 짐 싸들고 나왔어. 아니 쫓겨났지. 나는 하두 지쳐서 고향에 내려간 겨. 그래도 엄마밖에 없지 않겠냐? 그런데 요즘 우리 엄만 날더러 재혼하라구 하두 성화대서, 정말로다 고향집도 바늘방석이여. 그러니 내가 재혼이라도 하면 우리 승영이는…… 승영이는……."

정희는 우리 승영이, 승영이를 되뇌며 눈물지었다. 까칠해진 눈가에는 눈물이 얼룩져 흘렀다. 여훈이 가만히 눈물을 닦아주자 이번에는 정희가 여훈의 품을 파고들었다. 둘은 다시 격정을 이기지 못하고 마치 잠시 헤어졌던 부부가 다시 만나 욕정을 불태우듯이 서로에게 불꽃이 튀었다. 이번엔 정희가 울지는 않았다. 모든 것을 털어놓은 감정의 뒤끝이라 마음이 편안했나 보았다. 대신 정희나 여훈이나 그동안 참았던 욕구를 화산이 터져 나가듯이 분출시키고 있었다.

아침에 옆이 허전해 깜짝 놀라 일어나 보니 정희가 보이지 않았다. 침대 밑에 간단한 쪽지만 써놓고 떠난 것이다.

나의 아그배!

네가 깨어났을 때 이미 정희는 고향 가는 버스에 있겠지. 아그배는 우리들 청춘의 길 위에 놓여 있던 떫고 쓰디쓴 열매야. 아그배, 잘 기억해줘. 어쩌겠니? 앞으로도 우리 가슴속 깊이 보듬고 간직할 수밖에.

아침에 일어나 곤히 자는 네 모습을 보다 깜짝 놀랐다. 거기 남편 얼굴이 보이더구나. 하마터면 널 깨울 뻔했어. 하지만 난 이내 깨달았지. 내 남편은 죽었어. 이제 나의 길이 남아 있는 거야. 나의 길이…… 정말, 고마웠어. 나의 아그배!

— 정희가 씀

어느 신경병자의 죽음

"K가 죽었대."

나는 전화를 받는 순간 어떤 안 좋은 예감을 하고 있다가 딱, 들어맞아 충격을 받은 사람처럼 잠깐 동안 머릿속이 비워지는 듯한 느낌을 받았다. 마치 그가 죽은 것이 내 책임이라도 되는 양 순간 죄책감이 몸을 감싸고돌았다.

세상으로부터, 이웃으로부터, 친구로부터, 그리고 가족으로부터도 위로받지 못한 삶이 벼랑으로 몰렸을 때 과연 무엇을 할 수 있을까? 나는 친구의 죽음 소식에 슬퍼하기보다 갑자기 대상도 모르는 것에 화가 났다. 아니 그 화는 내 자신에게 향하는 것인지 몰랐다.

상대편 전화기의 목소리도 나와 비슷한 감정을 느꼈는지 죽었다는 말만 전하고 한동안 말이 없었다.

"……."

전화기의 목소리는 K와도 그리고 나와도 막역하게 지냈던 친구 B였다.

나는 그런 예감이 언뜻 스쳐가긴 했어도 그의 죽음은 너무나 갑작스러운 것이었다. K는 대학 동기동창으로 얼마 전까지만 해도 얼굴을 본적이 있었는데 갑자기 죽었다니 믿어지지가 않아서였다. 최근에는 그와 마주치는 것을 가급적이면 피해왔으므로 그를 만나지 못한 지가 꽤 시간이 흘렀다고 생각되었다. 그러지 않아도 왜 그 친구가 요새 얼굴이 안 보일까? 궁금해 하면서도, 귀찮은 놈 얼굴 마주치지 않아서 잘 됐다, 며 안심하고 있던 차였다.

"아니, K가 죽었다니 뭔 소리야? 어떻게?"

나는 퍼뜩 뇌리에 스치는 것이 있어 혹시 자살? 이라는 말을 꺼내려다가 아무런 근거도 없이 너무 나간다 싶어 얼른 접었다. 그놈 하고 다니는 꼴이, 저러다 무슨 일 저지르는 거 아냐? 라고 생각은 했어도 죽으리라고는 상상하지 않았기 때문에 너무 의외의 말을 들은 것이다.

"어떻게 그놈이 죽어! 자세히 말해봐. 얼마 전에도 그 자식 얼굴을 봤는데……."

도저히 믿기지 않는다는 말투로 다시 캐물었다.

저쪽에서도 조금은 충격이 있었는지 침을 꿀꺽, 삼키는 소리가 전화기를 통해 선명하게 타고 넘어왔다. 잠시 또 침묵이 흘렀다.

"나도 조금 전 연락받은 거라 자세히는 모르는데, 이놈이 강릉 어딘가에서 죽었다나 봐. 동해바다에서 건져냈다는데…… 그래서 그런데, 너도 같이 가볼래?"

나는 무슨 말인가 싶어 머뭇거리자,

"아, 그 새끼 어떻게 죽었는지 알아보고, 장사도 치러줘야 할 거 아녀? 즈그 형도 같이 가니까 함께 가보자."

내가 같이 가지 않으면 안 된다고 은근히 협박하는 말투로 채근을 하였다.

나는 망설여졌다. 사회운동단체에서 오랫동안 일하다 운동가들이 소위 전문성을 쌓아야 한다는 미명하에 하나둘 그 바닥을 떠날 때쯤 나도 도저히 더 버틸 수 없겠다는 마음이 들어 누구에게 말 한마디 없이 훌쩍 떠나와 신림동 골방에 파묻혀 공부를 했다. 하지만 그게 쉽지는 않았다. 이삼 년을 공부하면서 버티다 돈도 떨어지고, 능력도 부쳐서 포기하고 말았다. 머리가 굳어진 후 다시 공부한다는 것이 어렵다는 것을 절감했다. 마침 사회에서 만난 친구가 쇼핑몰 개발 프로젝트 관련 회사를 창업하여 개발기획 파트에서 일을 같이 하자는 제의를 받고, 고민 끝에 들어가 일하기 시작한 지 얼마 되지 않은 시기였다. 그러니 친구가 죽어서 자리를 좀 비워야 한다는 얘기를 시시콜콜 해야 한다는 부담감 때문에 망설여졌다.

"야, 새끼야! 같이 가자. 나도 휴가 내야 돼. 힘들지만 할 수 없지 않냐? 그놈 마지막 가는 길인데……."

B는 윽박지르듯이 말하며 나를 꼭, 데려가야겠다고 마음먹은 모양이다.

나는 '마지막 가는 길'이라는 말에 퍼뜩, 정신이 들었다. 운동단체에서 일하던 시절, 매일 옆에서 토론하고, 술 먹고, 집회 장소에 열심히 나가던 친구가 어느 날 위암이라며 일 년을 투병하다 죽었을 때 그의 나이 불과 서른다섯 살이었다. 그가 젊다는 것은 둘째 치고, 매일 붙어 있던 놈이 갑자기 존재가 없어졌다는 허전함과 고생만 하다 저 세상으로 갔다는 분노 같은 것이 뒤섞여 그 슬픔을 이겨내는데 오랜 시간을 필요로 한 적이 있었다. 그를 보낼 때는 겨울이었는데 칼바람이 분 것도 있었지만 마음이 너무도 추웠다. 결혼도 못하고 혈혈단신에 부모 곁을 훌쩍 떠났던 그 친구를 애석해하며 슬픔을 참아내기 어려웠던 적이 있었다. 오늘 K도 마찬가지였다. 그도 혼자였다. 얼마나 외로울까?

나는 그런 상상을 하며 나도 모르게, "알았어. 씨발, 그나저나 그 새낀 어째 거기까지 가서 죽었대……." 누구한테 랄 것도 없이 화를 내고 있었다. 사실 귀찮기는 한 일이었다. 친하게 지내던 친구이긴 하지만 거기까지 가서 시신을 수습하고 온다면 며칠이 걸릴지 모르는 일이기 때문이다. 이제 겨우 회사에서 자리 잡고 일을 시작한 신출내기로서 며칠씩 자리를 비워야 한다는 부담감도 상당했다.

동서울터미널에 도착하니 벌써 B가 와 있었다. 우리는 굳은 표정으로 오랜만에 악수를 하고 서로 말이 없었다. 담배를 문 그의 표정이 어딘가 모르게 슬퍼보였다. 사실 나보다도 B가 K와 단짝으로 지냈던 사이였다. 둘은 죽이 잘 맞아 신입생 때부터 어울려 다녔고, 학교 행사를 추진할 때도 같이 앞장섰고, 하다못해 다른 학교 여학생들과 미팅을 주선할 때에도 그 둘은 항상 함께였으며, 학교 앞 당구장에서 한동안 같이 살다시피 한 적도 많았다. 많은 생각이 그의 머리를 스쳐가는 것 같았다. 나는 말을 하지 않아도 그의 기분을 이해할 수 있었다.

아무 말 없이 기다리는 사이 죽은 K의 형이라는 사람이 다가왔다. 나는 그와 일면식도 없었지만 B로부터 그의 존재에 대해서 나뭇잎 하나둘씩 떨어지는 것을 주워 담듯 더듬더듬 얻어들은 적이 있어서 그가 K의 형이라는 걸 직감할 수 있었다. K의 형은 건설공사판을 떠돌아다니는 일용노동자였다. 본인 자신이 그렇게 어려운 처지임에도 K를 물심양면으로 지원해왔다고 들은 적이 있다. K가 사실상 그 집안의 희망이요, 기둥이라서 K를 성공시키는 것이 그의 희망이기도 했던 모양이다. 양복으로 차려입었지만 영, 어색해서 다른 사람 옷을 빌려 입은 것 같았고, 얼굴은 거무튀튀해서 양복과 얼굴이 부조화하다는 느낌을 떨쳐버릴 수 없었다.

나는 그와 건성으로 인사하고 B를 쳐다보며 빨리 떠나자고 채근하는 눈짓을 보냈다.

"아니, 한 사람 더 올 거야. J 형이 같이 간다고 해서……."

"아, 그 형이 간데? 잘 됐네. 하긴 그 형이 같이 가지 않으면 안 되지."

그 형이라는 사람은 출판업을 하는 선배인데, 한동안 K를 데리고 있었다. 그래서 K에 대하여 누구보다 잘 알고, 가까이 지냈던 사람이다. 그는 신림동 지하사무실에서 법률서적을 출판하는 출판사를 근근이 유지하고 있었다. 후배들을 동원하여 교정교열을 시킨다든지, 법률을 전공한 후배들이다 보니 법률 문제집의 해설을 다는 일 등 일감을 제법 제공했다. 후배들은 선배를 도와 일을 해주고 술값을 번다든지, 또는 조금은 생활비에도 보탰다. K도 회사를 그만두고 신림동에 들어와서 고시 공부를 하다 합격도 못하고 어려워할 때 데려다 일을 시켰던 것이다.

키는 180센티미터 이상의 거구에 배가 애기를 밴 것처럼 불룩 튀어나온 J 선배가 오고 있었다. 건드렁거리는 폼이 아마도 배가 나와서 그렇게 보이는 것이지, 그도 옛날에는 관악산을 올라 다니며 뱃살을 빼려고 무던히 애를 쓴 것을 다 안다. 나는 피식 웃으며 그를 맞았다. 오랜만에 J 선배를 만났다.

한때는 죽은 K와 J 선배와 같이 만나 자주 술도 마시고 이야기도 많이 나누었다. 언젠가부터 K와 술자리를 같이 하는 것이 부담스러워지고, 나 또한 일자리를 구해 회사를 나가고부터는 만나는 것이 아주 뜸해진 것이다. 사실 그런 것보다도 K는 어느 순간부터인지 술만 취하면 인사불성이 되어 같이 술 먹는 사람이나 옆자리 손님들과 시비를 붙는 일이 잦아지다 보니 그를 아예 피하기 시작했다. 세상일이 귀찮아지고 살기 어렵다는 생각이 들기 시작할 때부터 K의 술주정은 너무 짜증나는 행위였다. 대학시절이나 젊었을 때는 술주정을 하고,

옆 사람과 싸움이 붙어도 젊은 혈기에 악다구니를 쳐도 부담이 없었다. 그렇게 하는 것이 친구와의 의리를 확인하고 있다는 어떤 알량한 자부심을 느끼게 해주었으니까. 그러나 이제 그런 것을 뒤치다꺼리하는 것은 고역이었다.

우리는 인사를 나누는 둥 마는 둥하고 강릉행 버스에 올라탔다.

버스가 중부고속도로 톨게이트를 빠져 나온 지 한참이 지났는데도 서로서로 아무런 말이 없었다. 내내 침울한 표정을 짓고 있는 K의 형의 눈치를 봐서이기도 하지만 무슨 얘기부터 꺼내야 할지 몰라서였다. 사십 대 초반에 벌써 친구의 죽음으로 시신을 확인하러 간다는 게 예삿일은 아니지 않은가?

버스는 우리들 기분은 아랑곳하지 않고 쌩쌩 달려 호법 JC를 돌아 영동고속도로에 접어들고 있었다. 침묵을 깬 건 옆자리의 B에게 말을 건 내 목소리였다. 앞좌석을 보니 K의 형과 J 선배가 잠이 들어 있었다. 나는 개미가 자기 굴 기어들어가는 듯한 목소리로 물었다.

"누구한테 연락 받았냐? K가 죽은 사실을⋯⋯."

B는 고갯짓으로 앞자리를 가리켰다. K의 형을 가리키는 것이다. B는 대학시절뿐만 아니라 졸업한 후 한동안 K의 집을 드나들었다. 그러니 그의 연락처를 알았을 테고 경황이 없으니 같이 가자고 했을 것이다.

K는 삼양동 달동네에서 어렵게 살았다. 달이 제일 먼저 뜨는 산동네, 입에 풀칠하기도 어려운 그 집안의 자랑이었다. K가 대학을 들어

갈 때만 해도 K가 졸업하고 고시만 붙으면 집안을 단번에 일으킬 거라는 기대를 많이 했을 것이다. 아버지는 너무 늙어 돈벌이를 할 수 없었지만 노동판을 전전하는 그의 형이 K의 뒷바라지를 해왔다. K는 대학 졸업 후 대기업에 입사하였다. 집안 형편도 형편이려니와 더 이상 형의 도움을 받기가 어려웠나 보았다. 하지만 언젠가 다시 신림동으로 짐 싸들고 들어왔다는 소문이 돌았다. 거기서부터 K의 인생이 꼬였다.

"나도 처음에는 믿기지 않았지. 그놈이 죽을 일이 없는데 죽었다니…… 그것도 동해안에서 발견되었다는 거야. 동해안은 그놈하고 아무 연고도 없고, 왜 거기까지 갔는지도 알 수 없었으니깐…… 강릉 경찰서에서 연락 왔다더라."

신분을 확인해보니 K였고, 시신을 확인하고 조사할 것이 있으니 오라는 전갈을 받았다는 것이다. 익사체를 바다에서 건졌으니 유족이 와서 시신을 인수하는 것은 물론 왜 그가 거기서 죽었는지 조사하여야 했을 것이다. B도 그 이상은 모른다고 했다. 우선 이야기를 들어봐야 알겠다는 표정이었다.

"그런데 왜 동해안까지 갔을까?"

나나 B도 그것이 궁금하여 동시에 반문하였다.

버스가 여주휴게소를 지나고 있었다. 둘이 주고받는 말을 들었는지 J 선배가 뒤를 돌아보며 말했다.

"언젠가 뜬금없이 전화를 하더니 돈을 보내라는 거야. 강릉이라면서…… 난 갑자기 연락도 없이 며칠씩 사무실에 나오지도 않고 연락도 없어서 걱정하고 있었는데, 뭔 뚱딴지같은 소리면서도 할 수 없이 돈을 보내준 적이 있었거든. 나중에 얘기를 들어보니까, 무작정 버스를 타고 떠났더니 강릉이더라는 거야."

그의 기이한 행각은 강릉뿐만이 아니라는 것이다. J 선배와 같이 사무실에서 일할 때부터 그는 안절부절못하며 어두운 사무실을 오래 버티지 못했다고 했다. J 선배나 그나 술을 좋아하다 보니 출판사 업무를 밤늦게 끝내는 날은 어김없이 근처 술집에 가서 코가 삐뚤어지도록 마시고 다음 날이면 결근 아니면 오후 늦게 나오기 일쑤였고, 아예 며칠씩 코빼기도 보이지 않는 날이 잦아졌다고 한다. 그의 존재를 잊어먹고 포기하고 있을 때쯤이면 전화를 해서 돈을 보내라는 요구가 있었다고 한다. 돌아올 버스비만 겨우 해서 보내주면 돌아와서는 한동안 조용히 일만 했다고 한다. 지은 죄가 있어 미안해하는 것인지, 아니면 그렇게 훌쩍 떠나있다 오니 한동안은 그의 방랑벽 같은 병이 가라앉아서인지 모르지만…….

한 번은 이런 일도 있었다고 한다.

가평인지, 청평 어디인지 모르지만 조그만 동네에 있으니 좀 와달라는 간절한 부탁을 해왔다고 한다. 처음에는, 이런 미친놈이 있나 싶어, 일하기도 바쁜데 거길 어떻게 가냐며, 화를 내고 전화를 끊었지만 계속 전화가 와서 사정을 하더란다. 형이 오지 않으면 자기는 여기서 못 갈지도 모른다면서 죽는 소리로 사정을 해서 할 수 없이 그곳까지 갔다고 했다. 가서 보니 조그만 술집이었는데, 일테면 거기 붙잡혀 있었던 것이다. 어이가 없었지만 J 선배도 에라, 여기까지 왔으니 놀다가자, 하고 마음을 풀고 같이 또 술을 진탕 먹어버리고 다음 날 돌아왔다고 했다.

그러고 나서 K는 가끔 그곳을 드나드는 눈치를 보였단다. 사무실을 이삼 일씩 비우고 나오지 않을 때는 영락없이 그곳을 다녀왔다고 자랑을 했단다. 낮에는 문을 닫아놓고 밤에만 영업하는 조그만 술집인데, 그 집 마담에게 빠져 돈만 생기면 어김없이 춘천 가는 기차를 탔다고 했다. J 선배가 같이 술을 먹을 때도 합석하여 인사를 했는데, 그녀는 삼십 대 후반 아니면 사십 대 초반쯤 되어 보였고, 딸 아이 하나까지 데리고 있다고 했다. 첫인상은 서글서글하고 술집을 운영하는 여자답지 않게 수수한 느낌의 여인이었다고 한다.

그런 일이 서너 달 반복되는가 싶은 어느 날 K가 심각하게 말했다고 한다.

"형, 나 그 여자한테 장가들까?"

뜬금없는 그의 말에 어안이 벙벙해진 J 선배는 어림없다는 말로 대꾸도 하지 않았더니,

"나 진짜야. 그 여자랑 그 여자 딸래미 모두 사랑한단 말이야. 나 그 여자 집에서 자고 오기도 여러 번 했어."

"정말이야! 네가 가끔 그곳에 놀러가는 눈치는 챘지만 그렇게까지

발전할 줄은 몰랐는데…….”

J 선배는 혀를 끌끌 차며 K를 바라봤다. 사실 K가 그녀와 결혼해서 그네들을 부양한다는 것은 그의 형편으로 봐서는 말이 되지 않는 소리라고 생각됐거니와, 일시적 감정에 휩쓸려 저런다고 치부해버렸다. 사실 K는 신림동 고시원 생활을 오랫동안 한 탓으로 대기업 다니며 벌어두었던 자금마저 몽땅 털어낸 것도 오래 되었기 때문이다. 선배 출판사 일을 도와준답시고 거기서 조금씩 생활비를 받아쓰고 있는 형편에 결혼이라니…….

그러나 K는 열병을 앓고 있었음에 틀림없었다. 처음에는 고시 공부하는 사람이라 해서 그녀도 호감을 가지고 성의를 다해서 K를 대해주었나 보았다. 올 때마다 그의 집에 데려다 밥도 같이 먹고, 딸에게 인사도 시키고, 자연스러워졌을 때쯤 K는 거기서 편안함과 행복감을 느꼈을 것이다. 그냥 여기에 아무도 몰래 주저앉아 버릴까 생각했을지도 모른다. 그는 그만큼 지쳐가고 있었고, 애초에 가졌던 큰 희망도 잃어버린 지 오래 되었기 때문이다.

그러나 그 일은 오래가지 못했다. 겪어보니 빈털터리에다 술만 취하면 인사불성이니 차츰 멀리하기 시작했고, 어느 순간부터는 그 여자가 자기를 피해 다니기까지 한다고 하소연했다고 한다. 그러던 어느 날 술집에 가보니 폐업하고 어디론가 사라졌다고 했다. 그 일로 K는 한동안 실성한 사람처럼 술만 들이켰고, 그러거나 말거나 관심을 두고 있지 않은 사이 그 일도 자연히 없었던 일처럼 조용해졌다고 했다.

"하하, K가 순정파이긴 했지! 형 그거 생각 안 나? 봉천동 술집에 드나들 때도 거기 아가씨한테 죽자 사자 덤벼들었던 거. 그래서 그 술집 아가씨 겁이 나서 몰래 그 집 떠나버렸잖아. 그때도 이놈 얼마나 난리쳤어. 그 술집 때려 부수고, 그 여자 빨리 내놓으라고……."

나는 그의 여성 편력을 익히 아는지라 내가 아는 사실 한 가지를 덧붙였다. K는 그 여자가 술집여자인지, 이혼녀인지 유부녀인지 가리지 않았다. 그에게 살갑게 대하는 여자만 있으면 쉽게 빠져버리고 말았다. 여자들이 모두 K를 좋아해서 그랬겠는가? 혹시 돈이나 뜯어볼 양 달싹 달라붙는지도 모르는데 물불을 못 가렸다. 필시 자기를 좋아하는 줄로만 알고 얼이 빠져 정신을 차리지 못한 것이다. 그만큼 정에 목말랐을지도 모른다.

"말도 마, 툭하면 회사 앞까지 찾아와 나한테도 돈 내놓으라고 하는 통에 여러 번 뜯겼어."

우리는 그렇게 말하면서 K의 형의 눈치를 슬쩍 살폈다. 웃으면서 죽은 자의 옛날 얘기를 하는 것이 조금은 부담스러웠기 때문이다.

그는 아직도 피곤한지, 아니면 동생이 죽었다는 사실에 충격이 가시지 않아 일부러 눈을 감고 자는 척 하는 것인지 판단할 수가 없었다. 버스는 여주를 지나 문막, 원주를 향하고 있었다.

"걔가 최근에 그렇게 엉뚱한 짓을 벌이고 다니니 나도 불안했다니까!"

우리가 앉아 있는 뒷자리를 바라보면서 J 선배가 말했다.

"강릉은 그렇다 치고, 왜 바다에 빠졌을까? 경찰서에 가서 자세한 내용은 알아봐야겠지만……."

"아무래도 이상하더라니까? 너희들도 짐작했겠지만 걔가 언젠가부터 눈빛도 다르고, 여름에 겨울옷을 입고 가방 하나 둘러메고는 그리 바쁘게 돌아다녔잖아? 너도 한번 같이 봤지 아마?"

J 선배는 동의를 구하듯 나를 보며 말했다.

지난여름이었다.

나도 다시 공부를 하기 위하여 신림동의 독서실에 장기 티켓을 끊어 출퇴근 하다시피 하던 때였다. K는 이미 회사를 그만두고 벌써 여러 번 사법시험을 보았지만 1차에서 계속 낙방하였다. K처럼 회사를 다니다 그만두고 신림동에 들어왔던 동기들 몇은 벌써 합격하여 금의환향하여 나갔다. 그는 상당히 실망하고 있었다. 이미 시험은 포기 상태였다. 한 번은 강북의 어디에서 K가 아는 사람이 변호사를 하다 국회의원 출마준비를 하기 위하여 무슨 연구소를 설립하였다고 했는데, 거기에서 법률상담을 하며 일하기도 했다. 그러나 그도 몇 달을 못 가 다시 신림동으로 돌아왔다.

나는 점심을 먹고 독서실 옆 주택가 작은 공원 벤치에 앉아 커피를 마시고 있었다. J 선배와 함께였다. 그는 출판사를 운영하면서 가끔 나나 다른 선후배들을 찾아다니며 이야기도 나누고 커피를 마신 다음 내려가곤 했다. 그날도 자판기 커피를 홀짝거리고 있는데, 멀리에서 여름에 어울리지 않는 후줄근한 옷차림을 한 K가 다가오고 있었다. 우리는 길옆에 있었으니 당연히 다가와서 아는 체라도 할 줄 알았지만 그냥 지나치려 하는 것이었다. 나는 그를 불러 세웠다.

"야, 어디 가냐? 커피나 한 잔 하고 가."

"어! 여기 있었냐?"

그는 내 목소리를 알아듣고는 사람 좋은 미소를 띠며 돌아섰다.

"우리 못 봤냐? 어딜 바삐 가. 그리고 그 행색은 뭐고?"

그는 여름인데도 긴팔 셔츠에 때 절은 청바지를 그대로 입고 있었다. 그는 우물쭈물하며,

"응, 이상하냐? 가볼 데가 있어서……."

그는 내가 건네 준 커피를 마시는 둥 마는 둥 누구에게 쫓기는 사람처럼 한 방향을 주시하며 불안해하는 눈치였다. 그러면서 이해할 수 없는 소리를 했다.

"너는 이해할지도 모르겠다. 운동권에 있었으니까."

무슨 뚱딴지같은 소리냐며 그를 쳐다봤다.

사실 대학 다닐 때는 매일 같이 최루탄 가스를 마셨고, 사복경찰들이 학내에까지 들어와 은밀히 감시하던 전두환 정권 때 대학교를 다녔다. 더군다나 같은 과 동기가 미상공회의소를 점거하다 감옥을 갔다 오고, 또 어떤 선배는 배후에서 시위를 조종하다 잡혀가 치도곤을 맞고 감옥에 갇히기도 한 것이 바로 옆에서 일어나는 일들이었다. 그러다 보니 K는 나와 술을 먹을 때마다 그들에 대한 부채의식 같은 것

을 말하였다. 한편으로는 자기가 나서지 못하는 것에 대한 미안함을 말하면서도 다른 한편으로는 나 같은 사람을 부러운 눈초리로 쳐다보곤 했다. 그러나 지금 그가 말하는 것은 그런 류의 말을 하려는 것 같지는 않았다.

"무슨 소리야? 여기서 운동권은 뭐고?"

나는 실없다는 듯 웃었다. 하지만 그는 정색하고 말을 이었다.

"나 요새 감시당하고 있어. 어떤 때는 머리가 빠개지는 것처럼 아퍼. 그게, 말하자면 내 머릿속에다 나를 감시하는 칩을 심어놓은 것이 분명해. 어떤 놈들이 내게 그러는지 밝혀야겠어."

그는 그런 말을 하면서 어깨에 멘 서류가방을 들어 보이며, 여기 그 증거를 다 모아놓았다, 고 심각한 표정을 지으며 말했다. 나는 너무 막막한 나머지 J 선배의 얼굴을 쳐다봤다. 이상하다고 생각했다. 한동안 K를 만나지 못했지만, 그 사이 얘가 왜 이렇게 변했지? 하는 표정을 지었다. 조지 오웰의 『1984』 소설 이야기도 아니고, 분명 K가 그렇게 말하고 있지 않은가! 나는 이해할 수 없는 말을 늘어놓는 K를 멀뚱히 쳐다봤다.

그는 내게 무슨 답을 듣기 위해 말한 것은 아니었다. 혼자 중얼거리듯이 말하곤 이내 일어섰다. 다음에 또 보자며 가방을 챙겨 들었다. 그리고 길 아래로 멀리 사라져갔다.

꾸부정한 뒷모습으로 사라져가는 K를 물끄러미 바라보다가 J 선배가 말했다.

말인즉슨, 요새 사무실 나오지 않은지 몇 달 되어간다는 것이었다. 그러면서 뜬금없이 가끔 찾아와서는 혼자 중얼거리듯이 말하고 사라지곤 했다고 한다. 누가 자기를 감시한다며, 이건 민주주의 사회에서 있을 수 없는 일이고, 자기가 그걸 밝히려고 한다는 것이었다. 가방에는 그런 내용을 적은 고소장을 써서 다닌다고 했다. 과천에 있는 정부청사에도 가고, 서초동 검찰청사도 찾아가서 소란을 피웠다고 했다. 정문에서 가로막혀 미친 놈 취급을 당하니 세곡동 국정원을 찾아간다고 했다. 자기를 감시하는 게 국정원이 하는 짓이 분명하니 국정원을 찾아가서 꼭, 밝혀야겠다고 하며 매일같이 정문 앞에 출근하다시피 한다는 것이다.

"분명 정신이 이상해진 게 분명해. 과대망상증인지, 아니면 정신분열증인지 모르겠어."

"그래요? 그런데 쟤가 언제부터 저렇게 됐어요?"

"좀 됐어. 처음에는 저런 행동을 보이진 않았지. 애들이 전부 합격해서 나가고 축하주를 마실 때 좋은 분위기로 술을 마시고 혼자 남으면 굉장히 우울해 하더라고. 그때는 그럴 수도 있겠지 하고 별로 걱정을 하진 않았는데, 그런 일이 반복되면서 점점 이상해지는 거야. 합격을 못하는 것이, 자기가 능력이 없어서가 아니라 분명 나를 합격시키지 않으려고 누가 장난치는 건 아닌지 의심된다는 말을 할 때도 있었으니까……."

한동안 골방에 처박혀 밖에 나오지도 않고 술만 퍼먹다가, 또 어떤 때는 어디론가 사라져서 소식이 끊기기도 했다고 한다. 그때쯤 엉뚱한 곳에서 연락 와서는 돈을 보내달라는 요구가 빈번해졌다는 것이다. 우울증 같은 것이 심해지고, 또 어떤 때는 히스테리를 부리기도 해서 걱정된 나머지 그의 형에게 병원에 데려가 보는 게 어떠냐고 연락도 했다고 한다. 형이 병원에 데려가서 진료를 받게 했는데, 걱정하지 말라며 우울증 약을 처방받아 주었다고 했다. 그 약을 먹으며 집에서 쉬다 보니 나아졌다 싶어 다시 공부한다며 신림동으로 돌아왔는데, 이번에는 저러고 다닌다고 했다. 또 K의 형에게 연락해야 되는지 모르겠다고 걱정스런 표정을 지으며 헤어진 적이 있었던 사실을 말하는 것이었다.

버스가 강원도로 접어들어 깊숙이 들어갈수록 산에는 늦여름의 푸르름과 단풍이 들려는 그 사이에서 씨름하고 있었다. 어떤 곳은 벌써 노랗게 물든 곳도 있고, 또 어떤 곳은 아직도 푸르러 지나간 추억의 여름을 기억하려는 듯 안간힘을 쓰고 있었다.

버스기사는 새말휴게소에 잠시 들러 쉬어가겠다고 말했다. 볼일들 보시고 시간에 늦지 않게 돌아오라는 멘트를 건조하게 날렸다. 우리는 모두 부스스 일어나 버스를 내렸다. 화장실을 들른 후 밖에서 B가 담배를 피워 물었다. 나도 그 옆에서 담배 하나를 물었다. K의 형이 주뼛거리며 다가왔다. 담배 하나를 꺼내 권했다. 겸손한 표시인 듯, 아니면 항시 주눅이 들어 의례히 그렇게 어깨를 꾸부정하게 낮춰 잡는 것이 버릇인지 모르지만 받아든 담배를 물고 옆으로 슬쩍 비켜서서 멍하니 먼 산을 쳐다보며 연기를 뱉었다. 우리도 그러는 양을 참견하지 않았다. 동생의 친구들과 말을 섞어가며 이런저런 얘기를 할 기분이 아니라는 것은 짐작할 수 있는 일이었다. 담배를 거의 피워갈 무렵 버스가 엔진에 시동을 걸고 출발할 준비를 하고 있었다. 나는 얼른 피우던 담배를 뭉개어 휴지통에 버리고 버스에 올라탔다.

버스는 또다시 달렸다. 앞자리의 J 선배와 K의 형은 버스가 달리자마자 잠이 들었다. 나는 잠이 오지 않았다. K가 왜 죽었을까? 자살한 걸까, 아니면 그냥 사고사일까? 버스를 타고 가는 내내 궁금증은 내 머리를 떠나지 않았다. 사고사라면 하필 그곳까지 가서 죽은 것이 이해가 되지 않았고, 자살이라면 그가 자살할 이유가 뭘까 생각해보았다.

"너 혹시 최근에 K를 만난 적 있냐? 무슨 낌새라도 눈치 챌만한 게 있었냐?"

나는 옆자리의 B에게 혹시 단서가 될 만한 일이 있었는지 물었다.

"얼마 전에 내 일하는 곳으로 왔었어. 툭하면 오는 놈이라 별 생각 없이 밥 먹고, 차 한 잔 하긴 했는데, 또 돈 좀 있느냐고 하더라고. 난 매번 올 때마다 손 벌리는 게 짜증나서 한마디 쏘아붙였지. 내가 네 금고냐고, 그리고 이번엔 무엇에 쓸려고 하느냐고, 그랬더니 미안하다면서 머리를 긁적거리더라고. 그러면서 모기만 한 소리로 동해안에 한 번 갔다 올까 생각 중이라고. 내가 혼잣소리로, 팔자 좋다, 고

178

했지. 친구한테 돈 받아서 여행이나 다닌다는 K의 말이 이해가 되지 않았으니까. 난 그때 정말 K가 미워서 돈이 없다고 거짓말 했어. 돈 주면 그 돈으로 공부나 열심히 한다면 아깝지나 않겠는데, 동해안을 가볼까 한다는 말에 갑자기 열이 팍, 뻗쳐서 못할 소리 했으니까. 그러고 나서 헤어졌어."

B는 헤어져 돌아가는 K의 뒷모습을 잊을 수 없다고 했다. 축, 처진 어깨를 하고 돌아가면서 뭔 할 말이 있는 사람처럼 몇 번을 뒤돌아보더란다. 이럴 줄 알았으면 그때 돈이라도 주는 건데, 후회된다고도 했다. 그때 불러서 무슨 할 말이 있느냐고 물어볼 걸 그랬다고, 그땐 대수롭지 않게 생각했는데 지금 생각해보니 분명 자기에게 할 말이 있었다는 생각이 든다고 했다.

"그래, 너랑은 각별하게 지냈잖아. 그나저나 무슨 말을 하려고 했을까? 짐작 가는 거 없어? 그리고 동해안 간다는 소리는 뭐고?"

"모르겠어. 동해안은 왜 간다고 했을까?"

B가 나에게 되물었다.

"나도 짐작은 할 수 없는데, 아마 한 달 전쯤일 거다. K랑 술 한 잔 한 게, 그때는 그냥 그놈 신세 한탄으로만 알았거든. 걔, 하고 다니는 꼬락서니를 봐라. 고민을 얘기한다고 해도 진지하게 들어줄 놈 누가 있겠나?"

나는 얼마 전, 그러니까 K가 죽었다고 연락이 오기 한 달여 전쯤 K와 술을 마신 적이 있었다. 사실 나는 그를 되도록 피하고 다니던 때였다. 술에 취하면 인사불성에 남에게 시비 거는 것이 다반사라 누군들 그와 술자리를 같이 하고 싶겠나?

어느 날 내가 거주하는 집에 찾아온 적이 있었다. 관악산 자락 등산로에서 내려오는 끝자리에 내 집이 있는지라 관악산을 등산하고 내가 사는 곳으로 방향을 잡으면 지나칠 수밖에 없었다. 나를 보고 싶으면 등산을 갔다가도 사람들이 자주 들르곤 했다. 그날은 마침 일요일이라 회사에 가지 않고 집에 있었다. 밖에서 인기척이 들려 누군가 싶어 현관문 쪽으로 가려는데 익숙한 목소리가 들렸다. K가 내 이름을 부르며 대문 앞을 서성거리고 있었다. 나는 순간 몸이 움츠러들며 반사적으로 몸을 숨겼다. 왜 그랬는지 모른다. 그냥 그와 마주하는 것이 부담스러웠다. 눈빛도 이상하고, 불안해하면서 사람이든, 사회에 대해서든 공격성이 눈에 띄게 잦아졌다. 국정원 앞에서 시위한다는 소리는 말로만 들었지 실제로 그가 그런 행동을 하고 있는지 확인해본 것은 아니었다. 그런 말을 들으면서도 그의 고민이 뭔지 들어보려고 하진 않았다. 오히려 그가 정신 이상이 온 것은 아닌지 의심만 했다.

요사이 사회에 대한 부채의식을 말하는 것이 너무 과하다고 생각했고, 갑작스레 그런 방향으로 틀어 마치 자기가 이 사회에서 무슨 큰일이라도 하는 양 떠벌리고 다니는 것이 오히려 안쓰럽기까지 했기 때문이다. 그동안 자신의 뒷바라지를 하느라 고생만 하는 형도 그만 고생하게 하고, 집안을 일으켜 세워야 하건만 생각대로 되지 않고, 또 자기를 도와주던 친구들에게도 면목이 없고, 되는 일이 없으니 자꾸 움츠려들기만 한다고 했다. 그러다 우울증도 겪었다고 했다. 나는 그가 과대망상증에 걸린 환자가 아닌가 생각했다. 자기를 국가기관이 일거수일투족 감시한다고 떠들고 다니고, 그래서 소송을 건다느니, 여러 국가기관을 찾아가 그러한 사정을 말하며 항의하는 행동거지가 보통의 상식으로는 전혀 이해할 수 없었다. 그러니 그를 피하는 것도 당연했다.

나는 집 안에 아무도 없는 것처럼 숨을 죽이고 있었다. 그는 몇 번더 내 이름을 부르다, 아무도 없나? 혼잣말을 하곤 사라졌다. 그가 사라진 자리를 내다보며 한편으론 그를 만나는 것이 두려웠고, 다른한편으론 미안했다. 내가 언제부터 K와의 접촉을 피하게 되었는지알 수 없는 노릇이었다. 정말 나야말로 그를 받아들여 고민을 들어주고, 병이라면 그 구렁텅이에서 헤쳐 나오도록 도움을 주어야 함에도나는 피하려고만 했으니, 그가 나에게 친구로서 신뢰를 준만큼의 어떤 보답도 하지 못하고 있다 생각하니 부끄러워졌다.

K는 대학 신입생 때부터 다른 사람들보다 눈에 띄었다. 사람들과쉽게 어울리며 과대표와 함께 다른 학교, 또는 다른 과 여학생들과 미팅을 주선하는 것도 열심이었고, 사회문제에 대해서도 상당히 비판적이었다. 당시는 매일같이 교문을 사이에 두고 백골단과 일진일퇴하는것이 일상이었고, 매캐한 최루탄 가스가 강의실까지 스며들어오는 때도 많았다. 강의실은 집회에 나간 학생들 때문에 빈자리가 많았다. 교

수는 출석을 부른다 하며 통제하려 하였지만 효과가 없었다.

어느 날 강의실에서 있었던 일이다. 강의를 시작하려던 한 교수님이 혀를 끌끌 차며, 너희들 저렇게 매일 시위해봐라, 세상이 바뀌나! 차라리 너희들이 7급 공무원이라도 돼서 세상을 바꾸는 게 훨씬 빠를 것이라고 말했다. 대학생들이 시위하는 것에 대하여 폄하하는 발언이었다. 그러면서 아무렇지 않게 책을 펴라고 명령조로 말했다.

그러자 K가 벌떡 일어서더니, 교수님, 교수님의 말씀을 전혀 이해할 수 없습니다. 지금 군사정권이 잘하고 있다고 보십니까? 어제만 해도 사복들이 교내에 들이닥쳐 상아탑을 유린하고 학생들을 잡아가는 거 보셨지 않습니까? 선배들이 전단지 뿌린다고 저기 중앙도서관 오 층 꼭대기 창문 밖에 나와서 몸을 묶고 목숨을 담보로 저러고 있는 거 보셨지 않습니까? 아인슈타인이 그런 말을 했다고 합니다. 전문지식만 배우면 잘 훈련된 개에 불과하다고요, 우리는 그런 개, 돼지가 되지 않으려고 하는 겁니다. 그때 K는 한 치도 물러날 수 없다는 듯이 또박또박 말하며 교수를 노려보기까지 하였다. 그러자 교수는 얼굴이 붉어지며, 자네 이름이 뭔가? 어디서 버릇없이, 라며 윽박지르려고 했다. 그러자 다른 몇몇 학생들이 우우, 야유를 보냈다. 나는 교수의 위세에 눌려 어쩔 줄 몰라 했는데, K는 당당했다. 어디서 저런 용기가 나오는지 놀라움을 금할 수 없었다. 내 심장은 상기되어 더 빨리 뛰고 있었다. 나도 은근히 똑같은 생각을 하고 있던지라 속으로 응원을 보냈다. 그때부터 K에게 호감을 가졌으며 그가 한층 크게 보였다. 교수는 더 이상 수업을 진행하지 못하고 강의실을 나갔다. 그 사건으로 K는 학과장실에 불려 다니며 고역을 치렀다.

또한 B와 K가 어울려 단과대학생회도 만들었다. 당시에는 학생자치회가 없었다. 아니 관제 학생회인 학도호국단이 있었지만 학생 자율권에 대한 요구가 비등하던 때였다. 더 이상 누를 수 없었던지 자율학생회가 만들어진다는 소문이 돌았고, 우리 단과대학생회는 그 두 사람의 주도로 만들어졌으며, 총학생회 건설에도 일정 부분 관여하기도 했다.

K는 그러한 활동 내용으로 보나, 성품으로 보나 소위 운동권에서 열심히 활동할 것이라고 모두 예상했었다. 그러나 모두의 예상은 빗나갔다. 그는 졸업하자마자 대기업에 취업을 하고 모두의 기억에서 지워졌다. B가 전한 말로는 많은 고민 끝에 결정했다고 한다. 자기만 바라보고 있는 형이나 연로하신 부모님을 외면할 수 없었다고 했다. 도저히 학생운동하며 있을 수 없다고 울면서 이해해 달라고 하며 떠났다고 한다.

그리고 며칠 후 또 우리 집에 찾아왔다. 나는 더 이상 그를 피할 수 없다고 생각해서 불러들였다. 그리고 술을 받아와 조심스레 술을 마셨다. 자꾸 찾아오는 것이 분명 무슨 할 말이 있거나 아니면 부탁이 있을 것이라는 생각이 들었다.

그날따라 그는 술에 취했으면서도 멀쩡한 정신을 유지하고 있었다. 나도 덩달아 술이 얼근해져 주거니 받거니 했다. 옛날 그 활달하고 건강할 때 모습으로 돌아간 거 같았다. 나는 기분이 좋아져 그에게 술을 더 권했다. 사양하지 않았다. 원래 그랬다.

"야, 너는 그 바닥에서 어떻게 그리 오랫동안 버텼냐?"

뜬금없는 질문에 대답할 말이 없었다. 내가 그 바닥에 들어간 것도 나 자신 믿어지지 않았고, 젊은 청춘을 거기서 다 허비했으니 묻는 말이다. 지금 와서 생각해보면 아무것도 이루어낸 것 없이 세월만 좀 먹었다고 후회하고 있었다. 그 시간에 다른 놈들처럼 한 십여 년 시간을 죽여 공부했으면 뭐라도 되지 않았을까 후회하고 있었다. 젊은 인생을 헛살았다고 한탄하고 있던 차에 그런 질문을 받으니 꿩 구워 먹은 벙어리가 될 수밖에…… 그가 내 대답도 기다리지 않고 자기 말을 이어갔다.

"난 말이야! 너를 보면서 좀 부끄러웠어. 너는 대학 다닐 때 내성적이어서 그런지 모르지만, 너무 조용히 지냈잖아? 눈에 잘 띄지도 않았고 공부만 하던 범생이…… 하하 맞아, 공부도 제법 했지. 그런데 졸업하고 누군가한테 네가 사회단체에서 활동하고 있다는 소리를 듣고 나 충격 먹었거든."

그는 나에게 이런 진지한 얘기를 하지 않았다. 만나면 그냥 술이나 먹고, 시시껄렁하게 술집에서 만난 색시 얘기, 맞다. 그가 경험했던 술집 여자, 순정을 받쳤던 여자 얘기가 더 재미있었다. 그런 얘기를 하면서 술에 취하고, 술에 취하면 싸움이나 걸고…… 그러던 녀석이 오늘따라 심각하게 나오고 있었다.

"나는 너도 알다시피 학생회 활동도 하고, 언더에도 잠깐 발을 들여놨다가 금방 뺐잖아. 너에겐 처음 하는 얘기지만…… 그런데 막상 졸업하고 나니까 막막해지더라. 집을 생각하면 내가 이래선 안 되겠다는 생각이 퍼뜩 들더라고. 그래서 취직을 했잖냐? 다 알다시피……."

나도 그런 사실은 알고 있었고 이해하고 있었다.

"그런데 대기업이란 게 사람 죽이는 거였어. 부품처럼 써먹고 버릴 땐 고장 난 볼트너트처럼 쓰레기통에 쉽게 버려. 그래도 한 십몇 년 버텼지. 우리 형 더 고생시켜선 안 된다고 이 악물고. 그런데 너도 알다시피 IMF가 터졌잖아. 그때 우리 회사도 광풍이 불었어. 구조조정 칼날이 얼마나 무서웠는데…… 무조건 인원수 정해놓고 자르는데…… 특히 사무직들이 많이 떠났어."

그때 일을 회상하는지 말을 끊고 잠시 침묵했다.

"그런데 말이야, 이상하지! 다행히 나는 그 칼날을 피할 수 있었는데, 더 이상 이런 비정한 곳에 남아 있는 것이 용납되지 않더라고. 같이 일하던 동료나 부하 직원들이 아무 잘못도 없이 쫓겨나는 것도 견딜 수 없었지만, 더 이상 그 회사에서 내 전망을 찾을 수가 없었어. 머리 숙이고 주는 월급이나 꼬박꼬박 받아가며 꼬랑지 내린 개처럼 살 것인지 심각하게 고민했지. 그래서 형님한테 사정 얘기 하고 다시 공부하겠다고 했어. 형님도 세상 돌아가는 일이 심각하다고 느꼈던지 크게 반대는 않더라고, 솔직히 내키지는 않지만 대신 공부 열심히 해서 네 덕 좀 보자고 흔쾌히 받아주는 거야, 그리고 힘닿는 데까지 도울 테니까 공부만 열심히 하라고. 이왕 이렇게 된 거 내가 조금 더 고생하지 뭐, 하면서 어깨를 두드려 주더라고. 사실 우리 형이 반대했으면 용기를 내지 못했을 거야. 하지만 거기서부터 길을 잘못 들었나 봐. 굳은 각오를 하고 들어왔는데 생각처럼 쉽지 않았어. 머리는 굳었지, 마음은 조급하지, 이만하면 될 것도 같은데 매번 떨어지는 거야. 정말 면목이 없더라고…… 정신도 이상해지고…… 그래서 언젠가부터 딴 짓을 하기 시작했어. 너도 내가 정신병 걸린 놈이라고 생각하고 있지?"

나는 말을 못하고 긍정도 부정도 하지 않았다. 생각해보면 K나 나나 결과적으로 이 사회의 낙오자가 된 점에서는 똑같은 처지였다. 아이러니하게도 K는 옛날에 교수가 말했던 것처럼 다시 공부를 하여 당당하게 사회를 변화시키는 사람이 되기 위해 노력했으나 모두 실패하였다. 그리고 이제는 자신감도 떨어지고, 구렁텅이에 빠져 다시는 헤쳐 나올 수 없는 실패자로서의 공포감만 온몸을 휘감고 있었다.

"이젠 아무런 희망이 보이지가 않아. 내가 그 짓을 하는 것도 나의 마지막 발악 같은 것인지도 몰라. 나도 모르게 그렇게 발걸음이 옮겨지거든. 그게 너희들이 생각하는 그 병이겠지? 나도 이젠 어떻게 살아가야 할지 갈피를 잡을 수가 없어. 아침에 일어나면 귓속에서 웅웅, 거리는 소리가 나고, 술을 먹지 않으면 가만히 앉아 있을 수가 없으니 밖으로 나가는 거야. 나도 몰라. 내 내면에서 뭔가가 나를 조종

하고 있는 거 같기도 하고, 어떤 때는 내가 거미줄에 걸린 먹잇감이 되어 있는 거야. 그래서 그 흉측한 거미에게 잡혀 먹히지 않으려고 용을 쓰다 깨기도 하고…….”

그는 머리를 싸안고 괴로운 듯 중얼거렸다. 나는 놀랐다. 이렇게 심적인 고통에 시달리고 있는 줄은 K의 입을 통해서 처음으로 들었기 때문이다. 분열적 정신 상태도 우려할 정도라는 생각이 들었다. 그러나 그냥 심각하다고만 느낄 뿐이지 내가 어찌할 수는 없었다.

그가 자리에서 부스스 일어나면서 나에게 하는 말인지, 그냥 자기 혼잣말인지 모르게 중얼거린 게 있었다.

“머리도 복잡한데 며칠 있다 동해에 좀 가볼까 해. 가서 해 뜨는 것도 보고, 파도치는 것도 보고. 언젠가 동해에 간 적이 있었는데 파도가 계속해서 밀려오면서 바위 절벽에 부딪는 걸 구경한 적이 있었거든. 끈질기게 와서 부서지는 파도, 그리고 그 거품을 보고 있으니 황홀해지더라고…….”

나는 그때 K를 누군가 돌봐줘야 한다는 생각을 하면서도 그런 말을 하기에 기분전환을 하고 오면 좋아지겠지라고 생각했다. K에게 밝은 목소리로, 잘 생각했다, 가서 머리 좀 식히고 와서 다시 공부 시작해. 그러면 넌 충분히 해낼 수 있어, 라고 말하고 술자리를 파한 기억이 있다고 B에게 말했다. 그리고 그 당시 J 선배에게 전화를 걸어, K의 형에게 연락해서 어떤 조치를 취해야 하는 거 아니냐고, 말했다는 사실도 덧붙였다.

"혹시 그럼 얘가 그때 벌써……."

"설마 그럴 리가? 난 그렇게까진 생각하지 않았거든. 혹시나 그런 낌새를 내가 눈치 챘으면 그냥 두지 않았겠지."

얘기하는 사이 버스는 대관령을 넘어가고 있었다. 멀리 강릉 시내가 보이고 안개에 덮인 듯 동해바다가 희미하게 보였다.

경찰서에 들렀다.

변사자를 처리하는 담당형사 앞에 앉았다.

"시신을 확인하고 오셨나요?"

담당형사는 누가 유가족이 되냐고 묻고는 K의 형을 보고 사무적으로 물었다.

"뒤에 서 계신 분들은 누구죠?"

"예, 죽은 동생 대학 친구들입니다."

우리는 뒤에 서서 못 올 데를 온 사람처럼 서성거렸다. 초대받지 못한 손님들 말이다.

"그러지 말고 그 옆에 있는 의자에 앉으세요."

형사는 인상이 수더분하고 친절했다. 생긴 모습은 살이 없어 까칠해 보였지만 말투는 상냥했다. 사진 찍은 것들과 차트를 들썩여 보여 주고는 물었다.

"혹시 형님께서는 변사자에게서 무슨 이상한 낌새나 어디 간다는 말 같은 것을 들은 적이 있나요?"

"아니요. 그 애를 만난 지도 여러 달이나 지나서 전혀…… 우울증이 있다고 해서 병원에 데려가 치료받고 다시 공부하러 간다기에 그런 줄만 알았지요. 일하기도 바빠서 그 애에게 가끔 용돈을 부쳐준 것 외에는 최근에 특별히…….."

"혹시 친구 분들 중에는……?"

말도 어눌하고 행색이 초라해보여서인지, 아니면 더는 나올 얘기가 없어보여서인지는 몰라도 옆에 앉아 있는 우리를 돌아보면서 형사가 물었다. 나는 움찔했다. 그가 동해안으로 가기 전 술 마시며 한 얘기를 해야 하나, 잠시 망설였다. 나는 그냥 잠자코 있었다.

그랬더니 B가 나서서,

"얘가 동해안으로 여행 간다는 얘기는 했었습니다. 우리는 그냥 여행 한 번 갔다 오나 보다 하고 대수롭지 않게 생각했거든요. 그리고 자주 여기저기 쏘다니기도 했고…….."

"그래요. 그런데 좀 이상한 것은 그 사람이 죽은 장소가 사람들이 여간해서는 잘 들어가지 않는 곳이거든요. 정동진에서 밑으로 좀 더 내려가면 심곡리라는 곳이 있는데, 어떻게 거기를 들어갔는지 참. 어떤 어부가 사람이 죽어서 떠다닌다는 신고를 해왔거든요."

그러면서 관내 지도를 보여주며 그 지점을 가리켰다.

"보세요. 여기는 좀 험해요. 하긴 들어가기가 어렵지 경치는 참 좋죠. 그래서 거길 들어갔나?"

그는 혼잣말처럼 중얼거렸다.

"주변을 다 수색해봤는데, 별다른 이상한 점은 발견하지 못했어요. 다만 이상한 건 구두 한 짝만 육지에 굴러 떨어져 있고, 다른 한 짝은 신고 있었다는 점이에요. 아마도 떨어지면서 신발 한 짝이 벗겨졌거나 했을 거 같아요. 그리고 이 변사자가 발견된 지점 근처에서 가방 하나를 발견했는데, 물에 젖어 있었어요. 그 가방 안에 무슨 고소장 같던데? 그런 문건들이 여러 건 나왔어요, 물에 흠뻑 젖어서 내용은 알 수 없더라고요. 만년필로 작성되어 있던데…… 혹시 무슨 고소장 인지 알아요?"

우리는 그 고소장이 무엇인지 알고는 있었지만 너무 황당하다고 생각해서 아무 말도 하지 않았다. 더군다나 그 내용을 말하면 괜히 더 복잡해질 것 같아서 입을 꾹 다물었다.

"모르시는 모양이네요. 알겠습니다. 충분히 조사해본 결과 변사자 가 그 해안 절벽에서 발을 헛디며 실족사 한 걸로 결론을 내렸습니 다. 특별한 외상도 없었고, 또 뭐, 자살하는 사람이 흔히 흔적을 남겨 놓듯이 무슨 흔적이 있는지 찾아봤지만 신발 한 짝을 발견한 거 말고 는 별다른 점이 없어 그렇게……."

혼자 연설하듯이 말해놓고는 우리 일행을 죽 돌아보았다. 일을 다 처리한 거 같다는 만족감 같은 것이 얼굴에 서려 있었다.

"혹시, 뭐 궁금한 점이라도 있나요?"

다시 우리를 훑어보았다.

나나 B는 자살이 의심되긴 했지만 그렇다고 왜 사고사로 결론을 내렸는지? 자살을 의심해봐야 되는 거 아니냐고 의문을 제기하고 싶기도 했지만 그래봤자 결론이 달라지는 것은 아니라고 생각해서 참았다. 그때 K의 형이 체념 섞인 소리로 말했다.

"그 애 죽은 곳을 가볼 수 있나요?"

"예, 가볼 수 있긴 한데…… 찾아가기가 영, 불편해요. 위험하기도 하고…… 정동진까지 가서서 근처까지 택시를 타고 가세요. 그리고 조금은 걸어 들어가야 합니다."

K의 형은 떨리는 손으로 시신 인수증에 사인을 하고, 경찰서를 나왔다.

우리는 다시 병원에 가서 시신을 인도받고 동해시에 있다는 공용 화장장인 승화원으로 갔다. 먼저 시신을 처리하는 것이 급선무였다. 그렇다고 부모가 있는 서울로 운구해 갈 수도 없는 노릇이어서 화장하기로 했다. 그리고 K가 죽은 장소를 찾아가기로 했다. 운구차량은 동해시에서 정선방향으로 달렸다. 멀리에는 높은 산들의 영봉이 줄지어서 희미하게 보였다. 마치 여기는 오지마라며 큰 산들이 팔을 걸어 스크럼을 짜고 버티듯이 줄줄이 늘어서 있었다. 태백산맥이 웅장하게 뻗어 내려가고 있는 것이다.

한참을 달리니 길옆에 시퍼런 물의 저수지가 나타났다. 저 시퍼런 물은 세상을 힘겹게 살다 간 사람들의 슬픈 눈물이 모여 여기 잠시 머물고 있을 것이라는 생각이 언뜻 들었다. 왜 그런 생각이 들었는지 나도 모른다. 저수지가 끝나갈쯤 승화원이라는 팻말이 보였다. 이정

표가 가리키는 대로 오른쪽으로 돌아들어 진입했다. 승화원은 온통 푸른 소나무 숲으로 둘러싸인 아담한 화장장이었다. 마음이 어쩐지 편안했다.

시신을 운구해오면서 K의 형은 내내 침울한 표정으로 아무 말이 없었다. 하긴 여기 동해에 올 때도 거의 말하는 것을 본 적이 없었다. 당연하다고 생각했다. K와 형은 누구보다 돈독한 사이였다. 자기가 희생해서라도 꼭 동생을 성공시키리라는 굳은 의지를 가진 사람이었다. K도 생활비 등 경제적인 부분에서만 형에게 의지한 게 아니라 심적으로도 많이 의지했다. K가 형에 대해서 그리 얘기한 적은 없어도 자주 형에게 전화도 하고, 때로는 술에 취하면, 우리 형 불쌍해서 어떡해, 하며 울곤 했던 모습을 지켜봐왔던 우리로서는 충분히 미루어 짐작할 수 있는 형제 관계였다. 벌이가 얼마 되지 않는 처지였지만 온전히 가족의 생계를 책임져온 사람이었다. 사십 중반의 나이에도 결혼을 못하고 가족을 건사하고 있었다. 그러니 가족의 희망이었던 K를 잃은 슬픔은 이루 말할 수 없으리라!

K는 한 줌의 재로 변했다. 믿을 수 없었다. 얼마 전까지만 해도 같이 술 마시며 웃고, 울고, 떠들던 놈이, 고소장 써들고 싸돌아다니던 놈이 조그만 단지 안에 갇혀 있다니! 너무 허무하기만 했다. K의 형은 유골함을 들고 어찌할 줄을 몰라 멍하니 서 있었다. 어디 가서 이놈을 풀어줘야 할 텐데…… 어디로 가야할지 잠시 길을 잃은 사람처럼 멍하니 앞만 바라보고 있었다.

"저, K가 죽은 곳으로 가시죠. 아마도 얘는 거기서 뿌려주는 게…… 제가 생각해볼 때 K가 거기 간 이유가 있었을 것 같아요."

보다 못한 B가 말했다.

K의 형은 대답 대신 움직거리며 발자국을 떼려다가 갑자기 굵은 눈물을 흘렸다. 유골함을 든 채 눈물을 씻어내려 팔을 치켜들었지만 그럴 수 없었다. 나는 손수건을 꺼내 눈물을 닦아 주었다. 그러나 어깨를 들썩이는 울음은 그쳐지지가 않았다. J 선배가 가만히 그의 어깨를 감쌌다. 조금 있으니 진정되었다. 아무 말 없이 발걸음을 옮겼다.

우리는 택시를 잡아타고 강동면 심곡리로 가자고 했다. 기사는 유골함을 든 사람을 위아래로 쳐다보았다. 그리고 알았다는 듯이 쏜살같이 달린다. 해안도로를 따라 얼마간을 달렸다. 동해시에서는 꽤 먼 거리였다. 기사는 우리를 심곡리에 내려주었다. 심곡리라고 쓰인 커다란 선돌이 입구에 자리 잡고 있었다. 비포장 흙길을 따라 들어서니 너른 들이 펼쳐졌다. 황토 먼지가 날렸다. 그런 길을 한참을 걸었다. 무작정 해안이 닿을 만한 곳으로 묵묵히 걸었다. 형사가 지도를 가리키며 그 지점을 알려줬지만 정확한 지점을 알 수는 없었다. 물어볼 사람도 보이지 않았다. 그런데 너른 들이 끝나갈 즈음 해안을 따라 숲이 있었고, 그 사이로 오솔길이 계속 이어졌다. 조그만 숲길을 터널을 통과하듯 걸으니 갑자기 바다가 나타났다. 길이 여러 갈래 있었으나 K가 바로 이 지점까지 왔을 것 같다는 생각이 들었다.

해안을 들이치는 파도가 포말로 부서졌다. 바로 옆에 꽤 높은 바위가 솟아 있었다. 수만 년 해식으로 깎이고 깎인 바위가 바닷바람을 온몸으로 맞고 있었다. 혹시나 해서 B는 그 바위 위로 올라갔다. 그 바위 위에 K가 올라갔을 거라는 예감이 들었다. 나도 따라 올라갔다. 파도가 바로 아래까지 쳐 올라오다가 모래성이 일시에 부서지듯이 하얀 포말이 부서져 내려갔다. 그러는 모양을 물끄러미 바라보다 K가 한 말이 생각났다. 여기가 틀림없다고 생각되었다. 파도가 부서지는 모습을 황홀하게 쳐다보다 왔다는…… 파도가 들이치는 모습을 물끄러미 쳐다보니 하얀 포말에 하얗게 웃고 있는 K의 얼굴이 그려졌다. 나는 그 포말에 그려지는 K의 모습을 보고 갑자기 울컥, 감정이 복받쳤다.

"이놈이 여기까지 와서 얼마나 외로웠을까? 세상을 얼마나 원망했을까? 내가 그때 조금이라도 위로해주었으면 죽지 않았을지도 모르는데……."

나에게 스스로 자책하는 물음을 K에게 중얼거렸다. K는 세상의 막다른 곳, 이곳까지 와서 위로받고 싶었는지 모른다. 아무도 감싸주지 않는 친구와 세상이 싫었는지 모른다.

B가 내 등을 토닥거리며 바다를 바라보았다. 그도 K가 보이는지 눈을 씀벅거리며 눈물을 참고 있었다. 그 사이 K의 형이 따라 올라와 발아래 바다를 바라보았다.

"여기가 틀림없겠지?"

우리는 같이 끄덕였다. 말은 하지 않았다. 그랬더니 유골함을 내려놓고는 단지를 꺼내 품에 안았다. 또다시 눈물을 흘렸다. 그리고는 천천히 하얀 뼛가루를 동해에 뿌렸다. 하얀 가루가 하얗게 부서지는 포말에 떨어졌다. 바람에 날려 바다로 날아가기도 했다. 훨훨 날아갔다.

"잘 가라. 이제 아무 걱정 말고 너 편한 곳에 가서 잘 살아라. 내가 좀 일찍 알았어야 됐는데…… 흑흑, 미안하다. 네가 그렇게 힘들어할 줄은 몰랐다. 미안하다. 미안하다……."

끓어질듯 말듯, 미안하다는 말만 되풀이했다. 아마도 여기까지 오는 내내 뒷자리에서 우리가 하는 얘기를 모두 듣고 있었던 것 같았다. 우리도 같이 뼛가루를 나누어 뿌렸다. K의 형은 뿌릴 힘도 없는지, 아니면 눈물이 앞을 가려서인지 유골을 뿌릴 생각은 하지 않고 짐승 울음 같은 신음소리만 뱉어냈다. 거의 마지막 K의 분신을 뿌리려 할 때 그의 형이 제지하려는 몸짓을 하다가 휘청했다. 몸이 앞으로 고꾸라지듯 숙여지면서 하마터면 절벽 아래로 떨어지려는 것을 필사적으로 붙잡았다. 그러자 울부짖었다.

"놓으란 말야! 놓으란 말야! 나도 저놈 곁으로 갈텨."

우리는 모두 그를 안고 같이 울었다.

파도는 계속해서 으르렁거리며 들어왔다가는 부서져 돌아갔다. 사내들의 울음소리를 파도가 모두 흡수해 돌아갔다. 얼마나 시간이 흘렀는지 어느새 땅거미가 지고 있었다. 어스름한 바다에 어선 한 척이 항구로 들어가고 있었다. 너무나 한가로이 물보라를 일으키며 항구 안으로 사라져 갔다.

지상의 종소리

1

불교잡지사에서 일하는 후배로부터 전화를 받았다.

"형, 논산·강경 지방으로 취재 가려고 하는데, 같이 갈래요? 올라오는 길에 형이 전에 얘기하던 그 절에도 한번 들릅시다. 어때요?"

1980년대 후반부터 문학 모임을 같이 했던 후배였다. 그는 불교잡지사에 취업해 고정적으로 맡고 있는 꼭지가 있었다. 우리나라 전국 각지의 사찰, 그중에서도 일반인에게 그리 잘 알려지지 않은 조그마한 암자나 폐사지들을 찾아다녔고, 그뿐만 아니라 묻혀가는 지방의 민속자료까지 발굴, 취재하러 다녔다. 이를 위해 그는 동국여지승람이나 택리지 등 고문헌과 그 지역 군·읍지 등을 미리 조사하고 철저히 준비하는 등 벌써 인문학에 조예가 깊어가고 있었다. 나는 어느새 그를 따라다니면서 철저한 준비성이나 취재방식 등을 배웠다. 또한 해박한 지식에 감탄하고 있었다.

"야, 너 그러다 나중에 네 얼굴도 못 보는 거 아냐?"

나중에 유명해지면 얼굴보기도 힘들 거라는 시샘 섞인 말로 퉁명스럽게 던졌지만 사실 그를 따라다니며 얻어 듣는 것이 무척 즐거웠다. 오래전부터 유홍준 교수의 『나의 문화유산답사기』를 필두로 해서 인문학이나 민속여행기, 사찰 바로 알기 등에 대한 인기가 높았으니 내가 던지는 농담도 그냥 하는 소리가 아니었다. 이렇게 철저하게 준비하고 발로 뛰는데 그리고 그리 되지 말란 법이 없을 것 같았다. 다만 그는 어느 한 주제를 선정해서 집중적으로 파는 것이 아니라 잡지의 기획의도상 그에 맞게 한 달에 한 번씩 한 개 군郡을 선정해 사찰을 중심으로 살펴보는 것이었다. 또한 그 군郡 내의 유서 깊은 사적지 등을 모두 훑고 다닌 것이 벌써 이 년여가 흘렀다.

나는 그 후배를 따라 몇 번을 동행한 적이 있었다. 나 역시 우리 불교문화와 민속자료들에 관심을 갖고 있을 뿐만 아니라, 명색이 글쟁이라 막연히 도움이 될 것이라 생각하고, 여건만 허락되면 따라나서곤 했다. 요즘에는 어찌어찌 해서 내가 고물 자동차를 입수한 이후로 오히려 그 후배가 자동차와 운전사인 나를 징발해 가는 경우가 많았다.

이번에도 그 경우였다.

다른 때와 좀 다르다면, 내가 언젠가 그 후배와 함께 한 술자리에서 계룡산 계곡, 어느 조그만 암자에서 잠시 동안 생활했던 얘기를 들려준 적이 있었다. 그때 여러 얘기들을 한 끝에 다시 한 번 가보고 싶다는 말도 덧붙였던 것으로 기억한다. 그는 그때의 일을 용케 기억해 내고는 그걸 미끼삼아 나를 동행시키려는 수작이다.

약속 장소에는 누런색 가죽가방을 멘 후배가 듬직하게 웃으며 손을 내밀었고, 안면이 있는 사진기자가 고개를 까딱하며 반갑다는 눈인사를 했다. 그녀는 특히 연꽃사진에 몰두해 있는 노처녀였다. 부안 내소사에 같이 갔을 때였다. 내소사 한 귀퉁이 석조에는 연꽃이 피어 있었는데, 연꽃에 심취해 사진을 찍느라 우리 일행이 경내를 구경, 아니 취재하고 빠져나와 차를 기다리며 한참을 서 있는데도 따라나올 줄을 몰랐다. 도로 쫓아 들어가 데리고 나오고서야 그곳을 떠날 수 있었다.

우리는 경부고속도로를 접어들어 시속 130킬로미터의 속력을 내고 있었다. 토요일 이른 아침이라 그런지 차량 통행은 그다지 많지 않았다. 나는 무엇엔가 쫓기듯 액셀러레이터를 밟아대고 있었다. 이유는 알 수 없지만 빨리 서울을 벗어나야만 할 것 같았다

오늘 아침이었다. 여행을 떠난다고 하자, 아내가 잠시 침울하게 쳐다보기만 하다가 가타부타 아무 말 없이 방으로 쏙, 들어가 버리고 말았다. 나는 머쓱해져 멍하니 아내가 들어간 방문을 쳐다보다가 나온 길이었다. 아직도 화가 풀리지 않은 모양이었다.

"형, 좀 천천히 몰아요. 무슨 화난 사람 같아요. 집에서 무슨 일 있었어요? 아까부터 아무 말도 없이…… 혹, 형수하고 싸웠어요?"

'자식, 눈치 하난 빠르군' 나는 그를 흘낏 보며 속으로 중얼거렸다.

"일은 무슨 일⋯⋯."

나는 짐짓 아무 일 없다는 듯 웃음을 지어 보였지만 마음이 편치
못했다.

아내는 요즘 들어서 전에 없이 부쩍 까다롭고 신경질적이었다. 아
이 하나를 감당하지 못해서 쩔쩔매질 않나, 아이를 나 혼자 키우느냐
며 날더러 돌보지 않는다고 투정을 부리는 것은 예사다. 나에게 화풀
이할 것을 멀쩡한 아이만 붙잡고 들들 볶는다. 어떤 때는 아무 말도
없이 휑, 하니 집을 나가서는 저녁이 다 되어서 들어오는 경우도 있
었다. 무언의 항의성 시위인 셈이다. 아마도 제 친구를 만나고 들어
오는 성싶었다. 그렇다고 기분이 좋아져서 들어오는 것도 아니었다.
친구도 결혼하기 전 친구지, 각자 울타리 쌓고 살기 시작하면서부터
는 서로들 은근히 뻐기고 자랑을 늘어놓으니, 그렇지 못한 측은 상처
받기 십상이다. 오늘도 그랬던 것 같았다.

"그 계집애, 눈꼴셔서. 중국 여행가면 가는 거지, 왜 남의 집 얘기
는 들먹거려!"

아침에 그녀는 설거지도 하지 않고 나갔다. 개수대통에 그릇들을
쌓아 놓은 채로였다. 그릇들을 씻어 덜그럭, 아무렇게나 던져 놓으며,
혼잣말인지 누구 들으라고 하는 소린지 모르게 목소리가 조금은 격앙
되어 있었다. 나는 모르는 체 담배를 피워 물고 서재로 들어왔다.

그녀와 결혼한 지도 벌써 오 년이 흘렀다. 우리는 같은 문학 모임

을 하다 만났다. 대학을 졸업하고 문학동인 활동을 하다가 조그만 출판사에 취직한 지 얼마 되지 않은 때였다. 그녀는 시를 좀 쓰겠다고 했으나 암팡지게 달려드는 성격은 아니었다. 직장을 다니며 취미 삼아 문학을 하는, 아니 하고 싶어 하는 다분히 문학소녀 같은 티를 벗지 못한 때였다.

그녀는 무척 다소곳했다. 내 되지도 않는 말에도 항상 진지한 표정을 잃지 않고 나를 쳐다보곤 했다. 그녀는 내가 문학적 열정을 토로하는 것에 경의를 표하는 것을 잊지 않았다. 결혼 조건으로는 무엇 하나 제대로 갖추고 있지 못한, 오로지 문학적 열정만 가득한 내 생활을 이해하는 듯했다. 그렇게 그녀는 순진하고 맑았다.

그러나 내가 출판사를 그만두고 집에 틀어박힌 지 사오 년이 지나면서 내 삶을 지극히 이해해주던 그녀가 짜증만 내기 일쑤였다. 쥐꼬리만 한 월급으로 허덕이던 나는 차제에 엉뚱한 생각을 했다. 출판사를 그만두고 본격적으로 글을 써 보자는 맹랑한 생각을 했던 것이다. 시무룩하게 서서 걱정스런 표정을 짓는 아내를 설득하고 열심히 써서 풋내기 글쟁이 소리를 듣는 처지가 되었지만 생활이 해결될 리는 없었다. 가끔씩 들어오는 원고료 수입으로는 어림도 없었다. 그러니 가정 경제가 풍족할 리 없었고, 아내의 무던했던 인내심도 점점 더 낡고 얄팍해져만 갔던 것이다. 옛날에는 내가 문학하는 것에 대해 경외심까지 보냈던 그녀였다. 한때는 자기도 문학에 관심을 가지고 있었던 터라, 장난기 섞인 말투가 깃들어져 있긴 했지만 남편의 뒷바라지를 위해서라면 무슨 고생이라도 하겠다는 각오까지 보인 적이 있었다. 나는 그것이 후에 빈말이 될지라도 그때 그 순간만은 그녀의 진실한 마음임을 믿어 의심치 않았다.

그녀는 요즘 마주 앉아 있는 시간이라도 있으면 앞으로 어떻게 살 거냐며, 심지어는 내 자존심까지 긁는 일을 서슴지 않았다. 그렇게 글 써서 먹고 살 수나 있겠느냐며 좀 재미있는 글을 써 보란다.

"맨날 그렇게 재미없는 글을 쓰니 누가 읽겠어요? 거 있잖아요. 『무궁화 꽃이 피었습니다』 같은 거, 황당하긴 해도 재미있기만 하던데…… 아니면……."

말을 이으려는 걸 나는 얼굴을 있는 힘껏 찡그리며 못마땅한 표정으로 제지했다.

하긴 아내는 매스컴이 불티나게 선전해대던 그 책을 사더니 밤새워 단숨에 읽어 내린 적이 있었다. 나는 그 옆에서 시큰둥한 표정으로 빈정거리며, "그렇게 재밌어!"라고 말하곤 신문만 뒤적거렸다. 아내는 그 말에 아무런 조심성 없이 내 얼굴을 쳐다보며, "당신은 이런 소설 못 써?" 하는 게 아닌가. 아내의 가슴속에 싹튼 내 능력에 대한 불신의 감정을 읽어 내리곤 무척 불쾌했지만, 실소를 함으로써 애써 감정을 억누르고 그 자리를 피했다. 마치 나는 그런 부류의 소설가와는 차원이 다르다는 투의 제스처를 해 보이며, 위압적인 표정으로 내 비루함을 숨기려는 듯이 문을 쾅 닫고는 내 방으로 들어와 버렸다. 입술을 씰룩이며 내 등을 쳐다보는 아내의 못마땅해하는 눈초리를 뒤로하고서였다.

엊그젠가는 불쑥 이런 말을 꺼내며 바싹 내 무릎 앞으로 다가와 앉았다. 이건 아주 현실적인 판단에서 꺼내는 말이었다. 아니 틈만 나면 아내는 내게 졸라대는 게 일이었다. 어디에서 무슨 말을 듣고 왔는지 모를 일이었다.

"여보, 우리 장사를 해봅시다. 아버님께 말씀드려 조금만 도와달라고 하고, 우리가 좀 보태서…… 잘만하면 한 달에 기백씩은 벌 수 있다는데……."

아내는 아이스크림 전문점이나 액세서리점 얘기를 하며, 조심스럽게 내 의중을 떠보는 참이었다. 그러나 무슨 수로 그 자본을 댈 수 있다고 생각하는지 알 수 없었다. 시골집에 부탁해도 땅을 팔아야 할 형편임에는 틀림이 없고, 지금 우리가 살고 있는 집이래야 여기저기서 도움을 받고 겨우겨우 마련한 열여덟 평짜리 아파트에 지나지 않는다. 그런데 어디서 그 많은 돈을 마련한단 말인가? 나는 말도 되지 않는다고 도리질을 쳤다. 또 어쩌다 장사밑천이 들어온다손 치더라도 내가 장사를 해본다는 것은 꿈에도 생각해보지 않은 터였다. 원체 고지식하고 주변머리가 없어놔서 그런 장사체질은 말도 안 된다고 생각했다. 그러나 아내는 집요했다.

"장사는 내가 할 테니깐, 당신은 옆에서 도와주기만 하면 돼. 그리고 좀 장사가 잘되면 당신은 시간을 틈틈이 내서 글을 쓰면 되잖아, 엉?"

사뭇 애원조다. 그래도 나는 허락할 수 없었다. 아니 자존심이 허락하지 않았다. 조심스레 말하곤 있지만, 아내는 내 경제적 무능력을 은근히 나타내면서 짜증 섞인 압박을 가해오고 있었기 때문이었다. 여기서 밀리면 안 된다고 생각했다. 그러자 아내는 팩, 토라지면서 자기도 모르게 이런 말을 내뱉었다.

"맨날 그딴 식으로 글 써봐. 자기가 뭐나 되는 것처럼 그러고 있으면 누가 알아주기나 해, 돈이 벌려! 굶어 죽기 십상이지!"

그 말을 듣는 순간 내 눈에 불꽃이 번쩍했다. 글쟁이로서의 마지막 남은 자존심을 여지없이 분질러버리는 소리였다. 그만 감정이 격해서 나도 모르게 손을 쳐들었다가 아내의 눈과 마주치자 슬그머니 내렸다. 아내도 너무했다 싶었는지 잠시 머뭇머뭇하는 눈치였으나 내친김이었다. 이번에는 약간 울먹이는 음성이었다.

"당신도 너무해요. 앞으로 어떻게 살려고 그래요. 살림에 보탬도 되지 않는 그깟 원고료, 그것도 찔끔찔끔 갖다 주면서, 당신 자존심만 내세우면 누가 먹여 살려 준대요! 내가 뭐, 나 혼자 좋아서 그러는지 알아요! 나도 당신 마음 다 알아요. 하지만, 하지만……."

무슨 말을 이으려 '하지만'을 되뇌다 마음이 그만 격해졌는지, 마침내 흑흑, 느끼며 방으로 들어가 방문을 잠그고 한참을 그렇게 울었다. 나는 내 자신이 비참하기도 하고, 아내에게 미안한 생각도 들어 가만히 베란다로 나와 담배만 뻑뻑, 빨아대고 있었다. 후배는 걱정스러운 듯 내 안색을 살피다가, 더 캐물어 봐야 소용이 없다고 생각했는지 이내 입을 다물고는 전방을 주시한다. 아무 표정도 없다.

"네 아들네미 많이 컸겠다. 아직 백일은 안 됐지?"

아들 얘기가 나오자 후배의 입이 함박 만해지며,

"그럼요! 이놈이 얼마나 잘 먹는지, 아예 우유병을 끼고 살려고 그래요."

그동안 말은 안 해도 후배는 마음고생이 심했다. 그는 외아들로, 결혼하고 아내가 몸이 약해서인지 까닭 모를 유산을 연거푸 한 끝에 얻은 귀한 아들이었다. 아들을 낳았을 때 내게 전화를 걸어 얼마나 자랑을 해대던지, 싱글벙글하며 득남턱을 톡톡히 내겠다고 철석같이 약속하더니만 아직까지도 술 한 잔 사지 않았다.

"야! 너 낸다던 득남턱은 도대체 언제 낼 거냐? 말은 철석같이 해놓고……."

"그래요, 귀한 아들 낳았으면 귀한 만큼 귀한 턱을 내야지, 그래야 무병장수하고 잘 큰데요. 입 싹 씻고 아들 자랑만 하고 있으면 되겠어요. 안 그래요?"

뒷좌석에 가만히 앉아 있던 사진기자가 말부조를 하고 나섰다.

가만히 있어서는 안 되겠던지 이 친구 하는 말,

"좋아요, 좋아! 근데 형, 기분도 그렇지 않은 것 같으니 오늘 저녁에 한번 왕창 마셔봅시다. 대신 꼬리 감추기 없기요?"

"꼬리? 내가 언제 꼬리 감추데!"

말은 그렇게 했으나 옛날 술 실력에 비하면 체면이 말이 아니었다.

물론 옛날엔 자유스런 몸에 세상 분위기도 그랬으니 술 마시는 일이 잦았다. 문학 모임이 있곤 하면 토론이 이어져 술자리로 연장하지 않으면 안 되었고, 종종 노선의 차로 의견을 달리하는 사안이 나오는 경우에는 언쟁이 벌어져 이를 무마하기 위해 술자리는 더 필요했다. 사회의 암울한 분위기는 우리를 더 못 견디게 했다. 그래서 또 술을 더 마셨다. 그리고 기풍도 어떤 제한이 없었다. 한번 시작했다 하면 차수를 변경해가며 새벽녘까지 먹어야 직성이 풀리고 말았으니. 후배는 그 시절을 빗대서 내게 하는 소리였다.

조수석의 후배가 지도를 꺼내 한참을 들여다보더니, 우선 먼저 쌍계사부터 들리잔다. 논산 인터체인지에서 빠져 남쪽으로 충청남도와 전라북도 접경지역에 있는 절이다.

"쌍계사! 쌍계사는 지리산에 있는 절 아니냐? 논산에도 쌍계사가 있냐?"

여행을 자주 다닌 이후로 나는 어느새 지도를 펴 들고 우리나라 전국을 들여다보는 취미가 붙어 있었다. 아무 할 일이 없을 때는 무료함을 달래기 위해 10만분의 1 지도를 펴든다. 그러면 그 지역에 대한 상상력이 발동되어 시간가는 줄을 몰랐다. 내가 후배와 절을 찾아다닌 이후로 특히 지도에 표시된 절 이름들을 추적하는 경우가 많았는데, 똑같은 이름을 가진 절들이 그렇게 많다는 것을 그때야 알았다.

한 시간여를 달려왔을까. 벌써 한낮이 되어 있었다. 여름이라 해가 일찍 솟아오른 것이다. 옆 차선의 화물 트럭들이 시커먼 연기를 내뿜으며 앞질러 가려고 애를 썼다. 소리도 요란하다. 나는 옆에 대형차가 들어서면 불안을 느껴 그곳을 얼른 벗어나려 더욱 속력을 내는 버릇이 있다. 액셀러레이터를 밟아 자동차 소음이 진동하는 구역을 벗어났다. 속력을 조금 줄이고 마음을 진정했다.

"오늘, 날씨 죽여주겠군."

건장한 체구에 유난히 더위를 많이 타는 후배가 걱정스러운 듯 중얼거린다. 차창을 통해 들어오는 햇볕이 아직 이른 시간임에도 제법 따갑게 느껴졌다. 등받이에 기댄 등판에는 벌써 땀으로 젖어가고 있었다. 우리 일행은 한참을 말없이 달렸다. 아니 뒷좌석의 사진기자는 졸고 있었다.

"그나저나 형, 그 애 아직 거기 있을까?"

얼마나 시간이 흐른 뒤였을까? 뜬금없이 침묵을 깬 것은 후배였다. 나를 불러내면서 유인책으로 꺼냈던 말이었다.

"그 애라니! 누구?"

나는 짐짓 모르는 체 딴청을 피웠으나, 이 여행에 동행하면서 내내 그 생각을 하고 있었다. 그 애뿐만이 아니라 그 해 여름에 만났던 사람들에 대해서.

2

여름이 시작될 무렵이었다.

나는 오랫동안 망설여오던 일을 결행하기 위해 무작정 집을 나섰다. 복잡해진 마음을 정리하고, 그동안 피로해진 몸을 좀 쉬고 싶기도 했다. 다니던 출판사 사정이 어려워져 스스로 판단을 내리고 먼저 그만두는 것이 좋을 것이라 생각했다. 앞으로의 진로에 대해서 무언가 결단을 내리지 않으면 안 될 것이란 강박관념이 머릿속을 온통 지배하고 있었다. 출판사를 그만 두는데 아내를 설득하는 것이 무척 힘들었지만 결단을 내릴 수밖에 없었다. 어차피 출판사도 어려워져 계속 다닐 형편도 안 되고, 아내가 해보자고 주장하는 다른 일 찾기도 쉬운 일이 아니어서 포기상태였다. 그리고 내 결심이 더욱 확고해짐을 알고 더 이상 설득하려 들지 않았다. 뾰로통한 아내를 뒤로하고 좀 쉬었다 오겠다며 떠나는 길이었다. 여름이어서 그다지 많은 짐은 필요치 않았지만, 그래도 여러 날을 지낼 작정을 하다 보니 배낭에 하나 가득이다. 딱히 며칠을 지내고 오겠다는 작정도 없었다. 막상 집을 나서긴 했으나 어디로 가야 할지 막막했다. 우선 먼저 아산 시골집을 가기로 했다. 부모님이 계신 시골집에 하루 머무르며 목적지를 생각해 보리라 마음먹었다. 부모님을 뵌 지도 몇 달이 넘어서 한번 뵙고 가는 것이 마음이 편할 것 같아서였지 별다른 이유는 없었다.

그날은 비가 오고 있었다.

비가 오니 내일 떠나는 게 어떻겠냐는 어머니의 걱정을 모르는 체, 연락하겠다는 말만 남기고 집을 나섰다. 어머니에게는 그냥 여행을 떠난다고 둘러댔다. 어머니는 자식들 일이라면 지나치게 염려하는, 마치 신경쇠약증 걸린 사람처럼 자식 걱정에 하루에도 몇 번씩 전화를 해댈 판이어서 그냥 멀리 여행 갔다 올 테니 연락하지 말라고 안심시키고 떠나는 참이었다.

나는 절에 들어가 보기로 했다. 언젠가 아는 선배로부터 절 이야기를 들었다. 그의 말에 의하면 사람 복잡한 휴양지에 가느니 절에 가서 스님에게 잘만 이야기하면 사람에게 시달리는 일 없이 푹 쉬다 올 수 있다는 말을 들은 적이 있었기 때문이다. 또한 아무 생각 없이 그냥 격리되어 있고 싶다는 강렬한 욕구 같은 게 작용하기도 했다. 무엇으로부터의 격리인지 나 자신도 그 실체를 정확히 알 순 없었지만, 그동안 세상살이로부터 지쳐만 가고 꿈도 차츰 잃어가고 있다 생각하니 만사가 귀찮아지면서 내 스스로를 격리시켜 심신을 다스려보아야겠다는 생각이 강했다.

우선 공주로 가기로 했다. 공주로 가야겠다는 것도 그곳이 정해진 목적지라기보다는 칠갑산과 계룡산이 인접해 있어서였다. 아마도 인근에서는 가장 큰 산이니 골도 깊을 것이고 내가 묵을 만한 조그마한 절도 있으리라 짐작했다. 따라서 그곳으로 가기 위해서는 공주로 통하는 길밖에 없었다. 온양에서 천안을 거쳐 공주로 가는 직행버스 노선이 있었으나, 유구를 거쳐 공주로 가기로 했다. 특별한 이유는 없었다. 그냥 시골버스를 타고 돌아서 가야겠다는 엉뚱한 생각이었다. 또 정해놓은 목적지도 없어서 서두를 필요가 없었기 때문이기도 했다.

빗줄기는 많이 약해져 있었다. 공주 시외버스터미널에 도착해보니 하오의 나른함이 빗속에 질척거리고 있었다. 시간을 너무 많이 지체했던 것 같았다. 유구에서 내려 차 시간이 여의치 않아 시골 다방에서 차를 한 잔 마시고 느긋하게 출발한 것이 그렇게 된 것이다. 공주 터미널은 좀 을씨년스러웠다. 비가 추적추적 내리고 있어 더욱더 그렇게 느꼈을 것이다. 터미널로 들어오는 거리는 차들이 연신 흙탕물을 튀기면서 드나들고 있었다. 사람들은 차가 지날 때마다 조심하느라 종종걸음 치기 바빴다. 터미널로 통하는 거리 주변에는 물먹은 이삼 층의 슬래브 집들이 불규칙하게 들어서 있어 칙칙하니 심란해 보였고, 다른 한편에는 벌써 군데군데 삭아버린 함석 담장을 두른 건물도 눈에 띄어 황량함을 더해주었다. 터미널 안 바닥은 시멘트가 부서져 떨어져 나가기도 했고, 울퉁불퉁 차바퀴가 드나드는 곳과 아닌 곳의 요철이 더욱 도드라져 보였다.

조금만 더 있으면 날씨가 어두워질 듯하여, 나는 일찌감치 칠갑산 쪽은 아예 염두에서 제외해두고 있었다. 그렇다면 계룡산인데……행선지를 알아보기 위해 대합실 안에 있는 시각표를 찾았다. 동학사나 갑사행만이 줄줄이 나타나 있어 내심 실망하고 있는데, 끝머리에 신원사행이라는 글자가 보였다. 동학사나 갑사는 너무나 잘 알려져 있어 후보지에서 일찌감치 제외해 둔 터였다. 유명한 사찰들 주변은 상업화가 너무 심해서 오히려 사람들의 상혼에 치여 마음만 상하고 돌아오곤 했던 기억이 생생하였기 때문이다.

신원사란 절 이름은 처음 들었다(그때는 그만큼 사정을 몰랐다. 신원사도 꽤 유명한 절이라는 건 나중에 안 사실이다). 캄캄한 곳에서 갑자기 불빛을 발견한 양 내 눈빛이 환해졌다. 그렇지 않아도 마음이 조금씩 불안해지고 있었는데 잘 됐다 싶었다. 나는 서슴없이 신원사행 표를 끊었다. 다행히 시내버스는 자주 있는 편이었다. 표를 끊어 들고 공연히 대합실 안을 서성거리다 밖으로 나와, 버스를 기다리는 사람들 속에 섞여 물끄러미 쳐다보고 있었다. 교복을 입은 중고생들이 많이 눈에 띄었다. 아직은 방학을 하지 않은 시기였고, 하교 시간이 좀 지난 시간이었다.

그런데 아까부터 신경 쓰이게 하는 사람이 있었다. 자리를 옮기는 곳마다 그 사람의 인기척이 있음을 느꼈기 때문이다. 차표를 끊을 때부터 한쪽에 서서 나를 지켜보고 있다는 느낌을 받았다. 그는 다른 사람들과 달리 밀짚모자를 푹 눌러 쓰고 있었고, 노간주나무로 깎아 만든 길쭉한 지팡이를 짚고 허리를 꼿꼿하게 세우고 있었으며, 스님들이 입는 복식은 아니지만 비슷한 회색 옷을 입고 있어, 눈에 잘 띄어 그렇겠거니 생각했다.

버스는 공주 읍내를 벗어나 금강 변을 거슬러 동쪽으로 한참을 달리다 논산 가는 길로 꺾어 들었다. 이 길로 가다 계룡산 남쪽 자락으로 빠져 스며들듯 들어갔다. 학생들을 계속해서 점점이 내려놓다 보니 복잡하던 버스 안이 조금은 한산해졌다. 계룡산 자락에 접어들 무렵, 공주에서 같이 탔던 몇 명의 학생과 아주머니들만이 남았고, 예의 그 밀짚모자 쓴 사람이 버스 맨 뒤편 좌석에 앉아 멍하니 창밖을 내다보고 있었다. 중간에 논밭 일을 갔다 오는지, 노란 비옷을 입은 아저씨와 비에 옷이 젖었다 싶은 아주머니가 땀 냄새를 훅, 풍기면서 올라온다. 그들은 차 안의 사람들과 서로 알은 체를 하며 공주에 나갔다 오냐고 인사치레를 했다. 모두 한마을 사람들인 것 같았다.

신원사로 들어가는 입구, 산자락 밑에는 저수지가 자리 잡고 있었다. 그 저수지를 끼고 돌아 나 있는 길을 따라 얼마를 달렸을까? 마을이 보이고 마을 뒤편으로 숲의 신록이 싱그럽게 펼쳐졌다. 그 숲 속에 여러 채의 기와지붕이 드러나 보였다. 아마도 신원사일 것이었다. 비가 그쳐가고 있었다. 비를 흠뻑 맞아 먼지를 깨끗하게 털어내고 세수하듯 단장을 한 숲의 나무들이 더욱더 파릇하게 싱그러운 기운을 내뿜고 있었다.

널찍한 주차장은 아직 포장이 되어 있지 않은 상태로 바닥에 돌들이 박혀 삐죽이 제멋대로 솟아나와 있었고, 주차장 한편에 잡화를 파는 상점이 하나 위치해 있었다. 사하촌 버스정류장 대합실을 겸하고 있는 것이었다. 절로 들어가는 길가에는 토종닭 백숙을 판다는 간판이 붙어 있는 집이 두어 개, 허름한 식당이 늘어서 있고, 토담집들을 둘러싸고 굽어진 소나무들이 여기저기 흩어져 집의 수호신처럼 아름다운 자태로 서 있었다. 조그맣고도 정감이 가는 소박한 마을이었다.

참으로 다행이다 싶었다. 그렇게 상상하는 내 심사의 실체가 무엇인지는 모르겠지만 어쨌든 마음이 가벼워지고 있었다. 잘 찾아 들어왔다 싶었다. 그동안 무엇인가에 눌려 있어 답답함을 주체할 수 없었던 감정이 싱그럽게 펼쳐진 신록과 정감 어린 마을 풍경에 조금씩 마음을 열어주어 얽힌 감정의 타래들이 진정되어 감을 느낄 수 있었다.

신원사는 산이 시작되는 초입에 위치하고 있는데, 경내에 들어서기 위해서는 극락교를 건너야 했다. 조그만 다리이긴 했으나 다리 밑, 커다란 바위들을 부딪고 흐르는 계곡 물소리가 우당탕탕, 무척 사나웠다. 비온 뒤끝이라 사나운 물길이 치고 내려 온 것이지만 갑자기 생면부지의 나를 환영하고 있다는 엉뚱한 생각이 들었다. 나는 무척 조심스럽게 신원사 경내에 들어섰다. 단아하고 고졸한 맛이 풍기는 절이었다. 요즘 새로 지은 사찰 건물들처럼 낯설고 천박해 보이지 않는 기품이 살아 있었다.

인기척이 보이지 않았다. 무척 조용했다. 나는 현판에 중악단이라고 쓰인 화려한 건물과 대웅전, 요사채를 둘러보고, 앞뜰을 거닐며 사람이 있나 둘레둘레 머리를 조아렸다. 절 입구로부터 왼편에는 장독대가 있고, 절 살림을 돕는 사람들이 거처하는 듯싶은 건물이 보였다. 수돗가로 다가가다 보니 할머니 한 분이 방문을 빼꼼 열고 내다보았다.

"하, 할머니, 안녕하세요? 혹시…… 이곳에 잠시 유숙할 암자 같은 곳 없습니까?"

표정 없는 눈초리로 내 위아래를 훑어보더니 자초지종 얘기를 듣고는 흥미 없다는 듯, 여기는 그런 곳이 없고 저 위쪽으로 가면 학생들이 공부도 하고, 사람들이 가끔 와서 쉬어 가는 암자가 있긴 하다고 말했다. 할머니는 손가락을 들어 계곡 위쪽으로 방향을 가리켰다. 그러곤 얘기가 끝나기 무섭게 부엌으로 들어가 버렸다. 나는 할머니를 다시 불러 자세한 내용을 물어볼 엄두를 내지 못했다. 무뚝뚝한 표정이 더 이상 얘기를 해줄 것 같지 않아서였다. 하는 수 없이 할머니가 가리킨 방향 쪽으로 발길을 재촉할 수밖에 없었다.

신원사 돌담을 돌아들었다. 제법 울창한 나무들로 우거진 계곡을 따라 비포장인 숲길이 굽이굽이 길게 뻗어 있었다. 군데군데 패여 물이 고여 있고, 길 옆 숲에서 흘러 들어오는 빗물이 길 위에 때아닌 실개천을 이루고 이리저리 흐르느라 난장판을 벌이고 있었다.

신원사 경내를 벗어나 에움길을 잠시 돌았을까, 했을 때였다. 길옆 바위 옆에 밀짚모자를 쓴 사람이 길 아래를 내려다보며 꼿꼿이 서 있는 것이 아닌가. 마치 길목을 지키고 있는 장승처럼 무표정했다. 다가가서 살펴보니 공주에서 내내 같이 차를 타고 들어왔던 그 사람이었다. 나는 반가우면서도 또한 더럭 겁이 나기도 해서, 쭈뼛쭈뼛 망설이며 다가갔다. 그는 다가간 내게 조금은 넋이 나간 사람처럼 헤픈 웃음을 지어 보였다. 웃는 모습이 혹시 나를 아는 사람은 아닌가, 하고 착각이 들 정도였다.

"절에 오시쥬? 아까부터 그럴 거라고 생각은 혔습니다만……."

"어떻게……."

나를 기다리고 있었느냐는 뜻이고, 나는 당신을 모르는데 왜 기다리고 있는지 궁금하다는 말투로 물었다. 나는 아직도 의심이 풀리지 않아 조심스럽게 그의 얼굴을 쳐다보았다. 그는 대답 대신 빙그레 웃으며 밀짚모자를 벗어 들고 인사를 하는데, 머리를 스님 마냥 박박 깎았고, 얼굴은 갸름하니 준수해 보이는 사람이었다. 나이는 삼십 대 중반쯤이나 돼 보였을까.

"아까참에 시내에서 차표 끊는 걸 보니께 신원살 끊더라구유. 그래서 알아채고 말 좀 걸어볼까, 그랬던 거쥬. 지두 여그서 이럭저럭 지내다 보니께, 이 길로 들어오는 사람들이 뭐하러 들어오는지 척 보면 알 수 있쥬. 그나저나 정해 논 텐 있슈? 없으믄……."

"아, 아뇨. 혹시, 아시는 데라도……."

"그럼, 저 있는 데로 가시쥬. 거기 몇 명이 와서 공부도 허구, 또 휴양차 와 있는 사람도 있으니께."

나는 할머니가 가리키는 암자가 있다는 쪽을 따라 오긴 했으나 내심 불안했다. 산속의 암자라는 게 얼마나 깊은 곳에 있으며, 그것도 어디에 위치해 있는지 알지 못하면 초행길인 사람은 엄청 고생할 게 뻔했기 때문이었다. 더군다나 산속은 일찍 땅거미가 내려 어두워지면 큰 낭패를 볼 것이므로 더욱 그랬다. 그를 만난 것이 천만다행이라 생각했다. 나는 그가 눈치 못 채게 휴우, 하며 안도의 숨을 내쉬었다. 나는 그의 뒤를 따라 비탈길을 올랐다.

"여기에는 고시 공부하는 사람들이 꽤 있슈. K 암자하고 S 암자엔 순 고시 공부하는 사람 투성이유. 그런데 입때꺼정 이 뜸에서 공부한 사람이 합격혔다는 소식은 못 들어봤슈."

내 행색을 훑어보며 공부하러 들어오는 사람으로 짐작했던지, 묻지도 않은 말을 그는 주섬주섬 주워 삼켰다.

암자로 오르는 길은 주변의 나무가 제법 우거져 터널을 이루었다가, 또 때로는 계곡 쪽으로 바위 절벽을 이뤄 산 아래 툭, 터진 풍경을 보여주기도 했다. 약 1.5킬로미터 정도 오르고 있었을 것이다. 그 길의 막다른 곳에 절이 보였다. K 암자라고 했다.

암자 바로 앞에는 계곡이 흐르고, 폭포가 있었다. 물 떨어지는 소리가 온통 암자의 정적을 삼켜버릴 듯했다. 순간, 나는 저 물소리 때문에 시끄러워서 어떻게 여기서 살고 있지?, 하는 엉뚱한 생각을 하며, 경내를 눈으로 쓱 둘러보았다. 요사채, 법당, 산신각이 차례로 있고, 다른 절에서는 볼 수 없던 용왕각이라는 현판이 쓰인 건물이 제일 안쪽에 위치해 있었다. 용왕각 바로 뒤에는 시퍼런 물이 고여 있는 깊은 소沼가 있는데, 그곳에 용왕이 산다고 해서 용왕각이라 이름을 지었고 했다. 즉, 그 소에 사는 용왕에게 제를 올리는 집이 용왕각이다. 그리고 절 입구 왼쪽 구석진 곳에 건물이 한 채 있었고, 그 앞에 젊은 사람들 몇이 평상에 걸터앉아 있는 걸로 보아 내가 묵어야 할 곳 같았다. 이러한 건물들이 있는 곳에서 한 칸 아래에(절터의 지형이 계단식으로 되어 있다.) 부엌, 식당과 뜨내기손님들이 머무는 방으로 쓰는 건물이 있었다.

"법당에 절하고 스님한티 들어가봐유. 조기유."

그는 맞바로 보이는 건물을 손가락으로 가리키더니 아랫방(손님들이 묵는 방을 아랫방이라고 불렀다.)으로 곧장 내려갔다. 스님이 거처하는 방을 가리킨 것이다. 반들반들 윤이 나는 툇마루가 있고, 섬돌이 있는 뜰에는 벌이 윙윙 날아다니고 있었다. 벌통이 한구석을 차지하고 있었기 때문이다. 스님이 거처하는 곳을 감히 범접하지 못하도록 마치 벌이 막고 있는 것처럼 괴기스런 느낌을 주었다. 내가 벌을 피하려 머뭇머뭇하자 벌통을 살펴보고 있던 아저씨가 나를 위 아래로 훑어보았다. 회색 몸뻬에 상의는 하얀 런닝 차림이었다. 그는 손짓으로 염려마라는 시늉을 해 보이며 어서 들어가 보라는 신호를 했다. 방으로 들어가는 입구에는 고운 화문석 발이 쳐져 있었는데, 그 발을 밀치고 들어가는 내 기분이 좀 묘했다. 무슨 관문을 통과해 들어가듯 마음이 조마조마했으며, 마치 자기의 운명을 점 치러 으스스한 점집에 들어가는, 그래서 이 발을 밀치고 방에 들어서는 순간 모든 운명이 결정되어버릴 것 같은 긴장감이 엄습해왔다.

스님은 앉은뱅이책상을 앞에 두고 책을 펴놓고 좌정하고 있었다. 흰 런닝셔츠 위에 멜빵을 한 차림이 조금은 가벼워 보였다. 방 안에 들어오는 짧은 순간, 형언할 수 없는 야릇한 두려움의 감정에 휩싸여 있던 나로서는 좀 의외다 싶었다. 굳어 있던 내 마음이 슬며시 풀어지고 뭔지 모를 안도감이 찾아왔다. 절집 생활에 대해 문외한이었으니 미지의 환경과 사람을 만난다는 호기심 반, 두려움 반이 혼재된 상황에서 스님이 거처하는 방 안이 괴기스럽고 또 원색적인 풍경이 펼쳐질 것이라고 상상하는 것도 무리는 아니었다. 그러나 스님의 그 가볍고도 어찌 보면 경망스럽다고까지 느낄 수 있는 옷차림이 오히려 나를 안심시켰다. 또 깎은 머리에 엷은 미소가 잘 어울린다고도 생각했다. 그리고 두상이 아주 잘 생긴 서글서글한 눈매를 하고 있었다. 원래 스님의 나이를 잘 짐작할 수 없는 내 눈썰미라도 앞에 앉아 있는 스님은 사십 대 중반쯤으로 짐작할 수 있는 젊은 스님이었다.

마침 얼굴이 후덕하게 생긴 아주머니들이 옆으로 비켜 앉으며 자리를 내주었다. 눈치를 보아하니 사주팔자를 보고 있었던 듯했다. 나는 스님 앞에서 어떻게 해야 할지 몰라 우물쭈물하다 큰절을 한번 꾸벅하고 앉으려 했다. 그러자 옆에 있는 아주머니가, "스님에게는 삼배를 올려야 하는 벱이유" 하는 것이 아닌가. 어쩔 줄 모르며 부스스 다시 일어나려 하자, 스님이 그냥 앉으라며 손으로 제지했다.

"그래, 무슨 일로 왔는가?"

약간 코맹맹이 비슷한 비음이 섞인 목소리로 대뜸 반말이었다.

나는 당황했다. 내가 무슨 일로 여기에 찾아 들어왔을까? 하며 내 자신에게 되물었으나 뚜렷한 이유를 찾을 수 없었다.

"대학원을 준비하려고요."

부지불식간에 나도 모르게 튀어져 나온 말이다. 그러나 그냥 쉬러 들어왔다는 말은 차마 할 수 없었다. 그렇게 말을 건네는 경우, 상대편에서는 분명 어디 아프냐는 둥, 또는 무슨 일이 있느냐는 등의 시시콜콜한 질문을 해올 것이기 때문에 미리부터 싹을 잘라버리겠다는 의도도 있었다. 그런 질문에 대답해야 하는 것이 무척 부담스러웠기 때문이었다.

스님은 절에 찾아오는 사람을 많이 접해서 그런지 사람을 대하는 게 극히 사무적이었다. 책상 서랍에서 공책을 한 권 꺼내더니 인적사항을 적어야 한다며, 이것저것 물어보았다. 출신학교, 고향, 나이, 주소 등 의례적인 것들을 물었다.

스님은 벌떡 일어나 따라 나오라고 하더니 요사채 옆 구석진 곳에 있는 건물로 안내했다. 기와지붕에 네 면을 따라서 밖으로만 방문이 나 있는, 방이 어긋나게 여섯 개가 배치되어 있는 간단한 구조로 이루어졌다. 소음으로 서로가 방해받지 않도록 설계된 구조였다. 나는 앞쪽 가운데 방에 여장을 풀었다. 창호지로 문살을 바른 여닫이문의 두어 평 남짓한 방이었다.

여장을 풀고 잠시 마음의 여유를 찾았다. 방문을 활짝 여니 거기 넓은 사각형의 프레임 속에 잘 그려진 풍경 산수화가 꽉 들어차 자리잡고 있었다. 비가 온 뒤여서인지 눈앞에 보이는 계곡에는 저녁 안개가 자욱이 피어오르고, 산 능선이 길게 뻗어 저 멀리로 스멀스멀 사라져가고 있었다. 경치도 경치려니와 어쩐지 마음을 푸근하게 해주는 분위기가 있었다. 저놈의 폭포소리만 아니라면 금상첨화일 것 같다는 생각을 불현듯 했다.

또 애초에 상상했던 절 분위기, 예컨대 수도하는 장소로서 가지는 경건함, 그래서 엄격한 규칙으로 말미암아 절 생활을 못견뎌하면 어쩌나 하는 두려움이 있었으나 조금은 안심이 되었다. 스님의 소탈한 모습도 안심이 되었지만 간간이 보았던 절에 사는 사람들이 어쩐지 저 아래 세상에서 보아오던 그런 사람들과 별반 다르지 않은 친근함이 느껴졌기 때문이다. 가방에서 옷가지들을 꺼내 한 구석에 정리해 놓고 있자니 갑자기 심한 공복감이 엄습해왔다. 그때야 저녁식사 시간이 가까웠음을 알았다.

"뎅뎅뎅."

그때 종소리가 연타음으로 들려왔다. 아주 가볍고 경박한 음의 소리였다. 그러자 이쪽저쪽에서 방문 열리는 소리가 들리더니, 신발 끄는 소리, 이윽고 누군가 내 방문 앞에 와 멈춰 섰다.

"새로 들어오셨군요? 인사는 나중에 하고 저녁 먹으러 갑시다."

식사시간을 알리는 종소리였다.

나는 잊고 있던 아내에게 어느 절에 들어와 있다고 전화를 했다. 아내는 그 말을 듣더니 하필 왜 절이냐며, 퉁명스럽게 반응했다. 어디 관광지나 갈 줄 예상하고 있었나 보았다. 나는 이유를 설명할 마음도 내키지 않아 아이하고 잘 지내고 있으라며 일방적으로 말한 뒤 전화를 끊었다.

누워 있는 데도 잠이 오지 않았다. 본래 성격이 잠자리를 바꾸면 쉽게 잠을 이루지 못하는 예민함도 있으려니와 여기 생활에 쉽게 적응할 수 있을지 불안하기도 했다. 특히 첫날부터 저 폭포수 떨어지는 소리는 내 생활을 방해하고 있었다. 경내는 온통 폭포수 소리로 진동을 하고 있어 도저히 잠을 이룰 수 없었기 때문이다. 이리저리 뒤척이며 저녁식사 시간에 보았던 풍경들을 떠올리고 있었다.

식당으로 쓰고 있는 곳은 아랫방이라고 불리는 널찍한 방이었다. 그 방에 스님을 비롯해 공부하러 온 사람, 잠시 절에 묵으러 온 사람, 심지어 용왕담에 기도하러 온 사람들까지 모두가 함께 모여 식사를 하는데, 마치 신분을 달리하는 사람들을 구분하여 각기 따로따로 상차림을 받아 식사를 하는 것 같았다.

이 암자에 스님은 아까 만났던 그 한 사람이었다. 밥상이 다 차려졌다 싶을 때 스님이 주위를 둘러보다가, "대영아! 선생님 진지 드시라고 해라" 하며 상머리에 앉았다. 선생님이라니? 스님이 선생님이라고 부르는 사람이 이곳에 있다니, 의아스러웠다.

누군가 후닥닥 뛰어올라가더니 한 오십쯤, 아니면 육십쯤 되어 보이는 여자 한 사람과 같이 내려왔다. 그 여자는 스님과 겸상을 하고 앉았다. 유일하게 겸상을 하는 사람이었다. 하얀 모시저고리에 역시 밤색 모시치마를 받쳐 입은, 이런 곳에는 잘 어울리지 않을 것 같은 도시풍의 아주 깔끔하고 고운 여자였다. 나이가 들어보였음에도 고운 자태가 살아 있었다. 그런데 이상한 것은 스님이 다른 사람들에게, 심지어 같이 살고 있는 어머니에게까지도(이곳은 스님의 어머니가 같이 살고 있었다.) 위엄을 부리며 반말을 하는 것이 예사였음에도 그 여자에게만은 뭔가 조심스러워하며 어려워했다.

나는 공주에서 같이 차를 타고 온 사람을 비롯해서 몇 명이 더 합석을 해서 한 상을 차지했다. 그는 이름이 정수라 했다. 먼저 아는 체를 하며 서로에게 인사를 시켰다. 고시 공부한다는 대학생 둘, 고3 수험생, 몸이 아주 병약해 보였는데, 아니나 다를까 폐 수술을 하고 휴양차 내려와 있다고 했다. 아, 고시 공부한다는 사람이 한 명 더 있었다. 그는 식당에 들어올 때부터 거들먹거리며 들어오는 품이, 이런 식의 생활에는 아주 익숙해 보이는 노련함이 엿보이는 사람이었다. 한 사십은 넘어 보이는 늙은 수험생이었다.

우리 옆자리에는 스님의 어머니가 있었다. 무척 괄괄해 보였다. 그리고 공양주 보살, 농담도 잘하고 얼굴이 둥글넓적해서 그런지 보살이라는 호칭에 썩 잘 어울리는 후덕한 인상이었다. 또 삼십 대 후반 쯤으로 보이는 남자, 회색 몸뻬를 입고 아까부터 절 마당을 바삐 오가며 뭔가 일을 하던, 그리고 벌통을 매만지던 그 사람, 이름도 부르지 않고 그냥 김 씨로 통했다.

그리고 내가 유심히 지켜보던 사람이 하나 있었다. 절 마당에 들어설 때도 마당 한쪽 구석에 멍하니 앉아 나를 쳐다보고 있었다. 얼굴에는 웃음을 띠고 있는 것인지 아니면 얼굴 표정이 그런 것인지 모를 야릇한 우수가 깃들어 있었다. 빨간 티셔츠에 펑퍼짐한 반바지 차림, 키는 뭉툭하니 그다지 커 보이지 않았다. 그보다는 옆으로 더 많이 퍼져 보였다. 머리를 박박 깎았는데 시일이 좀 지나서인지 머리가 약간 자란, 꼭 밤톨머리 형국을 하고 있고, 우리 어렸을 적 똥배가 나온 것처럼 불룩하게 튀어나온 배하며, 거기에 해해, 하고 웃음을 지을 땐 혀를 쑥, 빼무는 것이, 어떻게 보면 천진난만한 어린아이 같고, 어찌 보면 모자라는 바보 같았다.

넓은 방에 밥상을 차리는데, 그가 밥상을 오가며 밥이며 반찬을 나르느라 여념이 없었다. 밥그릇의 밥이 담겨 있는 부분에 손가락 한두 개쯤 푹, 찔러 넣고 밥그릇을 날랐다. 손가락이 밥에 닿지 않게 조심해서 나르는 법을 모르는 것 같았다. 그러는 사이에도 부엌에서 연신 음식을 들여보내는 공양주 보살은 그 바보스런 사람에게 일을 제대로 못 한다고 끊임없이 지청구를 해댔다.

"으이그, 저런 놈을 뭣에다 쓸껴. 제대로 못혀! 여그 국, 가지고 갈껴 말껴."

매양 이런 식이었다. 그렇다고 놀려먹거나 악의가 있어 보이지는 않았다. 아예 입버릇처럼 붙어 버린 것 같았다.

내 앞에 밥을 가져다 놓는 그를 쳐다보며 의아해하는 눈빛을 보이자, 공양주 보살이 나를 보고 웃으며 궁금증을 풀어주려는 듯이 한마디 했다.

"암 것도 못 혀는 천치 바보여유, 바보!"

내게 무엇을 확인시켜주려는 말투처럼 바보 소리에 강한 억양이 실려 있었다. 장난기가 물씬 배어 나왔다.

"무슨 바보여, 바보가. 그렇게 말하는 게 어딨수. 우리 대영이가 일을 얼마나 잘하는데. 대영이처럼 착한 사람 있으면 나와 보라고 해! 일하면서 언제 싫은 소리 한 번 하는 거 봤어?"

못마땅하다는 듯, 짜증 섞인 말로 핀잔을 주는 사람은 선생님이라는 그 여자였다. 그 말을 들은 대영이는 입을 해, 벌리고 얼굴이 금방 밝아지며 배시시 웃었다. 몸까지 배배, 틀어가며 어쩔 줄 몰라 했다. 아무리해도 미워할 수 없는 천진스런 표정이었다.

"헤헤, 금방 좋아하는 거봐. 대영이 헌티는 우리 선상님 밖에 없다니께. 대영이는 참 좋겄다. 이놈아! 그만 입 다물어. 입이 석자는 벌어졌네. 입 찢어질라."

한 마디 하지 않고는 못 배기겠는지 기어이 공양주 보살이 한 마디 보태고 만다.

선생님이라는 여자와 겸상한 스님은 어색하다 싶을 만큼 말이 없었다. 묵묵히 밥숟갈만 놀리던 스님이 먼저 일어났고, 대영이라 불리는 사내를 힐끔 돌아보고 뭔가 말을 하려는 듯 멈칫 하는가 했으나, 대영이를 지긋이 쳐다보고 있는 선생님의 눈초리를 의식했던지 쯧쯧, 혀를 차고는 나가버렸다. 대영이를 두둔하는 선생님이라는 여자 역시 마음은 편해 보이지 않았다. 대영이를 사이에 두고 오고가는 눈빛이나 분위기가 뭔가 어색하고 심지어는 냉랭함마저 느낄 수 있었다.

나는 아직도 잠을 못 이루고 가만히 누워 있었다. 나도 모르게 여기저기서 삐죽삐죽 솟아나오는 상념 때문인가, 아니면 저 폭포소리 때문인가. 그렇게 시끄럽게만 들리던 폭포 물소리, 방문만 열면 아무 것도 보이지 않는 칠흑의 어둠 속에서 폭포소리만이 유일하게 살아 움직이고 있었다. 처음에는 천둥소리 같이 귀청을 울렸었다. 그러나 가만히 누워 듣다 보니 멀리 기차 지나가는 소리 같아, 어디 기차가 지나가고 있나, 귀를 쫑긋 세워 보았다. 아니었다. 조금 있으려니 수십 마리의 말들이 말발굽 소리를 일제히 내며 달려오고 있는 것이 아닌가. 나도 모르게 몸을 움츠렸다. 그것도 아니었다. 수만의 사람들이 함성을 지르며 거리를 내달리고 있었다. 나는 무엇엔가 혼을 빼앗긴 사람처럼 잠시 멍해졌다. 나는 강하게 도리질을 쳤다. 잊고 싶었다. 깊은 숨을 들이켜고 가만히 눈을 감았다. 여전히 들리던 폭포 물소리가 까마득하게 멀어져 가고 있었다. 물소리에 익숙해졌다 싶을 때쯤 이제는 다른 소리도 들을 수 있었다. 어디선가 어둠을 뚫고 들리는 소리, 소쩍새가 구슬피 울고 있었다.

3

"잘 잤능가 모리겄네요잉? 대부분 보니께 절 생활이 익숙지 못혀서 처음에는 고생하는가 보던디요."

아침을 먹고 평상에 앉아 잠시 쉬고 있는 중이었다. 아침은 일곱 시 전에 모두 끝낸다. 규칙도 규칙이려니와 해 뜨기 전에 끝내야 밥

먹는 고통이 덜하기 때문이었다. 이 평상은 주로 절에 머무는 젊은 사람들이 휴식을 취하는 장소로 쓰였다. 그런데 이곳은 공부하러 온 사람이든, 휴양하러 온 사람이든 서로의 생활을 방해하지 않는 것이 불문율이다. 방 하나씩 차지하고 들어앉아 무슨 일을 하든 여간해서는 서로 간섭이나 소음 방해를 하지 않기 위해 조심하는 것이다. 그러다 휴식을 취하러 밖에 나오는 곳이 이 평상이다. 평상에 앉아 있으면 한두 사람이 합류하게 되고, 이곳에 대한 사정도 얻어듣고 무슨 일을 꾸미기도 했다.

지팡이를 짚고 올라온 정수란 사람이 뻔히 사정을 알고 있다는 얼굴 표정으로 걱정스럽게 물어 오는 것이었다.

"그것도 그렇고 새벽에 목탁소리 듣고 깜짝 놀랐습니다. 그렇게 일찍, 꼭두새벽부터 뭘 하는 겁니까?"

언제 잠들었는지 몰랐다. 아니 잠들었다기보다 뭔지 모를 불안감에 휩싸여 깊이 잠들지 못하고 가위눌린 사람처럼 자다 깨다 한 것이 여러 차례 있었던 것 같았다. 얼핏 풋잠에 들었을 무렵 어디선가 목탁소리가 희미하게 들려오기 시작했다. 나는 꿈을 꾸고 있는 줄 알았다. 목탁소리가 점점 커지더니, 내 방문 앞에 잠시 멈춰 서 있는 것이 아닌가. 나는 불안에 떨며 발밑에 있는 홑이불을 추켜올려 덮고 죽은 듯이 있었다. 목탁소리가 다시 점점 멀어지는 것을 들으며 다시 혼곤한 잠에 빠져들었다.

"야, 그거유! 절 생활에 대해 잘 모르시나 보네유. 스님덜은 새벽

228

세 시부터 기침을 하고 예불을 시작혀유. 지두 스님 얘기 듣고 안 것 인데유, 아마 우주의 기가 제일 잘 통하는 때가 하루 중 새벽 서너시 경이라잖유. 그래서 그때 일어나서 기도허고 그러나 뷰. 그걸 도량석 돈다고 허는디, 절 마당을 돌며 목탁소리로 스님들, 불자들, 절 주변의 온갖 짐승들을 깨우는 의식여유. 아마 절집도 잠자고 있다고 생각하고 절집도 깨운다고 하쥬. 지는 이게 단순히 잠들어 있는 것을 깨우는 의미만 있다고 생각지 않어유. 세상 만물을 소생하게 혀서 새로운 깨우침의 세계로 인도하는 성스런 의식이쥬. 그리고 하루가 잘 되게 복을 빌어주는 의미도 있다고 생각혀유. 우리 스님은 그 시간만은 참, 잘 지키더라구유. 그리 못하는 스님네도 많은가 보던디."

"아, 그런 좋은 뜻이 있었군요. 그런데 이 절은 최근에 새로 지은 것 같던데……."

"지두 자세히는 물러유. 그치만 스님이 1982년 말쯤인가 여그 내려왔다고 허니께 그 어름이겠쥬. 여그 절터가 원래는 터만 남아 있었는디, 무당덜이 꿰 차고 앉아 있는 걸 쫓아내버렸다잖유. 옛날에는 무당덜이 부지기수로 드나들었대유. 저기, 저거 보이쥬?"

그는 용왕각을 손으로 가리켰다.

"형씨두 봤겠지만 용왕각 뒤에 용왕담이 있는디, 그 용왕담엔 영험한 용왕이 산다고 혀서 무당덜이 신력神力이 떨어지문 죄다 강신 받을라구 찾아와유. 지금두 얼마나 많이 찾아오는디유."

그는 마치 자기 집 자랑하듯 자랑스러워했다. 그러다가 무엇이 생각난 듯이 정색을 하고는 내 얼굴을 빤히 쳐다보며 말했다.

"참, 서울에서 왔다고 허니께 알겠네요. 도봉산에 망월사라구 있다 믄서유? 우리 스님 법명이 월명月明 스님인디, 그 망월사에서 수계를 받았다고 하더만유. 대영이두 거그서 데려오구."

"대영이를요?"

언젠가 의정부에서 회사를 다니는 대학 동기를 만나러 가기 위해 전철을 탄 적이 있었다. 차창 밖 바로 눈앞에 펼쳐진 도봉산 자락의 풍경에 취해 있다가 언뜻 귀에 들어온 말이 있었다. "여기는 망월사, 망월사역입니다. 내리실 분은……." 라고 하는 안내방송이었다.

망월사라! 달을 바라본다, 이거지.

나는 고개를 갸우뚱하며, 삭막한 이 도시, 덕지덕지 붙은 딱정벌레처럼 뭔지 모를 낯설음만이 존재하던 곳에 분위기 있는 역 이름 하나쯤 남아 있는 것이 얼마나 다행인지 모른다는 생각을 했다. 망월사는 그래서 꼭 한번 가보고 싶은 곳이었다. 여태껏 한 번도 실행에 옮겨보지 못했지만, 어렸을 때 보았던 동화 속의 진짜 아름다운 달을 그곳에 가면 볼 수 있는지? 그곳에서 스님과 대영이가…… 나는 그의 다음 말을 고대하며 침을 꿀꺽 삼켰다.

"대영이가 언제부터 그곳에서 살게 되었는지는 지두 잘 물러유. 하지만 어렸을 때부터 거기서 크다시피 했다쥬. 지금 정확히 대영이 나이가 얼만지는 아무도 물러유. 스물아홉이라고도 허구, 스물넷이라고도 허는디, 그게 다 추측일 뿐이쥬. 하긴 그깐 놈 나이, 이제 와서 알 필요도 없지만서두……."

느린 충청도 사투리로 이어진 그의 얘기인 즉, 대충 이러했다.

대영이가 어떻게 망월사에 흘러들어오게 되었는지는 아무도 모른다. 어느 날인가부터 망월사에서 배회하고 있는 것을 발견했을 뿐이다. 처음에는 어느 신도가 데리고 온 아들이겠거니 생각했지만, 밤이 돼도 그 애는 그 자리에 그냥 있었다. 공양주 보살이 발견해서 데려다 밥을 먹이고 말을 시켜봤지만 묵묵부답이었다. 얼마의 시간이 흐른 후에야 주위 환경에 적응해 마음이 놓였는지 말을 하기 시작했다. 그런데 말을 제대로 못했다. '어버버'하며 어눌하게 떠듬떠듬 말하는 것이 정신이 박약한 아이임에 틀림이 없었다. 누가 절에 버리고 몰래 도망쳐 버린 모양이었다. 분명 이 절 사정을 잘 아는 사람의 소행이다 싶었다. 절에서는 잠시 데리고 있으면서 애 부모를 찾아주려 했으나 영 나타나질 않았다. 제 입으로 말해서 아는 것이라곤 '대영'이라는 이름자뿐이었다. 보육시설에 맡기자는 의견도 있었으나, 절에 찾아든 중생이니 그냥 데리고 있어 보자는 큰스님의 뜻에 따라 망월사에 머물게 되었다.

그때부터 망월사에 머무르기 시작한 대영이에게 누구 하나 제대로 관심 써주지 않았다. 구석에 처박혀 있기 일쑤였고, 심심하면 산 아래 마을로 내려가 오가는 사람들을 멍청히 쳐다보고 있는 것이 그의 일과였다. 마당을 쓸 줄도 몰랐고, 더군다나 밥을 짓는다거나 다소 인내심을 필요로 하는 예불을 드리는 일 등은 생각지도 못했다. 그에게 무엇이라도 가르쳐 그나마 절에서 사람 구실을 하며 지낼 수 있도록 했으면 좋으련만, 아예 그는 관심 밖의 대상이었다. 다만 공양주 보살이 끼니를 거르지 않도록 신경을 써 주는 것이 그에게 관심을 써 주는 전부였다. 대영이는 밥만큼은 꾸역꾸역 잘 먹어 치웠다. 그런 만큼 몸은 아픈 데 없이 건강했다.

월명 스님이 망월사에 들어온 이후로 대영이는 많이 달라졌다고 한다. 월명 스님이 망월사에서 수도하기 위해 찾아오던 중, 초입 소나무 밑동에 앉아 있는 아이를 발견했다. 그 아이는 멍청히, 그리고 하염없이 아래쪽만을 쳐다보고 있었는데, 그럼에도 그 눈빛 속에는 무언가를 타는 듯이 기다리고 있는 강한 열망의 그리움이 숨겨져 있음을 알 수 있었다. 좀 안 됐다는 생각을 하며 월명 스님은 망월사 가파른 산길을 올라왔다.

여섯 시 저녁 예불을 끝내고 마당을 가로질러 왔을 때, 구석에 산 아래에서 보았던 그 아이가 멍한 눈빛으로 앉아 있는 게 아닌가. 궁금한 생각이 들어 접근해서 말을 붙여보려 했으나, 이내 단념하고 말았다. 아무 표정의 변화가 없었다. 사람의 접근을 피하고 있다는 느낌을 받았다. 아니 사람이 다가오고 있는지조차 관심이 없어 보였다.

그렇게 그를 지켜보고 있은 지 며칠이 지났다. 그동안 공양주 보살로부터 그의 얘기를 들어 저간의 사정도 알게 되었다. 스님은 어쩐지 그에게 자꾸 마음이 끌려 말을 걸어보려 노력했다. 사람들이 관심을 두고 있지 않은 사이 대영이는 자기 스스로도 마음의 문을 닫고 있었다. 말도 하지 않고 뭔지 모를 자기 안의 그리움만 키워가고 있었으니, 그의 상태가 좋을 리 없었다. 정신 상태는 점점 더 악화되어가는 것 같았다.

대영이는 하나의 자기 방어 수단을 터득하고 있었다. 마치 자폐아처럼 조금만 맘에 들지 않거나 하기 싫은 일이 있으면 무조건 입을 다물고 구석에 처박혀 아무 일도 하지 않고 버티는 일이었다. 그럴 때는 누구도 그의 고집을 꺾지 못했다. 때가 되어도 밥 먹을 생각은 않고 눈을 치뜨고는, 입이 한 자는 나와 사람들을 노려보고 있는 것이다. 그때야 그를 달래려 사람들이 나서곤 했다. 그것이 사람들의 관심을 끌어 보려는 그의 필사적인 노력이었다.

그럴 때마다 스님은 그에게 다가가 밥을 가져다주며 친근함을 표시했다. 머리도 쓰다듬어주며 연신 착하다는 소리를 했고, 밥 먹을 생각도 않고 정 말을 들으려 하지 않을 때는 화를 벌컥 내며 밥그릇을 그가 보는 앞에서 집어던졌다. 먹든지 말든지 마음대로 하라고 하고는 획 돌아서서 그의 곁을 떠나기를 반복했다. 그럴 때는 찔끔하며 몸을 움츠렸다. 돌아가는 스님의 뒷모습을 바라보며 눈가에 이슬 같은 눈물방울이 고였다. 분해서였을까? 아니면…….

어쨌든 대영이는 언젠가부터 월명 스님의 주위를 맴도는 일이 많아졌고, 눈치를 살피며 뭔가 관심을 끌어보려는 흔적이 보였다. 스님은 딱히 그에게 무엇을 해줄 수 있다고 생각하지는 않았다. 다만 멍하니 앉아 먼 산만 바라보는 듯한 그 외로움의 표정이 여간 안쓰러웠고, 그의 슬픈 눈, 눈빛에 어려 있는 것 같은 어떤 갈망, 그것이 도대체 무엇일까 무척 궁금했다. 조금만 관심 있게 대해주면 대영이가 예전보다는 나아질 수 있을 텐데 하는 안타까움도 있었다.

어느 날, 스님이 걸레를 가지고 툇마루를 훔치고 있었다. 거처하고 있는 방 앞에 놓여 있는 길쭉한 마루였다. 아침 햇살이 따뜻했다. 허리를 구부려 열심히 닦고 있는데 인기척이 들렸다. 언제 다가왔는지 대영이가 헤벌쭉이 웃고 서 있는 것이 아닌가. 스님은 반가웠다.

"대영이구나! 그래, 이리로 와! 나랑 같이 해볼까?"

대영이는 자기에게 관심을 표해주는 것이 좋았는지 어정거리는 걸음걸이로 스님 곁에 다가와서는 똑같이 걸레질하는 동작을 흉내 냈다. 스님은 마음속으로 무척 기뻤다. '이놈이 이제야 마음을 열어놓는구나!' 그러나 전혀 기쁜 내색을 하지 않고 대영이의 얼굴을 살폈다. 둥글넓적한 얼굴에 싱글싱글 웃음이 피어나고 있었다. 웃는 모습이 마치 커다랗고 둥근 달걀에 미소 띤 모양의 초승달처럼 이목구비를 그려 넣은 듯한 푸근한 표정이었다. 그러나 조심스러웠다. 언제 또 고집을 부리며 구석에 처박혀 말도 하지 않고 뚱하니 서 있을지 모르기 때문이었다.

그때부터 스님은 경내의 허드렛일 하는 것부터 대영이와 함께 하기 시작했다. 새벽에 일어나 스님이 먼저 빗자루를 들고 마당을 쓸기 시작하면, 대영이가 쪼르르 다가와 같이 쓸었다. 대영이는 싱글벙글하며 스님이 하는 대로 따라 했다. 스님이 마당을 쓸다말고 허리를 펴고 잠시 하늘을 쳐다보고 있으면, 대영이도 빗자루를 옆에 세우고 하늘을 쳐다보는 흉내를 냈다. 스님은 대영이 하는 양이 우스워 마주 쳐다보고 미소를 지으면, 대영이는 헤헤, 혀를 쏙, 빼물고 웃으며 수줍어했다.

이제 스님이 먼저 하지 않아도 마당을 쓸 줄도 알게 되었다. 방도 때 되면 쓸고 닦고, 스님에게 인사하는 법도 알게 되었다. 부식거리를 사러 시장에 가야할 때는 대영이를 꼭 데리고 가곤 했다. 바깥 구경도 시켜주는 겸해서이기도 했지만, 대영이는 힘이 좋아 짐을 지어 나르는 데는 제격이었다. 망월사로 오르는 길은 경사가 급해서 스님이나 신도들이 가져오는 물건은 등짐을 지어 날라야 했다. 특별히 대영이를 시키려고 한 일은 아니었으나 극구 자기가 지고 가겠다고 떼를 쓴 적이 많았다.

한 번은 시장을 보아 돌아오는 길이었다. 산 아래에 도착해 절로 오르려는데, 안면 있는 신도 한 사람이 짐을 부려놓고 난감해 하고 있는 모습을 보게 되었다. 스님이 다가가 짐을 나누어서 지고 오르려 하는데, 대영이가 나서는 것이 아닌가. 그 신도는 전에 절 한구석에 매일 쭈그리고 앉아 넋을 잃고 있던 대영이를 보아왔는지라 의아해 했다. 저놈이 무슨 일을 하려는가? 조금은 걱정도 되고, 어떻게 이 짐을 지고 가려고 나서는지 놀라는 눈치였다. 스님은 안심해도 된다는 표정을 신도에게 지어보였다. 그리고 짐을 나누어서 지고 산을 올랐다. 대영이는 펄펄 날았다. 두 사람을 앞질러 신명난 사람처럼 올라갔다. 신도의 눈이 휘둥그레지며 놀라는 눈치였다. 매일 마당 구석에 멍청하니 앉아 있던 놈이 이렇게 변할 줄은 짐작을 하지 못했다는 놀라움이다. 스님은 빙그레 웃으며 만족한 듯 신도에게 눈짓을 보냈다. 먼저 올라가 짐을 내려놓고 대영이는 땀을 비 오듯 흘리면서도 뒤따라 올라오는 사람들을 맞으며 웃고 있었다. 그 신도는 대영이가 대견하기도 하고 놀랍기도 해서 연신 침이 마르도록 칭찬을 하며 천 원짜리 한 장을 대영이의 손에 쥐여 주었다. 그때부터 절에 지어 나르는 등짐은 모두 대영이 차지가 되었다. 누가 시키고 마다할 겨를도 없이 그 일을 하는 것이 그에게는 무척 자랑스러운 일이 되어버린 것이다.

얼굴에서는 언제나 웃음이 떠나지 않았다. 멍하니 앉아서 먼 산을 쳐다보는 일도 볼 수 없었다. 심지어 월명 스님은 다른 스님들의 눈치를 살피며 대영이를 법당 안으로 끌어들였다. 어리둥절해 하는 대영이를 옆에 세워놓고 그대로 따라 하라고 시켰더니, 절을 하는 시늉을 한다. 다른 스님들이 별일도 다 있다며 눈치를 주는 사람도 있었지만 아랑곳하지 않았다. 며칠이 흘렀는지 모르지만 이제 대영이는 웅얼웅얼 자기만 알아들을 수 있는 염불을 외고 있었다. 나름으로 터득한 염불이었다. '어버버' 하는 목소리에 담은 이상한 염불이었다. 스님들은 이제 대영이가 예불시간에 법당 안에 들어오는 것을 당연시 여겼다. 여전히 이상한 눈초리로 쳐다보며 쉽게 대영이에게 접근하려 하지 않는 것은 마찬가지였으나, 이전과는 대하는 태도가 많이 달라졌다.

"그런디 스님이 여그 내려올 때 어쨌는지 아요? 스님이 여그서 자리 잡을라고 망월사에서 내려와 있는디, 글쎄 대영이가 또 밥도 안 먹고 매일 산 아래 내려가서 멍청하니 앉아 있더라는 거유. 그래서 스님이 서울 올라가서 데리고 내려왔다지 않어유. 그동안 정이 꽤 들었나 보쥬. 그놈이 스님 말이라믄 깜박 죽어유. 다른 사람 말은 실실 쪼개며 듣지 않을라고 허는디, 스님 말이라믄……. "

꽤 많은 말을 했다고 생각했는지 침을 꿀꺽 삼키며 잠시 침묵이 흘렀다. 그러다 문득 생각난 것이 있는지 다시 말을 꺼냈다.

"참, 조기 차 있지유?"

그는 마당가에 서 있는 승용차를 가리켰다. 그가 가리키는 승용차는 스님이 외출할 때 타고 나가는 것이다.

"추측이긴 한디유, 또 그런 말들 허는 사람두 있긴 있드만유."

자기 생각을 말한다는 것인지, 남의 얘기를 듣고 전한다는 얘긴지 알 수 없었다.

"저 차는 스님이 여그 내려올 때 은사 스님이 선물로 준거라 합디다. 야그인 즉슨, 그 은사 스님이 우리 스님을 무척 아끼고 혔다지 않유. 되도록이면 망월사에 데리고 있을라고 혔다는디…… 우리 스님이 똑똑헌지는 지두 잘 모리겠지만서두, 좌우 당간에 가만히 지켜본 께, 사람이 다르다 않혀유. 아무도 거들떠보지 않던 대영이를 감싸 안아서 앉혀 놓고 끈질기게 사람 맨들어 볼려고 허구 말유, 정성을 들이는 품이 그리키 좋아 보이지 않더래유. 그래서 은사 스님 눈에 띠었다쥬. 스님이 여그 내려왔을 때, 대영이 또 그라는 것을 보구 전화해서 불러 올린 사람두 그 큰스님이래유. 우리 스님이 대영이 데리고 내려가서 키운다고 허자 가만히 보고 있다가, 큰스님이 타고 다니던 차를 줬다잖유. 요긴하게 쓰라구 허면서 말유."

그는 말하면서 마치 자기가 그 상을 받은 것처럼 자랑스러워하며 자동차를 쳐다보았다.

"아 참, 절 얘기 허다 대영이 얘기만 허구 자빠졌네유. 허긴 이 절두 대영이허구 영판 상관없는 얘기는 아닌 것 같기는 하더만서두……."

"아니, 대영이하고 무슨……."

"아, 아뉴, 지두 속 내용은 잘 모리는 건데유 뭐."

뭔 얘기를 하려다 말고 말을 얼버무렸다. 잘 알지도 못하는 얘기를 괜히 했다 싶은 당황하는 기색이 얼핏 스쳐갔다. 잠시 침묵이 이어졌다. 어색했던지 먼저 말을 꺼낸 건 그였다.

"어쨌든 저, 그 선생님 있잖유? 그 선생님이 평생 동안 선생 노릇 허구서 받은 퇴직금을 몽땅 여그 절 짓는데 바쳤다지 않유. 아까두 말혔지만, 처음에는 여그가 무당덜이 여기저기 진을 치고 앉아서 어지러웠대유. 스님이 내려와 무당덜을 내쫓고 초막에서 수행을 시작혔다는디…… 그 선생님이 글쎄……."

잠시 생각에 잠긴 듯 말을 끊었다.

"지두 정확한 내막은 모르지만서두, 선생님은 아마 망월사에서 만났다나뷰. 말로는 스님 인품을 보고 그 큰돈을 선뜻 내놓았다지만…… 나두 모리겄슈. 그렇게 헐 수 있는 건지…… 그런디 스님두 옛날 같지 않어유. 지켜보문 아시겄지만……."

이해할 수 없다는 표정을 짓는다. 그것이 대영이하고 무슨 관계가 있다는 얘긴지 말 하지도 않았다. 그도 단순히 추측하고 있는 것 같았다.

얘기하고 있는 사이 벌써 해가 중천에 있었다. 옆에 커다란 상수리나무 잎사귀가 햇빛을 받아 연초록색으로 빛났다. 평상에 그늘을 드리워 주고 있었다. 그는 산 아래 먼 풍경을 바라보다가 거두어들인다. 잘 꾸며진 자기 정원을 바라보며 뿌듯해하는 표정처럼 자못 자랑스러워하는 몸짓이었다.

"여그 절에서 내다보고 있으믄 아무 생각도 안 나유. 그냥 차부운 해지쥬. 이 절터 참 좋쥬? 남방향에 계곡도 끼어 있구. 여그가 모두 신원사 땅이래유. 옛날에는 거 있잖아유, 저그 들어올 때 저수지 있는 거, 거그까장 전부 신원사 땅이었다구 하더만유. 이 절터두 몇 년 동안인진 모르지만 신원사에 임대허구 있다구 들었슈. 그러구, 요 산 등성일 넘어가믄 신도안이유. 옛날에 무학대사가 거그다 도읍지를 정할려구 혔다지 않유. 명당자리쥬. 지금도 거그 가면 커다란 주춧돌이 남아 있대유. 이성계가 거그다 서울을 맹글라구 혔다지 않어유."

"그렇군요. 그런데 어떻게 그런 걸 다 알고 있죠?"

연거푸 지역 자랑을 늘어놓다 내가 칭찬 비슷한 말을 건네자 어깨를 으쓱하며 꼿꼿하던 허리를 더욱 곧추세웠다. 얼굴에는 자랑스러움이 한껏 묻어났다.

"잘 알긴유. 여그 살다보니께 줏어듣고 한 것이지, 뭘 알간유. 재작년에 한 일 년 있다가 올해 또 들어왔슈. 아다시피 내 허리가 영 성치 못혀서…… 걱정이유."

그의 고향은 금산이라고 했다. 자기네는 인삼 농사를 크게 짓는데, 어느 날 인삼밭에서 하루 종일 구부리고 앉아 풀을 뽑고 북을 돋는 일을 하고 돌아오는 길이었다고 한다. 픽업트럭 뒤에 타고 오다 트럭이 돌에 걸렸는지 덜컹하는 바람에 엉덩방아를 찧으며 쓰러졌는데, 그 길로 못 일어나서 병원에 가 진찰을 받아 보니 무슨 강직성 척추염이라나, 아무리 병원을 찾아다녀도 낫지 않아 이곳이 용타는 소문을 듣고 휴양할 겸 들어온 길이었다고 한다. 처음에는 기어다니다시피 했는데, 여기서 생활하는 동안 많이 나아져 집으로 돌아갔지만 다시 아프기 시작해서 또 들어왔단다. 이후에도 나는 용왕각 뒤 바위 앞에 앉아 기도하는 그의 모습을 종종 볼 수 있었다.

"허리가 이렇게 뻣뻣하게 굳어져서 구부릴 수가 없는규. 젊은 놈이 뭔 꼴인지, 막대기 같이 뻣뻣혀서 여자 하나 품어보지도 못하게 생겼으니, 내 원 참!"

그는 탄식을 하면서 얼굴에 장난기 어린 표정을 내보였다. 그러나 얼굴 깊은 곳에 깃든 그림자는 지울 수 없었나 보다. 이내 시무룩한 표정을 지었다. 그래서 항상 허리를 꼿꼿이 펴고 있었던가 보았다. 처음에 그를 보았을 땐 좀 거만하다고 느꼈던 것이 오해였음을 알았다.

그때 언제 다가왔는지 한 사람이 다가와 평상에 앉는다. 우리는 이긴 얘기의 끝을 맺어야 했다. 용표란 사람이다. 서울에서 내려온 고시 준비생으로 H대 학생이라고 했다. 학생이라곤 하지만 어린 티가 전혀 보이지 않는 노숙함이 엿보였다. 군대 갔다 와서 복학을 했다고 했다. 그 역시 머리를 박박 깎고 있었으며, 하얀 고무신을 찍찍 끌고 다가온 그의 얼굴에 장난기가 더럭더럭 붙어 있었다.

"아이고, 죄송합니다. 저희들이 공부하는 걸 방해했나 보죠?"

"아니요. 날씨가 하두 더워서 좀 쉬러 나왔습니다. 공부도 안 되고……."

멋쩍은 듯 다가와 슬쩍 옆에 앉는다.

4

여름은 더욱 깊어가고 있었다. 계곡에 드문드문 사람들이 보이기 시작하는 것으로 보아 휴가 기간이 가까워 왔음을 알 수 있었다. 신원사 계곡은 휴가 기간 이외에는 거의 사람이 보이지 않는 곳이라고 했다.

나뭇잎들은 더욱더 짙푸르고, 뻐꾸기 소리만이 여름의 적막을 가르고 있었다. 정오에 가까운 시간이었으므로 뙤약볕이 바늘로 살갗을 찌르듯 따가울 지경이었다. 그러나 산속의 아침 햇살은 참으로 부드럽다. 나는 여기에 온 이후로 항상 아침 일찍 일어나 해가 뜨기 시작해서 중천에 뜰 때까지, 또 저녁에 해가 질 때 미세하게 색조를 바꿔가는 자연 풍광을 감상하기 즐겨했다. 방문만 활짝 열어놓으면 거기 자연이 펼쳐졌기 때문이다. 부드러운 햇살의 색조가 자연 풍광의 색깔을 미세하게 바꿔가는 신비함이란 언제 봐도 감탄스러울 지경이었다. 아침은 아침대로, 저녁은 저녁대로 그 느낌이 달랐다.

엷은 갈색을 띤 아침 햇볕이 나뭇잎들로 덮인 숲에 내리쬐면 마치 비단 폭을 깔아놓은 듯 포근한 느낌을 주었다. 나무가 싱싱하게 내뿜는 산소의 싱그러움이 기분을 더욱 상쾌하게 해주면서 말이다. 저녁에는 어떤가! 빨간 해가 뉘엿뉘엿 넘어갈 때쯤, 숲으로 이루어진 나무 군락의 중심부는 점점 어두워져가고, 수많은 나무들에 드리운 반사광은 내 까만 동공을 불태울 듯 강렬하게 덮쳐왔다. 마치 커다란 후광을 드리운 듯. 처음에는 그 빛의 두께가 두껍다가 시간이 지날수록 엷어져 거무스름한 숲의 윤곽만 남기고 만다.

나는 일주일여를 이곳에서 지내면서 궁금한 점도 많고, 무언가 이끌리는 매력이 있었다. 사람들이며 이 절의 내력, 그리고 대영이 등 모든 게 궁금했다. 원래 절에 올 때는 휴식을 취하고 마음이 안정되면 곧 귀가하리라 생각했지만 마음을 강하게 붙잡는 무엇이 있었다. 나는 아내에게 거짓말을 했다. 여기가 맘에 들어 여름 내 쉬면서 작품 구상을 하고 가려 한다고 사정을 했다. 처음에는 집에 처자식 놔두고 어떻게 그리 오랫동안 있다 오려고 그러느냐, 당신 너무 무책임한 거 아니냐,라고 했지만, 내가 다시 올라가면 당신한테 잘 할 테니 이번만 봐달라고 빌었다. 여기서 좋은 작품 하나 쓰고 올라갈 테니까 걱정하지 말라고 또 빌었다. 처음에는 신경질적인 반응을 보이다가 어쩔 수 없다고 생각했는지 아니면 작품을 쓴다는 말에 수긍을 한 것인지 여름 동안이 아니라 한 달만 있다 오라고 허락을 했다.

"어이! 뱀 잡았어!"

어디선가 긴 여운의 목소리가 울려왔다. 나는 그 소리에 고개를 내밀고 둘레둘레 소리의 정체를 찾아 둘러보았다. 먼저 나와 있던 용표가 앞산을 가리켰다. 그 산은 절 앞을 지나 서쪽으로 사라지는 긴 능선이다. 절 바로 코앞에 거의 사십오 도 가까운 경사를 이룬 바위투성이 산이다. 산 중턱쯤에 회색 몸빼를 입은 사람이 보였다. 그는 스님의 자동차를 운전하며 온갖 허드렛일을 도맡아 하는 불목하니다. 김 씨 아저씨라고만 불렀지 이름을 들은 적이 없었다. 전직이 트럭운전사인 그는 허리 디스크를 앓고 있다고 했다. 이상한 점은 절에 들어와 있을 때는 아프지 않다가도 절에서 나가기만 하면 허리 아픈 것이 도져 아예 눌러 앉아버린 사람이다.

그는 능구렁이 한 마리를 잡아서 내려왔다. 사람들이 웅성거리며 마당으로 나왔다. 똬리를 틀고 있는 능구렁이를 보기 위해서다. 스님의 어머니가 지나다 "또 한 마리 잡았구먼" 하고는 대수롭지 않다는

듯 식당으로 내려갔다. 신기한 듯 누군가 막대기로 건드리려 하자 김
씨는 큰 소리를 내며 제지한다.

"야! 건드리지 마. 내 약할 건데, 어디다 손을 댈려구 그래."

그는 틈만 나면 허리에 좋다며 뱀이나 지네 등을 잡으러 다녔다.
지네나 뱀이 마디로 이루어져 있어 허리병에 좋다는 거였다. 뱀을 잡
으러 갈 때는 Y 자형 작대기와 찍개를 들고, 마대포를 옆구리에 끼었
다. 그는 뱀 중에서도 능구렁이를 최고로 쳤다. 그가 절 주변을 돌아
다니며 돌을 뒤집는 모습도 종종 볼 수 있었다. 지네를 잡기 위한 것
이었다. 특히 허리병에 특효라며 지네를 잡길 원했다. 지네를 보면
자기에게 꼭 말해달라는 부탁까지 하면서. 어느 날인가는 자랑삼아
지네로 술을 담가 놓은 병 여러 개를 우리 앞에 내민 적이 있었다. 왕
지네였다. 독을 내뿜어서 그런지 술빛이 노르스름했다. 그걸 하루에
한 잔씩 먹는단다.

그의 집착은 대단했다. 원래 여기의 전반적인 분위기가 미신적인
환경에 둘러싸여 있음을 감안하더라도 효험을 보았다는 그의 믿음에
는 강고한 무엇인가가 있었다. 그가 이 절에 들어와 있으면 허리 아
픈 것이 씻은 듯이 낫는다는 믿음이나, 뱀이나 지네를 찾아다니는 그
의 집요함이 한편으로는 이해할 것 같으면서도 무엇인가 맹목적인
구석이 있었다. 마찬가지로 자기가 정신적, 육체적으로 은덕을 입고
있다고 생각하는, 그래서 허리병을 낫게 해주고 있다는 스님에 대한
존경심 또한 그만큼이나 맹목적인 것 같았다. 그런데 어느 날 나는

그가 무심코 중얼거리는 소리를 엿들을 수 있었다.

그는 스님을 태우고 곧잘 공주 읍내에 다녀오곤 했다. 대개는 절에서 필요한 쌀이며 반찬거리 등 시장을 보아오는 것이지만, 비디오테이프를 빌려오는 것도 잊지 않았다. 스님이 비디오를 좋아하기 때문이었다. 어느 날인가는 공주에 나갈 준비를 하면서 무심코 "이런 비디오까지 내가 맨날 빌려다줘야 하나!" 라며 투덜대는 소리를 듣게 된 것이다. 그 짜증 섞인 말의 진의를 며칠 가지 않아 알게 되었다.

저녁을 먹고 책을 뒤적거리고 있는데, 스님이 부른다며 비디오를 보러 가잔다. 용표였다. 썩 내키진 않았지만 못 이기는 체 따라 나섰다. 방 안에 들어서자 나는 내 눈을 의심했다. 화면에는 이혜영이 알몸을 흐느적거리며 신음을 뱉어내고 있었다. 또 한 번 내 고정관념이 여지없이 깨져나가는 순간이었다. 몸 둘 바를 모르며 어떻게 비디오를 봤는지 모르게 시간을 보내고 스님 방을 빠져 나왔다. 나는 용표의 얼굴을 보며 놀라는 표정을 짓자 빙그레 웃음으로 답했다.

스님은 다른 사람들과는 비디오를 같이 보지 않았다. 단지 우리들, 그중에서도 스님과 심적으로 친하다고 생각되는 젊은 남자들만 몰래 불러들여 방문을 걸어 잠그고 그 뜨거운 화면을 공유하려고 했다. 〈매춘〉이라든지 〈앵무새 몸으로 울었다〉와 같은 그런 국산 멜로영화를 즐겼다. 혀를 내두르는 나를 보고 용표가 조심하라며 짓궃게 웃었다.

"스님이 불알 만지려고 덤빌지 모르니 조심해요."

"아니, 그게 무슨 소리야! 불알을 만지려 들다니…… 장난하는 거 겠지?"

어쨌든 용표는 아무래도 우리 스님이 요새 이상하다며 얘기를 늘어놓았다. 자기도 스님하고 야한 영화를 보다가 갑자기 사타구니로 손이 쓱, 다가와서는 깜짝 놀란 적이 있었다며, 조심하라는 얘기였다. 물론 스님이 이상한 취향이 있으리라고는 상상하지 않지만, 아무리 그렇더라도 이러한 영화를 즐기며 젊은 친구들을 불러들여 시간을 보낸다는 것 자체가 이해가 되지 않는 것은 사실이었다.

며칠 전에 정수가, 스님이 옛날 같지 않다고 했던 얘기가 아니더라도 나는 언제부턴가 스님과 대영, 그리고 선생님을 유심히 살펴보고 있음을 알았다. 선생님이라고 불리는 그 여자는 우리들이 묵고 있는 건물 제일 안쪽 귀퉁이 방을 쓰고 있었다. 그러니까 내가 묵고 있는 방의 옆방인 셈이다. 아직까지 한 번도 그 방을 들여다볼 기회는 없었지만, 우리들이 쓰고 있는 방보다는 넓고, 잘 꾸며놓은 것으로 보였다. 창문에 우리들 방에는 없는 꽃무늬 커튼을 달고 있는 것으로 봐서 그렇게 추측이 갔다. 그 여자는 자주 외출하는 편인데, 한번 외출을 하면 삼사 일은 걸렸다. 외출할 때마다 대영이가 따라 나서며 산 아래까지 갔다 오는 눈치였다. 그럴 때마다 미련스럽게 생긴 얼굴에 땟국물이 번져 올라오는 것을 보면, 눈물을 흘리고 올라온 게 분명했다. 그러나 그 이유는 알 수 없었다.

그 사이에 몇 사람이 더 들어왔다. 그중 직장을 다닌다는 허여멀쑥하게 키가 큰 사람이 배낭을 메고 들어왔다. 휴가 기간 동안 지내려고 들어왔다고 했다. 자기는 해수욕장이나 사람 득시글거리는 데는 싫다면서, 누가 묻지도 않은 말을 혼자 중얼거렸다. 자기를 쳐다보고 있는 사람들의 궁금증을 풀어주려는 듯 혼자 해명을 했다. 해마다 휴가 때면 이렇게 암자를 찾아든다고 했다. 그도 그럴 거라고 생각했다. 나도 그와 비슷한 생각을 가지고 들어왔으니 엉뚱한 동류의식을 느꼈다. 어쨌든 여름 휴가철이라 그런지 사람들이 들어왔다 나가고 하는 사람이 여럿 있었다. 그렇게 인사하고 지내다 언제 알고 지냈냐 싶게 훌쩍 떠났다.

절에서 먹는 음식은 매양 먹고 나면 금방 배가 고팠다. 양이 부족해서가 아니라 된장국에 산나물, 도라지 무침, 호박잎 쌈, 가지 냉국, 김치 등속이 전부라서 속이 헛헛했다.

"이거 맨날 풀만 먹고 기운이나 쓰겠어!"

"기운 쓸 데나 있남요?"

"그러지 말고 우리 저 위 S 암자 사람들하고 족구시합해서, 닭다리나 뜯어보는 게 어때요?"

S 암자에도 우리와 비슷한 이유로 들어와 머무르고 있는 젊은이들이 여럿 있었다. 제안을 한 사람은 휴가 온 직장인이었고, 그를 우리의 친선 대표로 보냈다. 우리는 S 암자 사람들하고 산 아래 마을로 내려가서 막걸리에 토종닭 백숙 내기 족구시합을 벌였다. 그래서 풀만 먹던 허기를 달랬다. 또는 밤중에 방마다 돌아다니며, 내려가 술 한

잔 하고 오는 게 어떻겠느냐고 꼬드기는 것도 그였다. 그러면 우리는 좀 더 밤이 이슥하기를 기다렸다가 모두 자고 있는 척 불을 끄고는 몰래 절을 빠져나갔다. 스님에게 들킬까 봐 랜턴도 들지 않고 몰래 산을 내려가는 것이다. 캄캄한 산길을,

그러나 뭐니 해도 스릴 있는 일은 제단 음식을 훔쳐다 먹는 것이었다. 용표는 어느 날 우리에게 무시무시한 제안을 했다. 용왕각 뒤에 가서 음식을 훔쳐오자는 것이었다. 용왕각 뒤 여기저기 큰 나무에는 울긋불긋한 헝겊을 매단 띠가 둘러쳐져 있고, 바위 앞에는 촛불을 켜 놓고 돼지머리며 수박, 참외 등 과일을 차려놓은 경우가 많았다. 우리는 여간해서는 그쪽으로 가지 않았다. 소름이 끼치도록 으스스 하고, 무서웠기 때문이다. 낮에도 뭔가 기분이 께름칙해서 가지 않는 곳인데 하물며 밤에 그곳에 가서 음식을 훔쳐오잔다.

누구도 쉽게 나서려는 눈치가 아니었다. 용표는 같이 갈 사람이 있는지 채근하듯 우리를 둘러보았다. 눈길을 피하려고 고개를 돌려 딴청을 피우는데, 성삼이가 나서겠다고 했다. 성삼이는 용표와 같이 공부하러 들어온 친구다. 용표는 이미 낮에 슬쩍 구경 가는 척하며 어느 곳에 제단 음식을 잘 차려 놓았는지 보아 두었다고 했다. 밤이 깊었다. 구석진 몇몇 곳에서는 밤새워 기도하는 사람이 남아 있는 경우도 있었지만, 기도하던 사람도 대부분 잠자러 아랫방에 들었을 즈음이었다. 우리는 출전하는 사람 배웅하듯 모두 모여 긴장감을 늦추지 않았다. 용표가 웃통을 홀렁 벗었다. 흰 러닝셔츠라 밤에 잘 보이기

때문이다. 성삼이는 웃통을 벗는 용기는 내지 못하겠는지 머뭇거리자 용표가 막무가내로 옷을 벗겼다. 그리고 등을 떠밀었다. 둘은 어둠 속으로 사라지며 뒤를 보고 씩 웃었다.

우리가 조마조마하며 한 삼십여 분쯤 기다렸을까. 두 사람은 발소리도 내지 않고 슬며시 돌아왔다. 용표의 손에는 수박 한 덩이가 들려져 있고, 성삼이의 손에는 잘 생긴 돼지머리가 들려져 있었다. 우리는 건물 뒤 눈에 잘 띄지 않는 곳으로 돌아가 때 아닌 파티를 벌이게 되었다. 스님의 눈을 피해야 했기 때문이다. 스님 몰래 절에서 돼지머리고기를 썰어 먹는 맛은 특별했다. 고기 맛이 좋아서가 아니라 절에서는 고기를 먹지 말라는 금지의 규율을 깨고 스릴을 맛보며 고기를 먹고 있으니 특별하다는 것이다.

우리는 그 일 이후 법당에까지 진출했다. 점점 더 대담해졌던 것이다. 스님은 가끔 죽은 사람의 천도재薦度齋를 지내주는 경우가 있었는데, 그럴 때는 법당에 먹을 만한 것이 많았기 때문이다. 다만 반드시 제사를 끝냈을 때에만 손을 댔다. 스님은 분명 음식이 없어진 것을 눈치 채고 있었을 것인데도 별 내색은 하지 않았다. 오히려 우리들에게 배고프면 제사 음식을 갖다먹으라고 말할 때도 있었으니까 괘념하지 않는 듯했다. 그러나 우리는 절대 그냥 갖다 먹는 법은 없었다. 꼭 훔쳐다 먹곤 했다. 그 심리를 이해할 순 없었지만 아마도 그냥 가져다 먹는 것은 재미가 없기 때문이 아니었을까?

신원사 계곡이 인근 대전이나 논산, 공주 사람들로 바글거릴 때 젊은 사람 한 명이 찾아들었었다. 키는 큰 편이 아니었으나, 가무잡잡한 얼굴에 머리는 약간의 곱슬머리, 그리고 가슴과 다리에 털이 부숭부숭 나 있어 누가 보아도 무척 강인하고 매력적으로 보이는 그런 사람이었다. 무엇을 하는 사람인지 그가 뭐라 정확히 말하지 않고 얼버무려 알 수 없었다. 노가다를 하다 일거리가 없어서 들어왔다고 하는데 믿어지지가 않았다. 가무잡잡한 얼굴이긴 했지만 노가다를 해서 태운 얼굴은 아니라고 생각되었고, 행동거지가 그렇게 거칠어 보이지 않았기 때문이다

절에 들어와서도 특별히 하는 일이 없었다. 어슬렁거리며 계곡에 찾아온 사람들을 엿보거나 특히 여자들을 눈여겨보는 눈치였다. 어쨌든 그는 얘깃거리가 풍부한 사람이었다. 밤이면 평상에 죽 둘러앉아 그의 얘기를 듣느라 밤이 깊어 가는 줄 몰랐다. 주로 여자를 후리고 어떻게 했다는 시시껄렁한 얘기였음에도, 얼마나 실감 있게 하는지 아랫도리가 뻐근해져 잠을 못 이룬 적이 여러 번이었다.

한 번은 점심을 먹고 계곡에 나가 목욕을 하며 놀다 돌아왔으니까, 오후 서너 시쯤은 되었을 시간이었다. 평상에 앉아 쉬고 있는데, 여자 한 명이 옆구리에 스케치북을 끼고 올라오고 있었다. 옷차림으로 보아 등산하러 온 아가씨는 아니었다. 어깨가 쳐져 있는 것이 힘이 없어 보였고, 뭔가 고민이 있는 사람처럼 심각한 표정을 하고 있었다. 그 여자는 우리 앞을 지나쳐 절 뒤편 길로 들어서고 있었다.

우리는 그 여자의 출현에, 저렇게 여자 혼자 이런 곳에 어슬렁거리

는 것은 분명 사연 있는 여자라는 둥, 저런 여자는 쉽게 치마를 벗겨버
릴 수 있다는 둥 이러쿵저러쿵 제멋대로 이야기하다가, 용표가 곱슬머
리 사내에게 의미 있는 눈짓을 보냈다. 능히 그럴 거라 여겨졌기 때문
에 능글맞은 웃음을 지으며 따라 가보라는 시늉을 하는 것이다. 그가
자랑스레 늘어놓은 여자 후리는 법을 증명해보라는 부추김이었다.

"따라 가보슈, 빨리! 형씨 체면에 저런 여자 그냥 놔두면 되겠수."

"이런 산속을 혼자 헤매고 다니는 걸 보니, 날 잡아 잡수 하는 거
같은데?"

나도 한 마디 거들었다.

처음에는 뭉그적거리며 슬금슬금 우리들 눈치를 보더니, 결국엔
못 이기는 체 일어서 줄레줄레 따라 나섰다. 뒤돌아 씨익, 웃음을 지
어 보이고는 절 뒤편 길로 사라졌다.

K 암자 뒤편 길도 계곡을 따라 나 있는 산길이다. 이 산길은 계룡산
정상으로 통하는 등산로이기도 하다. 그 길 옆 계곡 속에는 나무가 울
창하게 우거져 있어 큰 바위 뒤편 깊숙한 곳에 들어가 자리 잡고 있으
면 그 속에 누가 들어있는지, 무슨 짓을 하고 있는지 전혀 알 수가 없
었다. 또한 피서 온 사람들이 그곳은 잘 알지 못해 여간해서 찾아 들어
오지 못하는 곳이었다. 절 아래 입구에 철조망을 쳐놓고 〈이곳은 식수
원 보호구역입니다〉라는 팻말을 붙여 놓아서 더 이상 사람들이 올라
오지 않는 탓도 있었다. 그러나 우리들은 거의 매일같이 그곳에 들어
가 발가벗고 마음껏 목욕을 하고 놀았다. 하얀 바위 위에 올라앉아 천

황봉을 올려다보며 거시기를 훤히 드러내놓고 기를 빨아들이겠다고 호기를 부려도 누구 하나 참견할 리 없는 으슥한 곳이었다.

서너 시간은 또 족히 흘렀을 것이다. 저녁을 먹으려 상에 죽 둘러앉았는데, 쭈뼛쭈뼛하며 곱슬머리의 사내가 바로 그 여자를 데리고 들어오는 것이 아닌가! 스님은 눈이 휘둥그레지며, 네 애인이냐고 물었다. 스님은 여자가 찾아오는 것을 탐탁지 않아 했다. 어쩌다 여자가 찾아오기라도 하면 기분 안 좋은 내색을 숨기지 않았다. 더군다나 경내에서 여자 친구라 하더라도 밤을 지내는 것은 허락되지 않았다.

그는 부정인지 긍정인지 모를 웃음을 스님에게 지어 보이고는 밥상에 나란히 앉는다. 여자는 당황해하는 기색이 역력했다. 머뭇머뭇하며 그를 따라 앉긴 했으나 바늘방석임에 틀림이 없었다.

"저녁 먹고 막차에 태워 보내라."

스님이 그러거나 말거나 우리는 서로 의미 있는 눈빛을 주고받으며 숟가락을 재게 놀렸다. 우적우적 씹어 삼키는 둥 마는 둥 하고 저녁 식사를 끝냈다. 평상의 밤 시간이 기다려졌기 때문이었다. 어두컴컴해져서 올라온 곱슬머리의 사내는 우리를 보고는 머쓱하니 뒷머리를 긁적거리며 멋쩍은 웃음을 흘렸다.

"아, 그 씨발년이 갈라고 해야 말이지. 아무리 달래도 말 안 듣는 겨. 막차도 놓쳤다니께요. 마침 들어온 택시가 있어서 망정이지…… 아이 재수 없어!"

그는 씩씩거리며 전장에서 돌아온 승자처럼 호기를 부렸다. 우리는 멍청히 그의 얼굴을 올려다보며 다음 말이 나오기를 기다렸다.

"여자들은 내 이 가슴 털만 보여주믄 사족을 못 쓰더라고…… 조 위에 그 있잖수. 계곡 속에 바위 펑퍼짐하게 넓은 곳, 거기다 눕혀 놓 고, 흐흐."

그의 말은 계속됐다. 호흡이 가빠졌다가는 키득키득 서로의 얼굴을 바라보며 웃음을 터뜨리고, 다시 달싹이는 그의 입술에 주목했다. 익 살 섞인 그의 말에 또 하룻밤이 깊어가는 줄 모르는 순간이었다. 그는 자기의 남성적 매력을 무기로 여자를 후리는 일에 능숙했다. 이렇게 암자 주변에 어슬렁거리다 반반한 여자가 지나가면 접근하여 온갖 감 언이설로 녹였다. 그의 말에 의하면 그는 자기만의 철칙이 있었다. 절 대 여자에게 정을 주지 않으며 한 번으로 끝내거나 오래가지 않는다고 했다. 떠벌리는 품이 악의를 가지고 있지는 않아 보였다. 단지 여자 후 리는 것쯤을 무슨 큰 자랑거리로 여기는 허풍장이였다.

그는 우리와 얼마간을 더 지내고는 피서객이 계곡을 빠져나갔을 때쯤 역시 절을 나갔다.

5

하오, 햇볕이 가장 뜨거울 무렵이었다. 그 시간에는 대개 계곡에 가 서 땀을 식히고 들어와서는 잠깐 낮잠을 청하거나, 그렇지 않은 측은 평상에서 바둑을 두는 경우가 많았다. 나는 한없이 무거워진 눈까풀을 바로 들고 있을 수가 없어 낮잠을 잠시 청할까 생각하던 중이었다. 대자로 누워 자세를 취했다. 잠이 솔솔 엄습해 오려는 순간, 그러나 갑작스레 터져 나온 벽력같은 소리에 화들짝 놀라 일어났다.

그게 무슨 소린지 처음에는 구별을 못하다가 이내 스님이 내지르는 소리임을 알았다. 스님이 갑자기 맨발인 채로 마당을 가로질러 퉁겨 나가듯하며, 욕을 내뱉고 있었던 것이다.

"이 개 같은 놈들, 네놈들은 글씨도 모르냐? 눈깔이 안 보여! 저기 팻말이 안 보이데? 왜 여기까지 들어와서 지랄방구를 치고 야단들이여! 빨리 나가지 못혀!"

마구 삿대질하며 그들 앞에서 설치는 모습이 마치 히스테리를 일으키는 환자처럼 보일 정도로 꼴이 너무 험했다. 갑작스런 모습에 나는 어안이 벙벙해졌다. 아직까지 저렇게 이성을 잃을 정도로 화를 내며 쌍스런 욕까지 퍼부어 대는 모습을 본 적이 없었기 때문이다.

그들은 금지구역 안으로 들어온 피서객이었다. 절 바로 아래 계곡에는 엉성하게 철조망을 쳐놓고, 하얀 페인트 팻말로 식수원 보호구역임을 경고하고 있었다. 물론 절에서는 계곡물을 끌어들여 식수로 사용하고 있었다. 그 경고를 무시하고 경내 계곡으로 들어온 사람에게 퍼부어지는 무지막지한 언사였다. 그들은 갑작스런 공격에 할 말을 잃어버리고 서 있다가 침을 퉤, 뱉으며 되돌아갔다.

그러나 난리법석은 여기서 그치지 않았다. 저런 사람들이 어떻게 여기까지 들어오도록 그냥 둘 수 있었느냐며, 이제는 남아 있는 사람들에게 화살을 돌렸다. 특정인을 지칭하는 경우도 있었으나 절에서 생활하는 모든 사람들에게 퍼부어지는 말이기도 했다. 병신 같다는 둥, 그렇게 해서 입으로 밥이 넘어 가냐는 둥, 심지어 어머니에게까지 화살이 돌아갔다. 스님은 어머니도 다른 보살들과 똑같이 대했다. 어머니라고 부르는 법이 없었으며 그냥 보살님이라고 했다. 어머니는 스님을 깍듯이 모셨다. 하얀 모시옷을 풀 먹여 칼날처럼 다려가지고 스님 방에 들어가는 모습을 종종 볼 수 있었으며, 들어갈 때는 조심스레 발짝을 떼었다. 자식인 스님을 남 대하듯 어려워하는 것 같았다. 그것은 그래도 이해할 수 있었다. 출가를 하면 속세와의 인연을 끊고, 심지어 부모 자식 간의 연도 철저히 차단하여야만 성불할 수 있다는, 또 그렇게 해왔다는 고승들의 행적을 들어왔었기 때문이다. 우리는 무슨 큰 잘못을 한 사람들인 양 주눅이 들어, 어깨를 움츠리고 스님이 진정되기만을 기다렸다.

스님이 이렇게 화를 내는 데는 이유가 있다고 했다. 사실인지 아닌지 확인할 순 없지만(확인할 필요도 없고) 스님은 국립공원인 계룡산을 보호하기 위해 피서객이나 등산객에 대해 지도, 감독할 수 있는 권한을 부여받았다고 한다. 스님은 그 권한을 대단한 것으로 여기고 있는 것 같았다. 일테면 그 권위에 대한 도전을 용납할 수 없다는 것일 게다.

이번 일만해도 그랬다. 식수원을 보호하기 위해서라면 그보다 상류에 위치하고 있는 용왕담과 그 일대 기도처도 폐쇄해야 마땅할 것이었다. 그곳에는 무수한 사람들이 드나들며 기도하는 바람에 음식 찌꺼기며 촛농들이 널브러져 있는 경우가 많았고, 심지어는 용왕담에서 부적이나 제문을 태워 날리면서 제사 지내고 남은 북어를 던져넣는 의식을 행하기도 했다. 용왕님에게 진상한다는 의미다. 우리는 거기서 머무는 동안 주기적으로 긴 장대를 가지고 북어를 건져 올리는 행위를 계속해야만 했다. 재미로 북어를 건져 올렸지만 그 일은 대개 대영이가 맡아 하던 일이었다. 대영이는 그 일을 무슨 의식을 진행하듯 엄숙히 하였다. 그렇게 북어며 음식을 던져 넣으니 용왕담이 부패하고 있다는 느낌을 받았다. 단순히 식수원을 보호한다는 명분이라면 스님의 그런 행동을 합리적으로 설명할 수 없겠다는 생각을 했다.

이번에는 한밤중에 소동이 일어났다.

산속은 한밤중이 되면 사위가 모두 깜깜하고 소쩍새 소리만 구슬피 들린다. 가끔 바람이라도 불라치면 풍경소리가 쨍그랑 울려 날리듯 밤공기를 타고 와 귓바퀴를 간지럽게 한다. 그날은 불을 일찌감치 끄고 가만히 누워 폭포소리에 귀를 기울이고 있었다. 첫 날밤 수면방해만 하던 폭포소리는 어느새 밤 깊은 산속의 유일한 친구가 되어 있었던 것이다.

처음 절에 들어왔을 때는 뭔지 모를 정서적 불안과 동요로 잘 적응하지 못했다. 아침에 눈뜰 때부터 라디오를 켜고, 밤에 잠이 들 때까지 온갖 소리에 둘러싸여 지내던 도시의 소음, 밤을 낮같이 밝혀주던 전등 불빛에 익숙해 있던 나는 갑자기 깜깜하고 적막한 환경에 던져지자 오히려 불안감을 느끼고 있었던 것이다. 그러나 시간이 지나고 이곳 사람들을 알게 되면서 산속의 생활에서 오히려 편안함을 느끼고 있었다. 오늘도 변화무쌍하게 질을 달리해서 들리는 폭포소리를 들으며 온갖 속세의 상념에 젖어들고 있을 때였다.

갑자기 어디선가 적막을 깨고 계곡을 뒤흔드는 꽹과리, 징, 북소리가 요란하게 울려 퍼지고 있었다. 나뭇가지를 흔드는 바람에 실려 오는 소리는 흡사 한밤중에 풍물을 치고 노는 도깨비들의 장난이 아닌가 싶을 만큼 요란했다. 여자의 비명 같은 울부짖음도 간간이 섞여 들려오는 것 같았다. 나는 오싹하니 움츠려들어 감히 밖을 내다볼 생각은 못하고, 밖의 동정만 살피고 있었다. 그런데 밖에서 방문이 벌컥 열리는 소리가 들리더니,

"저, 육실헐 것들, 여기가 감히 어디라고…… 대영아! 대영아!"

대영이를 부르며 말이 떨어지기가 무섭게 작대기를 움켜 쥔 스님이 마당을 가로질러 절 아래 계곡으로 쏜살같이 내닫는 게 아닌가.

나는 밖으로 나가보기 위해 방문을 빼꼼 열어 보았다. 대영이가 잠을 자다 일어났는지 졸린 눈을 비비며 멀찌감치 스님의 뒤를 쫓고 있는 모습이 보였다. 어정어정 걸으며 하품을 해대는 폼이 여간 졸린 것이 아닌가 보았다. 모두 방문을 열고 마당으로 나와 웅성거리고 있었다. 어느 사이 김 씨 아저씨와 용표가 어슬렁어슬렁 따라 나섰다. 용표의 손에는 방문 옆에 항상 세워놓았던 몽둥이가 들려 있었다. 방

에 틀어박혀 있지 않을 땐 일없이 들고 다니는 옹이가 박힌 몽둥이였다. 피서객 침입 사건이 아니더라도 누구든 스님의 역성을 들어주기 위해 따라 나서지 않으면 또 들을 말 못 들을 말, 일장 꾸중을 듣기 위해 서 있어야 할 판이란 걸 잘 알기 때문이었다.

아래에서는 말다툼하는 소리가 바람을 타고 간간히 들려오다 끊겼다.

"여기가 당신네…… 따앙이라도 되는 거여…… 뭐여……."

"여긴 스님이 수도허는 성스런 곳이여…… 도량이란 말여 도량! 무당이…… 감히…… 여기가 어디라고…… 들어와서…… 잔말 말고 빨리 여기서 썩 꺼져."

시간이 한참 흘렀다. 무당들도 쉬 물러서는 눈치가 아닌 모양이었다. 그러나 나는 스님의 옹골찬 뚝심을 믿었다. 그를 이길 사람은 아무도 없을 것이라는. 그로부터 몇 분이 더 흘렀을까? 검은 물체가 저 아래에서 움직여오고 있었다. 용표가 먼저 걸어 올라오고 있었다.

"무당들이여. 조 아래 철조망 쳐놓은 데 있죠. 거기 아주 커다란 바위가 있지 않수. 거기다가 잔뜩 차려놨더라구. 울긋불긋 금줄도 둘러놓고…… 여자가 무당인가 본데, 북, 꽹과리, 징하며 사람을 많이 데려왔더라구. 우리 스님 대단하데! 그 사람들이 물러설 기미가 안 보이고 오히려 대들려고 덤비는 거여. 그랬더니 스님 눈에서 불이 번쩍하며 웃통을 훌렁 벗어부치더니, 오냐 잘 됐다, 하고 그중 한 놈 어깻죽지를 작대기로 몽창 후려갈기데. 그러는 통에 그놈이 물속으로 풍덩 빠졌지. 스님이 서슬 퍼래가지고 갑자기 작대기를 휘둘러대자, 그놈들이, 앗 뜨거라, 눈이 휘둥그레지는가 싶더니, 슬금슬금 짐을 챙기더라구."

용표는 자기가 무당들을 내쫓고 돌아온 양 의기양양해서 보고 온 얘기들을 늘어놓았다.

저녁 때, 아니 저녁식사를 마치고 조금 지났을 때였다.

저녁노을도 구경할 겸 산책 삼아 절 아래 산길을 내려갔다. 평야에 펼쳐진 빨간 저녁노을을 제대로 구경하기 위해서는 절에서 백여 미터는 걸어 내려와야 했다. 그 길옆에는 바위 절벽으로 이루어져 있어 서쪽 하늘이 탁 트여 있는 곳이었다. 절로 오르는 산길 서쪽 경사면은 계곡으로 연한 곳인데, 대부분은 나무들로 둘러싸여 숲을 이루고 있기 때문에 마치 동굴 속을 걸어가는 듯 밖을 내다볼 수 없지만, 그곳만은 그렇지 않았다.

바위 절벽 위에 걸터앉아 한없는 감상에 젖어 있었다. 해가 지평선 저 너머 숨을 꼴깍 넘기고 있을 때였다. 산길은 벌써 어둑어둑해지고 풀벌레 울음소리만 들렸다. 갑자기 풀벌레 소리가 뚝, 끊겼다. 한 떼의 사람들이 악기며 짐들을 한 보따리 챙겨가지고 올라오고 있었던 것이다. 나는 그때 대수롭지 않게 그들을 보아 넘겼다. 그들이 바로 그 무당 일행들이었던 것이다.

스님은 기도처를 찾아오는 사람들을 직접 관리했다. 그 안으로 들어오는 사람들은 무당이든, 병을 낫게 해주십사 빌러 들어온 일반인이든, 스님의 허락만 있으면 무조건 허용이 되었다. 거기에 어떤 거

래가 있는지는 나도 모른다. 확인할 길이 없었으니까. 그런데 이렇게 허락 없이 들어오는 무당은 여지없이 내쳐지는 것이다. 같은 무당들 이라도 스님의 허락을 받아 용왕각 뒤로 들어오면 괜찮았지만, 그렇 지 않으면 이렇게 무지막지하게 내몰림을 당하는 것이 당연지사처럼 여겨졌다. 그것이 스님의 권위라면 권위였다.

"이놈의 자식아! 따라와서 그렇게 하려면 뭐 하러 따라와, 따라오 긴. 꾸벅꾸벅 졸면서 입 벌리고 침이나 질질 흘리고 있구…… 정말 뭣에다 써먹을는지…… 아무짝에도 쓸모없는 놈 같으니라구. 눈에 뭐가 씌었었지, 저런 놈을 데리고 왔으니. 에이 참내."

스님은 무당들을 내쫓고 와서 그래도 분이 안 풀렸는지 대영이를 앞에 놓고 윽박지르고 있었다. 작대기로 때리는 시늉을 하다 차마 때 리진 못하겠는지 도로 내려놓았다. 대영이는 팔을 올려 방어하는 자 세를 취했지만, 스님의 서슬 퍼런 기세 앞에 전전긍긍 주눅이 들어 어쩔 줄을 모르고 있었다. 마침내 훌쩍훌쩍 눈물을 짜기 시작했다. 그렇다고 큰 소리를 내 울지도 못한다. 마치 짐승이 아파서 낑낑대듯 이상한 소리를 내며 안으로 새기는 울음소리였다. 부동자세를 취하 고 꼼짝을 못하고 있는 채로였다.

요즘 대영이는 전혀 웃지 않았다. 못하는 말이나마 말수도 적어지 고, 아프다고 드러누워 있는 것이 부쩍 잦아졌다. 그러나 아무도 그 에게 신경을 쓰지 않아 아픈지를 몰랐다. 전에도 그런 일들이 많았는 지는 몰라도 방구석에 처박혀 풀죽어 앉아 있으면 공양주 보살이 아무렇지도 않다는 듯, "이놈아! 왜 그렇게 처박혀 있어, 또 아픈겨, 아프긴 뭘 아퍼, 이리 와 밥이나 퍼날러!" 하곤 그의 존재를 곧잘 잊어먹었다. 대영이는 스님 옷자락만 보이면 깜짝 놀라 슬금슬금 사라져 구석진 곳에 가서 몰래 스님의 동정을 살피기도 했다. 그러다가 자기를 찾는 것이 아님을 확인하면 안심하고 또 멍청히 앉아 있는 것이었다. 분명 대영이의 얼굴에 스님을 무서워하는 낯빛이 역력했다.

스님은 이상하리만치 대영이를 혼내는 것이 잦아졌다. 그것이 언제부터였는지는 모른다. 정수가 나에게 스님과 대영이 얘기를 해줄 때에도 스님이 변한 것 같다며 잘 지켜보라고 말한 것으로 보아, 내가 여기 들어오기 이전부터 사람들은 그 느낌을 받고 있었음에 틀림이 없었다.

스님은 대영이가 세수를 안 한다고 회초리를 들고 나섰다. 대영이는 어찌된 영문인지 세수하는 것을 무척 싫어했다. 땟국물로 얼굴을 물들이고 있어도 막무가내였다. 고집이 어떻게 센지 스님이 회초리로 사정없이 후려치고, 대영이의 귀를 잡고 계곡으로 끌어들일 때에야 마지못해 세수하러 들어가곤 했다.

뿐만이 아니다. 용왕담에 던져 넣은 북어는 제때 건져 올려야 한다. 그냥 놔두면 물속에서 썩기 때문이다. 그 일을 대영이가 맡고 있었는데, 가끔 그 일을 안 하고 넘어가는 경우가 있었다. 그러면 스님은 노발대발하며 대영이를 찾아내서는 작대기를 집어 들고 마구 두들겨 패기까지 했다. 또 마당 쓰는 일이며, 법당에 정화수 제때 갈아주는 일, 쓰레기 태우는 일, 그리고 산 아래 신도들의 짐을 지어 나르는 일 등, 대영이가 해야 하는 일들을 제대로 하지 못하고 있으면 여지없이 스님의 매서운 매가 날아들었다. 대영이는 그 일들을 이상하리만치 종종 잊어먹었다. 넋을 잃고 앉아 있는 경우도 있었지만, 일부러 안 하려고 고집을 피우는 경우도 있었다. 그러면 스님은 꾀를 부린다고 혼낼 때마다 면박을 주곤 했다.

그러다 보니 다른 사람들도 대영이를 영 바보 취급하면서, 스님과 더불어 영락없이 무시하는 태도를 취하는 것을 당연한 것처럼 여겼다. 그렇다고 집단적 가학심리가 작용하는 것은 아니었으며, 악의가 있는 것도 아닌 것 같았다. 자기보다 못한 사람에 대한 무의식적인 무시, 아마 그런 걸 거라고 생각했다. 어쨌든 그들은 대영이의 작은 이상한 행동에도 마치 입버릇처럼 타박을 주며, 바보 천치임을 환기시키곤 했다. 또한 스님이 대영이를 혼내는 것에 대해서는 대영이가 잘못해서 매 맞는 것으로, 바보인 대영이를 온전한 사람으로 만들려는 스님의 당연한 권리쯤으로 인정해주고 있다는 점이다.

이상한 것은 스님이나 다른 사람들도 그 여 선생님이 절에 머무는 동안만은 대영이를 그처럼 구박하지 않고 있다는 것을 한참 후에 알았다. 무슨 일 때문에 그러는지는 몰라도 그 선생님은 꼭 삼사 일씩은 외출을 했다 돌아오곤 했는데, 공교롭게도 대영이를 구박하는 것이 절을 비울 때 집중되어 있다는 것을 알았다. 선생님이 절에 머무르고 있을 때는 그녀의 안색을 살피며 조심했다. 그 여자가 외출했다 돌아올 때는 대영이의 얼굴이 금방 밝아졌다. 마당에 앉아 있다가도 멀리 그 여자가 올라오고 있는 것을 보면, '선상니임' 하며 언제 시무룩하게 앉아 있었냐 싶게 공이 튀어 오르듯 벌떡 일어나 기우뚱 기우뚱 뛰어갔다. 제법 짐도 받아들 줄 알고, 뒤따라 들어오는 발걸음이 여간 가벼워 보이지 않았다. 대영의 역성을 들어주는 사람은 여선생님 밖에 없었다. 그렇게 잘 따르던 스님은 이제 무서워서 슬슬 피하기만 할뿐이었다.

김 씨 아저씨가 아침부터 승용차의 먼지를 털고 나갈 채비를 하고 있었다. 공주에 나가나 보다 하고 나는 물끄러미 바라만 보고 있었다. 정수가 지팡이를 짚고 서성거리며 김 씨 아저씨가 자동차 청소하는 것을 거들고 있었다.

이 절에 들어 온 지 벌써 한 달여가 가까워오고 있었으니 나갈 때가 거의 다 되어간다 싶었다. 아내에게 건성으로 약속한 것도 한 달이었다. 다른 사람들도 하나둘 절을 떠나고 있었다.

물끄러미 쳐다보고 있는 내게 정수가 웃으며 다가왔다.

"준혁 씨, 뭘 그리 넋 놓고 쳐다보고 있슈? 나하고 같이 공주에나 갔다 오자구유. 맨날 그렇게 절 구석에만 처박혀 있으믄 답답하지두 않어유? 도 닦는 것두 아니믄서. 불알에 곰팡이 슬건네, 흐흐…… 나 침 맞으러 가는디, 같이 갑시다. 스님 차 얻어 타고 갔다가 공주 바람도 쐬고 이따 저녁 땀에 들어오자니께."

정수와 난 무척 친근해졌다. 정수는 내게 말을 놓는 것도 아니면서 그렇다고 어려워하는 눈치도 아니었다. 곰살맞게 말하는 품이 적당히 놓기도 하면서 또 적당히 예를 취하기도 했다.

"침이요? 침도 맞는가 보지."

"그 있슈. 공주에 와 있다고 연락이 와서…… 한 번 맞어보긴 허는디……."

"어쨌든 같이 가봅시다. 나도 심심하던 참인데 잘 됐지 뭐."

스님은 우리 일행을 공주 시내 중앙극장 앞 사거리에 내려주고 시장에 들른다며 사라졌다. 그리고 분명 비디오 가게에도 들를 것이다.

정수는 뒷골목으로 나를 데리고 한참을 돌아 들어갔다. 골목을 돌아 들어가서 그렇게 느꼈지 그렇게 먼 곳은 아니었다. 삼 층 양옥으로 된 아담한 여관이었다. 나는 무슨 한의원 같은 것을 예상하고 따라 왔는데, 여관문을 삐걱 열고 들어서는 것이 아닌가. 의외였다. 호기심 어린 눈초리로 그의 뒤를 따랐지만 왠지 찜찜했다. 절에 있으면서 경험한 바지만, 그들은 대개 어떤 초월적인(나는 미신이라고 믿고 있지만) 경험을 한 뒤로부터는 제도권의 의사나 치료 행위들을 불신했다. 대신에 음성적인 길을 통해 얻은 정보를 무엇보다 신뢰하는 경향이 있었다. 그도 역시 그랬다. 분명 지금 찾아가는 침쟁이도 그런 사람 중에 하나 일거라는 확신이 들었다.

그가 말하는 침쟁이의 방은 삼 층에 있었다. 한쪽에 이불이 가지런히 개켜져 있었고, 아무런 장식이나 알림표지판 하나 없는 그냥 평범

한 여관방 그대로였다. 낡은 농짝 옆에는 먹다 남은 소주병과 찢다만 오징어가 하얀 스테인리스 쟁반에 그냥 아무렇게나 담겨져 구르고 있었다. 방 안에 들어섰지만 침쟁이는 보이지 않았다.

"어디 나가셨나? 거사님! 무애 거사님 안 계시우?"

방 안을 휘 둘러보더니, 어디 잠깐 나가셨나 보다며, 앉아서 기다리자고 했다. 안 그래도 궁금해서 엉덩이를 주질러 앉고 있는 중이었다. 무애 거사! 이름 한번 그럴듯했다.

"아는 사람인가 보네요?"

"잘은 모르고, 사람들이 용하다고 하데유. 여기저기 돌아다니매 침도 놓고, 전국 안 돌아다닌 곳이 없다고 하더만…… 한번 만나봐유, 재미있는 양반이라니께. 전에 나두 두어 번 침을 맞었쥬. 그래서 알고 있었는디, 어제 저녁에 연락이 와서…… 침 한번 맞으러 나오라구……."

정수가 기다리기 지루했던지, 아니면 나를 일없이 기다리게 한 것이 미안하다고 생각했던지 여관주인에게 물어보고 온다며 내려갔다. 다시 올라온 정수는 여관주인도 모른다고 한다면서 방바닥에 다시 주저앉았다. 바로 그때 무애 거사라는 사람이 헐레벌떡 방으로 들어섰다.

"많이 기다렸나? 급한 환자가 생기따고 해서 거기 갔다오니라고 늦어삐릿다."

경상도 사투리를 쓰고 있었다. 그는 들어오자마자 잠깐 기다리라며, 낯선 사람이 있거나 말거나 개의치 않고 옷을 훌렁훌렁 벗더니 욕실로 들어갔다.

잿빛 두루마기 차림에 역시 머리를 박박 깎았다. 깎은 지 오래 됐는지 머리가 삐죽삐죽 자랐는데, 흰머리가 듬성듬성 많은 것으로 보아 나이는 족히 육십은 넘어 보였다. 의외였던 것이 팔뚝에는 하트 모양이, 어깨에는 용 문신이 선명하게 새겨져 있었다는 점이었다. 그 렁그렁한 목소리에 체구도 나이에 비해 건장했다.

사람 대하는 것도 술렁술렁 거침이 없었다. 팬티바람으로 욕실에서 나온 그는, 하얀 모시조끼로 갈아입고 좌정한 다음에야 내 존재를 알았다는 듯이,

"손님이 왔었구만, 그래 친군가? 아니모……."

"아니유, 절에서 대학원 갈 준비하고 있는……."

"그려! 좀 고생하겠수다."

나를 쳐다보지도 않고 퉁명스럽게 내뱉고는,

"자, 옷 벗고 엎드려 봐."

무엇에라도 쫓기는 사람처럼 정수에게 채근하듯 말했다. 그리고 그는 어디 아프냐고 물어보지도 않고 침통을 꺼내 머리에서부터 엉덩이 끝까지 침을 꽂았다.

"그나저나 거사님은 언제 공줄 떠난데유? 요새 허리가 더 뻣뻣혀 진 거 같아서 한 번 더 맞어야 할 것 같은디……."

"허, 이 사람! 내가 언제 기약하고 다니는 거 봤노 말이다. 내일도

좋고, 모레도 좋고, 일 없으모 그때가 떠날 날이지. 아무 때구 다시 오라마. 안 그렇나 젊은 친구!"

"예에! 아, 예 그렇습죠."

갑자기 나를 돌아보며 확인이라도 하듯 묻기에 깜짝 놀라 얼버무려 대답하고 말았다. 무엇이 그렇다는 것인지도 모르면서.

그는 침을 놓고 있는 사이, 먹다 남은 소주병을 들어 마시려다 말고 나를 힐끗 쳐다보더니, 소주 한잔 하지 않겠느냐고, 물었다. 내가 주저하고 있는 사이 그는 내 의사와는 아랑곳없이 벌써 한 잔 그득히 따라 잔을 넘겼다. 엉겁결에 소주잔을 받아들고 난처해하고 있는 나를 보고 책망하듯 말했다. 마치 오랜 후배 다루듯 말이다.

"뭐 하고 있노, 죽 들이켜고 나 한 잔 주지 않구서리……."

나는 명령에 따르는 로봇처럼 얼떨떨하게 잔을 받아들어 대낮에 난데없는 소주잔을 들이켜고서 침쟁이에게 잔을 내밀었다. 그는 내가 건네준 잔을 맛있게 입안에 털어 넣었다. 그러더니 엎드려 있는 정수의 살짝 까놓은 날 궁둥이를 철썩, 두드리고는 호기스럽게 말했다.

"걱정 마래이! 내 자네 허리 씻은 듯이 낫게 해줄 테니까. 가스나 몇 명이라도 품을 수 있을 테니 두고보라고 마."

"아, 거사님두, 맨날 그런 소리 그만두고 은제 침 **빼줄거유?** 아퍼 죽겠구만."

"그려! 성질이 와 이리 급하노. 지금 **빼고** 있잖은가 말이다. 조금만 기다리래이, 이 요사럴 놈아!"

벌써 이마에는 땀이 송골송골 맺혀 있었다. 침을 다 맞고 난 정수가 허리를 움직여본다. 옷을 추슬러 여미고 무애 거사를 돌아보았다.

"좀 부드러워진 것두 같은디요. 나두 한 잔 주씨우, 거사님!"

예정에도 없는 술판이 벌어질 판이다.

"그래! 가만있자. 술이 있긴 있었는데……."

무애 거사는 어디에 술이 있는지 생각하는 듯 잠시 멈칫거리다가 옷장에서 술 한 병을 꺼내왔다.

"저어, 그런데 그 문신은?"

나는 조심스레 눈으로 문신을 가리키며 궁금해했다. 술을 따르다 말고 내 눈길과 마주쳤다. 역시 거침이 없었다.

"그래, 이 문신이 궁금했나 보구만. 마 이 문신으로 말할 것 같으모, 얘기하자문 좀 길지. 자유당 때지 아마. 공부한 사람들은 거, 뭐라카드라. 육이오 때 부산에 피난와개지고 이승만 정권이 정권 연장할락 할 때 말이다."

"부산 정치파동 때 말씀이신가요?"

내가 의외의 말로 자기 공치사하는데 맞장구를 쳐주자, 어떻게 알았냐는 듯 놀란 표정을 지으며,

"맞다, 맞어. 내 기때는 잘 나가삐릿는데 말이다. 야당 국회의원놈들 뺑 둘러싸고 꼼짝 못하게 해삐렀지. 설설 기드만. 내 기때 새겨넣은거라 마."

그러면서도 그의 눈가에 얼핏 어둠의 그림자 같은 것이 스쳐 지나

갔다. 눈가의 잔주름이 세월을 느끼게 해주었다. 그는 묻지도 않는 말을 계속해서 이어 나갔다. 그의 말에 의하면 그는 자유당 때 정치깡패 노릇을 했던 것이다. 그때는 아무것도 모르는 새끼깡패로 두목이 시키는 대로 폭력을 휘둘렀다고 했다. 호기롭게 그 당시 무용담을 한참 늘어놓다가 풀이 죽더니만, 5·16 때 정치깡패 일제 소탕령이 내려져 산으로 도망쳤다고 했다. 그때 어떤 스님으로부터 침놓는 법을 배워 세상을 떠돌기 시작한 것이 오늘에 이르렀다고 한숨을 내쉬었다.

그는 벌써 술이 불콰해져서 더 이상 술을 권해서는 안 되겠다 싶어 정수에게 눈짓을 보냈다. 정수도 알았다는 눈짓을 해보이며 일어날 채비를 했다.

"아니, 와 일어날락 카노? 나랑 더 마시자. 술이 모잘락카몬 더 사오믄 될거 아이가."

"아닙니다. 시간도 많이 됐고, 일찍 들어가 봐야지요. 스님도 걱정하구……."

"스님! 까짓거, 내 전화해주꾸마."

전화하려고 주춤주춤 일어나려는 그를 억지로 주저앉히고 여관을 나왔다.

뭔가 씁쓸했다. 그의 눈가에 접혀진 잔주름의 세월도 그렇고, 그를 그렇게 살아오게 만든 세상도 그렇고, 살아온 얘기를 듣고 있는 우리들 인생도 살아갈 날이 만만치 않음을. 뭔가 매듭을 지어놓고 오지 않은 것처럼 미진하고 섭섭한 마음이 내내 떠나질 않았다.

우리는 공주 시장을 한 바퀴 둘러보고, 경천리의 허름한 시골 이발소에서 머리를 깎고 들어오는 길이었다. 저녁식사 시간까지는 아직 여유가 있었다. 우리는 하드 하나씩을 사들고 신원사 담을 돌아 K 암자로 오르고 있었다. 매미소리가 온 산을 떠나보낼 듯했다. 나는 쉬어가자며 길옆 그늘진 곳, 바위에 걸터앉았다. 그러고 보니 내가 여길 처음 찾아올 때 정수가 나를 기다리며 서 있던 그 어름이었다.

"아까 그 사람 사는 기, 어티기 보문 부럽기두 허구, 어티기 보문 불쌍하기두 허구, 참!"

"정수 씨도 그렇게 느꼈어? 그것이 다 우리네 인생살이 양면성 아녀? 가정 이루고 평범하게 살 때는 맨날 똑같은 날이 따분하고 지겹구 해설랑 바람같이 떠돌며 마음껏 살고 싶은 욕망도 굴뚝같지. 그런데 막상 저런 사람 만나 얘기하다 보면 또 그게 아닌 거라. 알다가도 모를 일이지. 사람 마음이 참 간사해."

"그런가벼. 사람 마음이 참 요상타니께. 요새 스님 맘 쓰는 거 보믄 알 수가 읎어. 대영이헌티 왜 그러코롬 쌀쌀맞게 해쌓는지 말여."

엉뚱하게 말이 돌아 들어갔다. 그렇지 않아도 대영이 문제와 관련해서 궁금한 것이 있었던 차에 잘됐다 싶었다.

"정수 씨, 스님이 옛날에는 안 그랬다면서요? 스님이 이상하다고 생각지 않아요? 그렇지 않아도 저번 날에 정수 씨가 잘 지켜보라고 하던 말이 생각나서 물어보려던 참인데……."

"형씨두 지켜봐서 알겠지만 그게 선생님하구 관련 있슈. 내가 추측 컨대는 아마 그때 이후로다 그랬을규. 그때는 잘 몰랐는디 지나구 나서 생각해보니께 그렇다는 거쥬. 형씨가 절에 들어오기두 훨씬 전이니께 좀 오래 됐쥬."

"……."

잠시 뜸을 들이다 천천히 말을 이어갔다.

"별것두 아닌 일인디 선생님하구 말다툼이 벌어졌슈. 대영이가 용왕담 북어를 건져올리잖유. 근디 대영이가 잊어먹었는지 아니문 꾀를 부린 건지 알순 없지만서두, 그 일을 며칠 하지 않았나보더라구유. 그래서 스님이 대영이를 잡어다 놓구 노발대발 했쥬. 이놈의 자식, 그 일도 하기 싫으면 밥도 먹지 마라는 둥 하며 잘하지 않던 욕까지 그땐 하더라구유. 잘 기억은 안 나는디 아마 바보천치니 등신이니 했을규. 막대기를 들고 설쳐대니 대영이가 겁이 나서 두 손을 머리 위로 쳐들고 싹싹 빌고 있잖유. 그것두 벌벌 떨믄서. 선생님이 그걸 보더니 대뜸 대영이 손을 낚아채고는, 얘가 뭘 알어서 그렇게 욕을 해대며 때리느냐, 스님이 어쩜 그럴 수 있느냐, 뭐 이런 식으로 아랫사람 나무라듯 했지 않겠슈. 그러자 스님 얼굴이 갑자기 붉으락푸르락 해지면서 들고 있던 막대기를 있는 힘껏 내팽개치고는 퉤, 침을 뱉더니만 휭하니 방으로 들어가버렸쥬. 선생님두 갑작스런 스님의 행동에 무안했던지 벙찌는 것 같더라구유. 스님이 들어간 방문을 한참 동안이나 넋놓고 쳐다보구 있더라니께유."

"그럼 그런 일이 있고부터……."

"생각해보슈. 우리 스님 성깔이 어떤가. 다른 사람들 꼼짝두 못혀유. 스님 말이라믄 우리 절이서는 살아 있는 법이유. 찍소리 못하잖유. 옛날 망월사 있을 때꺼정은 맘이 그리키 착혔다는디, 여그 내려와서 절두 짓구 혼자 호령하며 살다 보니께 자기두 모르는 권위가 생겼나뷰."

나름대로의 해석을 붙여 스님의 행동거지를 말하는 정수의 표정이 조심스러웠다. 그렇게 말하는 것이 주위에 새나갈까 두려웠던지 주위를 둘러보고는 아무도 없음을 확인하고 다시 나를 쳐다봤다. 나도 덩달아 두리번거리며 주위를 둘러봤지만 다행히 지나다니는 사람은 없었다. 가끔 계곡 바람에 솔가지만이 조금 흔들리고 있었다.

다시 정수는 자세를 가다듬고 말을 이었다. 그는 궁금해죽겠다는 표정의 나를 보면서 스스로 묻고는 자기 스스로 답했다.

"참, 절 지을 때 그 선생님 시줏돈이 결정적 역할을 혔다는 거 알쥬? 퇴직금 전부 바쳤다니께 말 다혔쥬. 그래서 그런진 몰라도, 우리 절이서 그래도 대접받는 이는 그분 한 분 뿐이유. 스님두 어려워한다니께유. 어쨌든 그만큼 젊은 나이에 절 하나 갖는다는 기 그렇게 쉬운 일은 아니잖유. 우리 스님이 조그만 왕국 하나 건설한 거나 매일반이쥬. 저번에 피서객이 절에 들어왔다구 그러는 거 봤쥬? 무당덜은 어떻구…… 가차 없슈, 스님에게 덤비는 건 누구랄 것 없이…… 그런디 선생님이 거그다 대들었으니 자존심이 무척 상혔나 어쨌나, 그다음부터는 스님 맘이 영 뒤틀려 나오더라구유. 그게 아마도 대영이헌티 화가 미치는 건 아닌가 싶기도 허구. 이건 순전히 내 추측이유. 선생님헌티는 차마 할 수 없으니께 그러는 건 아닌가 하는 거쥬. 형씨두 봤쥬? 선생님이 있을 때는 그렇지 않다가 없으믄 심해지는 거. 그게 다 그런 거 아니겠슈?"

정수는 말이 끝날 때마다 세상이 다 그런 것인데 어쩔 것이냐는 투로 체념하듯 푹, 푹, 한숨을 내쉬고는 걸어 올라온 긴 숲길 저 아래를 내려다보았다.

"이런 산속에도 그런, 가슴 아픈 일이 싹트고 있었군요. 대충 짐작은 했는데……."

"사람 맘은 그래 알 수 없다니께요. 대영이 그놈만 불쌍하지. 아무 것도 모르고 매 맞고 있는 꼴이라니. 그놈, 사람 정을 얼마나 목말라 하는지 모르쥬? 조금만 잘 해주믄 막 엉겨붙는다니께요. 선생님이 외출 나갈 때믄 꼭 따라 내려가서 떨어지지 않을라구 그류. 그때마다 자길 버리구 어디 멀리 떠나는 중 아나뷰."

시간 가는 줄 모르고 얘기하다 땅거미가 지고 있다는 사실을 문득 깨달았다. 그는 시계를 쳐다보더니 그만 일어나자고 했다. 신원사에서 저녁 예불시간을 알리는 종소리가 은은히 울려 퍼지고 있었다.

6

산속은 찬바람이 좀 일찍 오는가 보았다. 그렇게 무덥던 여름 날씨가 부지불식간에 쑥, 들어가고 아침저녁으로 선선한 바람이 살갗을 움츠러들게 하고 있었다. 같이 지냈던 사람들도 대부분 절을 떠났다. 얘기 할 사람이 정수 씨 밖에 남아 있지 않았다. 아, 아니다. 심심하면 나타나 놀고 가는 젊은 땡중(나의 생각이 그렇다는 얘기다.)이 있었다. 그는 여기 어딘가 바위굴에서 수도하고 있다고 했다.

옆방의 여선생님은 또 외출을 했다. 방문에 열쇠가 채워져 있는 것으로 보아 그랬다.

대영이는 또 선생님을 배웅하고 올라왔는지 마당 한 구석에 시무룩하니 앉아 있었다. 고추잠자리가 대영이의 머리에 앉았다. 손을 휘둘러 쫓아내고는 아무 일 없었다는 듯 또 하늘을 쳐다본다. 여름 막바지 앞마당 높은 곳에는 어디서 그렇게 많이 날아왔는지 고추잠자리가 가득 맴을 돌고 있었다. 가만히 보고만 있던 대영이가 엉거주춤 일어나 살금살금 옆에 앉아 있는 고추잠자리에게 다가갔다. 잡으려고 다가가지만 잡혀줄리 없는 고추잠자리, 사르르 날아가 다른 자리에 앉았다. 또 살금살금 발짝을 떼는 대영이. 한낮의 뙤약볕이 내리쬐고 하늘은 짙푸르렀다.

"뭘 그렇게 열심히 쳐다보구 있수?"

언제 다가왔는지 그 젊은 땡중이 대영이의 하는 양을 물끄러미 쳐다보고 있는 내게 물었다. 나는 아무 말 없이 눈으로 대영이를 가리켰다.

"허허, 선경仙景이로구. 꼭 동자승 같네."

내가 왜 그 생각을 못했을까? 그 말에 나는 만족해하며 땡중에게 미소를 보냈다. 고추잠자리를 좇는 대영이의 모습이 꼭 그랬다.

"쯧쯧, 그나저나 저놈 팔자가 어떻게 될는지 원, 걱정이다 걱정…… 언제까지 여그서 살 수 있을랑가 모르겠다."

혀를 끌끌 차며 애처롭다는 듯 땡중은 내 얼굴을 쳐다봤다. 이 땡중은 무슨 사람의 운명을 예언하듯 하고는 내 동의를 구하듯 말하는 것이다. 그러나 이미 그의 행동거지로 봐서 고승들이나 가질 수 있는 지혜나 예지능력이라고는 어림도 없다고 생각한 나는 그렇게 말하는 땡중이 가소롭게 보였다. 속으로 코웃음을 치며 새삼스레 땡중을 바라보았다. 그는 바랑을 메고 어디 떠날 채비를 하고 있는 것 같았다. 승복도 깨끗이 갈아입고.

"형씨는 언제까지 있을 작정이슈? 난 오늘 떠나려고 하는데."

"저도 곧 떠나야죠. 근데 스님은 어디로 가십니까?"

내 물음에 땡중은 초탈한 듯한 표정을 지어보이며,

"허, 목적지가 따로 있습니까? 어디, 발 가는 대로 가봐야죠. 이번에는 전라도로 가볼 작정이요."

나는 배웅하기 위해 그를 따라 나섰다. 그는 산길을 내려가다 말고 돌아서서 손을 흔들며 큰 소리로 말한다.

"좋은 글 많이 쓰슈. 내 얘기도 좀 쓰고……."

내가 글을 쓰고 있다는 말을 듣고 하는 말이다.

그는 요란스럽게 이 절에 들어왔다. 아니 들어왔다기보다 우리 주위를 배회하고 있었다는 표현이 더 정확할 것이다. 그는 여름 내내 주변 어딘가 바위굴에 거처를 마련하고 수도하고 있다고 했다.

피서객이 극성을 부리고 있을 때였다. 왁자지껄해 나가보니 검은 승복을 입은 젊은 스님 한 사람이 사람들에 둘러싸여 있었다. 입술이 찢어져 피가 흐르고, 승복은 흙투성이가 되어 있었다.

"저걸 어째, 저걸 어째……."

절에 다니러 왔던 여신도들은 저걸 어째, 소리만 연발하고 있고, 공양주 보살이 약을 가지러 가느니 마느니, 또 어떤 사람은 약으론 안 되고 병원에 가서 꿰매야 한다는 등 수선을 피우고 있는 중이었다. 결국 스님 차로 병원에 가기로 했다.

"아이고 망신스러워. 수도한다는 놈이 무슨 쌈 지랄을 하고 다녀, 쌈 지랄이. 빨리 타!"

스님의 타박하는 말에 젊은 땡중이 뭔가 변명을 하려 하자 억박지르듯 차에 태우고 만다.

"잔말 말고 빨리 타기나 혀! 쌈질이나 하고 다니는 주제에 뭔 할 말이 그렇게 많어, 할 말이."

나이는 아마도 삼십 대 후반이나 사십 대 초반쯤, 그것도 정확하지는 않다. 스님네는 나이를 측정하기가 여간 어려운 것이 아니다. 머리에는 흉터가 살짝 보였고, 깎아놓은 두상이 그렇게 못 생겨 보일 수가 없었다. 뒷머리가 불쑥 튀어나온 짱구머리였다.

저녁 때 그는 퉁퉁 부은 입술로 우리가 있는 평상에 다가와 앉았다. 퉁퉁 부은 입술을 보고 있자니 웃음이 나와서 배길 수가 없었다. 그도 계면쩍은 듯, 뒷머리를 긁적이며 웃었다.

"아, 더러운 놈의 새끼들. 이렇게 묵사발로 해놓을 게 뭐람. 밥도 못 먹고 죽겠네. 아, 여기 올라오고 있는데, 술 취한 두 놈이 비틀거리며 길을 막고 있더라구. 내가 그런 거 보면 못 참는 성미거든. 이거 보슈, 여긴 수도 도량인데 이래서야 되겠수, 하고 점잖게 타일렀더니 위아래로 훑어보는 거야. 그러면서 하는 말이, 중놈이 말이 많네, 이 신원사가 네놈 거냐, 네놈 거야! 하면서 삿대질까지 해대잖아. 그 꼴 보고 내가 참고 있었어! 냅다 발길질을 해댔지. 한 놈이 벌렁 나가떨어지데. 그때까진 좋았는데…… 그런데 이 두 놈이 날 붙잡고 패는데 못 당하겠더라구. 죽는 줄 알았네. 나두 싸움이라면 이골이 난 놈인데…… 에이 재수 없어."

그는 우리 스님과는 어울리지 않았다. 나이도 그러려니와 우리 스님은 그 젊은 땡중을 일정하게 무시하고 있는 것 같았다. 어쨌든 그는 우리와 어울려 지냈다. 그는 곧잘 토굴생활하며 수도하는 것을 자랑스레 떠벌리는 것을 좋아했다. 전국을 돌아다니며 안 가본 곳이 없다는 그는, 태백산 어디쯤에 수십 미터나 되는 굴이 있는데 거기서 몇 날 며칠을 천장에서 똑똑, 떨어지는 낙숫물만 먹고 견뎠다든지, 지리산 어딘가에 긴 토굴을 파놓고 스님들이 수십 명 기거하고 있는데 거기서 수도하고 왔다든지 하는 류의 자랑이었다. 그러면서 그는 은근히 자기가 도력이 높은 스님임을 과시하는 듯했다.

그러나 우리들은 그의 말을 진지하게 듣는 척하면서도, 행동이나 말하는 품으로 보아 그가 그렇게 열심히 수행정진한 사람이라고 믿는 사람은 아무도 없었다. 우리끼리는 그를 말끝마다 땡중이라고 불렀다.

하지만 그는 재미있는 사람이었다. 무슨 일을 벌일 때면 항상 그를 끼워주곤 했다. 우리가 그를 끼워줬다기보다 어쩌면 그런 일을 벌일 때마다 냄새를 맡고 귀신같이 찾아왔는지 모를 일이었다. 족구시합을 한다든지, 또 제상 음식 훔쳐 먹을 때도 마찬가지다. 그날도 집 뒷구석에서 몰래 훔쳐온 돼지머리를 썰고 있는데 땡중이 찾아왔다. 그는 서슴없이 머리고기를 집어 들어 씹어 먹었다. 우리는 짐짓 눈이 휘둥그레져, 스님이 고기도 먹느냐, 고 놀란 표정을 지었다.

"고기 먹고 안 먹고는 아무런 문제가 될 수 없어. 먹으라고 해 논걸 왜 안 먹나? 살생하는 마음이 문젠 거지. 세상 이치는 다 마음속에 있는 법이여! 괜히 되지도 않는 규칙 지켜가며 쫄쫄 굶고 있는 거, 그거 이 땡중들이나 하는 짓이지."

땡중이라는 소리에 우리는 모두 낄낄거리고 웃었다. 이렇듯 땡중은 행동에 거침이 없었다. 진짜 땡중인지 아니면 깨달음을 얻은 도력

높은 진짜 중인지는 알 수 없었다.

어쨌든 나는 언제부턴가 대영이를 연민의 눈으로 바라보게 되었
다. 대영이가 나를 바라보며 웃음 지을 때는 나도 바보처럼 웃어 보
이고, 용왕담의 북어를 건져 올릴 때는 대영이와 장난을 치며 함께
북어를 건졌다. 저녁 예불시간에는 절을 하는 대영이 옆에서 같이 절
을 하며 그를 지켜보는 것도 작은 즐거움이자 감동이었다. 그는 자기
만의 언어로 매번 간절히 기도를 올리곤 했다. 단 한 번도 건성으로
예불을 드리는 모습은 볼 수 없었다.

그런데 선생님이 외출한 다음날 일이 벌어졌다. 또 대영이가 작대
기로 두드려 맞고 있었던 것이다. 스님이 성질을 이기지 못하고 대영
이를 마구 패고 있는 중이었다. 대영이는 아무런 반항도 하지 못하고
거의 실신지경이었다. 천도재를 지내려고 제사 음식을 법당에 차려
놓았는데, 그것을 훔쳐 먹었다는 것이 이유였다. 무조건 잘못했다며
숨넘어가는 소리를 내는 대영이의 목소리는 마치 몽둥이로 맞고 있
는 소의 울음소리 같았다.

나는 어찌해야 할지 몰라 발을 동동 굴렀다. 절의 손님인 내가 가
로막고 나서야 할지 말아야 할지 얼른 판단이 서지 않았고, 또 내가
나섰다가는 불같은 성질의 스님을 더 날뛰게 하는 건 아닌지 생각되
기도 했지만, 실은 용기가 나지 않았다는 것이 더 솔직한 표현일지
모른다. 어찌됐든 다른 사람들은 여전히 모르는 체 구경만 하고 있었

다. 그러나 만약 저대로 그냥 놔뒀다가는 대영이가 어찌될지 모른다는 생각이 문득 들었다. 나도 모르게 스님 앞으로 다가섰다. 하지만 스님은 누가 접근하는지조차 아랑곳하지 않았다. 눈에 불을 켜고 마구 작대기를 휘둘러 댔다. 스님의 눈이 번쩍 하는가 싶더니 매질을 막으려 손을 뻗친 내 팔에 묵직한 것이 와 닿는 느낌을 받았다. 예상대로였다. 스님은 내가 아니더라도 누구든 가로막고 나서는 경우 더욱 기승을 부리리라는 것을. 나는 팔을 감싸 쥐고 무릎을 꿇었다. 작대기로 맞은 팔이 부러진 것 같이 아팠다. 팔을 흔들어보니 다행히 부러진 건 아니었다. 너무 화가 나서 스님을 순간 노려봤다. 스님도 움찔하며 잠시 뒤로 물러났다.

그때 외출 나갔다 막 마당에 들어선 선생님의 눈이 휘둥그레졌다. 헐레벌떡 뛰어가 작대기를 냅다 낚아챘다. 의외의 사태에 스님은 깜짝 놀라는 표정이었다. 선생님은 일을 일찍 마치고 서둘러 들어오는 길이었다. 한 이틀 더 딸네 집에서 머물 작정이었으나, 떠나올 때 대영이가 '어버, 어버' 하며 눈물짓던 것이 자꾸 눈에 밟혔기 때문이었다. 이놈이 요새 부쩍 눈물바람을 보이는 것이 마음이 놓이지 않았다. 얼른 가서 그놈 얼굴을 봐야 마음이 놓일 것 같았다. 그놈이 좋아하는 튀김도 사고, 특히 새우깡을 한 상자 사들었다.

대영이는 새우깡을 특히 좋아했다. 한 번은 서울에서 내려온 스님의 조카 여중생들이 새우깡 봉지를 들고 다녔는데, 그 애들을 졸졸 따라다니며 먹고 싶어 했다. 빤히 쳐다보고 있는 대영이에게 무슨 원

숭이에게 과자를 던져주듯 새우깡을 한두 개씩 던져주면 얼른 받아먹었다. 그렇게 약을 올리며 새우깡을 거의 다 먹어가자, 대영이가 침을 꿀꺽 삼키며 달려들어 새우깡 봉지를 낚아챘다. 다 먹어가는 새우깡이 너무 아쉬웠던 모양이었다. 그 애들은 질겁해서 소리치며 도망쳤지만, 그날도 대영이는 어김없이 스님의 회초리를 맞아야 했다.

맞아서 축 늘어진 대영이를 부여안고, "아이구 이놈 자식, 아이구 이놈 자식, 불쌍해서 어쩐다냐!"라며 실성한 사람처럼 소리쳤다. 그녀는 마치 자기 자식을 안고 있는 것처럼 대영이의 이마를 쓸어내리며 얼마간을 그렇게 마당에 철퍼덕 주저앉아 있었다. 눈에서는 슬픈 눈물이 하염없이 흘러 나왔다. 스님은 겸연쩍은지 슬그머니 자기 방으로 돌아가고, 구경하던 다른 사람들도 하나둘씩 자기 자리로 돌아갔다. 모두 어두운 표정들이었다.

그날 저녁 식사시간에 선생님이 내려오지 않았다. 스님은 아무 말이 없었다. 다른 때 같으면 식사하기 전에, "선생님, 진지 드시라고 해라"고 버릇처럼 뇌이던 말도 하지 않았다. 묵묵히 밥만 먹고 있었다. 누구도 감히 말을 꺼내지 못했다. 숟가락 소리만 딸그락거리고 있을 뿐이었다. 나도 스님의 눈길을 피하며 묵묵히 밥숟가락만 놀렸다. 나는 자격지심에 스님의 매서운 눈초리가 내 뒤통수에 와있는 것 같은 느낌을 어쩌지 못했다. 무거운 침묵이 흘렀다.

나는 싱숭생숭하니 잠을 못 이루고 있었다. 절집 분위기가 이전 같지 않고 뭔가 낯선 곳에 와있다는 느낌을 받았다. 그렇지 않아도 이제 나가야 할 때가 되었구나 생각하고 있던 참이었다. 더군다나 오늘 이런 일까지 있었으니 더 이상 엉덩이 붙이고 있을 자리는 아니라고 생각했다. 풍경소리만이 가끔 딸랑거리며 깊은 밤임을 깨우쳐 주고 있었다. 언제 잠이 들었는지 몰랐다. 한참을 뒤척인 후에야 잠이 들었다고 생각했다.

나는 잠결에 무슨 소리를 들었다 싶었다. 꿈인가 생각했다. 그러나 끊어질듯 간간이 다시 이어지고 있는 이 소리는 분명 꿈이 아니었다. 여자의 흐느낌 소리가 방문을 타고 들려오는 것이 아닌가! 나는 벌떡 일어나 귀를 세웠다. 옆방에서 들리는 소리였다. 나는 내 귀를 의심했다. 그럴 리가…… 나는 무엇엔가 홀린 사람처럼 가만히 일어나 방문을 열고 나왔다. 도둑고양이처럼 살그머니 선생님의 방문 앞으로 다가갔다. 얼마간을 망설이고 있었다. 내가 참견해도 되는 일인지 조심스러웠기 때문이었다.

"저어, 선생님, 괜찮으십니까? 무슨 일이라도……."

"…… ."

한순간 아무 기척이 없다가 안에서 부스럭거리는 소리가 들리더니 방문이 열렸다. 선생님이 수척한 얼굴을 내밀었다.

"젊은인가! 나 때문에 잠이 깼나보구먼. 괜찮다면 들어 올라나?"

나는 멈칫멈칫하며 그녀의 방으로 들어갔다. 아주 단출했다. 앉은 뱅이책상이 놓여 있고, 그 위에 몇 개의 책들과 불경이, 그리고 젊은 사람의 사진 한 장이 액자에 담겨 덩그마니 놓여 있었다. 쟁반에는 포트와 물컵이 놓여 있고 그 옆에 찻잔 세트가 있었다.

잠시 침묵이 어색했던지, 선생님은 헛기침을 두어 번 하고는 새삼 생각난 듯 내게 물었다. 무척 걱정스러워하는 목소리였다.

"참, 젊은이, 아까 작대기로 맞았던 것 같은데 괜찮은가? 어디 한 번 팔 좀 내밀어봐."

괜찮다는 말에도 아랑곳 않고 내 팔을 들추어본 그녀는 시퍼런 멍이 든 것을 보고는 마치 자신이 잘못해서 그런 것처럼 미안함을 감추지 못했다.

또 잠시 침묵이 흘렀다. 그러다가 한숨을 길게 내쉬며 나직이 혼잣말처럼 중얼거렸다.

"이제 여길 떠나야 할까보네. 내 죽을 때까지 의탁하고 살려 했지만…… 더 있다간 무슨 일이 일어날지도 모르겠고……."

그녀의 얼굴엔 절망 섞인 수심이 가득했다. 이윽고 감춰뒀던 얘기를 어렵게 꺼내듯 말을 이었다.

"내 얘기 좀 들어보려나?"

그러나 내 의사를 물어보기 위해 한 말은 아니었다.

"내가 스님을 만난 건 망월사였어."

"……."

잠시 생각하는 듯, 말이 끊겼다가 다시 이어졌다.

"저기 사진 보이지. 저 애가 내 아들이여. 대영이보다 더했지. 저놈이 글쎄 태어날 땐 몰랐는데 나중에 보니까 정신박약이라는겨. 쟤 아버지는 저놈 낳고 얼마나 속 썩이던지, 그여 바람나서 집을 나가버리고, 얼마 살지도 못했어. 저놈이 제 구실은 못하지, 보살펴줄 사람은 없지, 주변에서도 늘 바보라고 놀려대고…… 그렇다고 내가 다니던 학교도 그만 둘 수 없었어. 먹고 살아야 하니깐…… 그래서 할 수 없이 시설기관에다 맡기긴 했는데…… 그놈 보러 가기만 하면 가슴이 찢어지는 거여. 대영이처럼 울고불고 떨어지려고 해야 말이지. 그렇게 한 이십 년 살았나. 그러더니 어느 해부턴가 시름시름 앓더니 병이 나서 죽었어."

그녀는 명복이나 빌어보자고 망월사에 갔다고 했다. 그런데 거기에 대영이가 있었던 것이다. 그녀는 아들을 다시 보는 것 같았다고 했다. 그 이후로 자주 망월사에 드나들게 되었고, 대영이를 보살피던 스님도 알게 되었다. 그녀는 스님의 마음씨에 감동을 했다. 자기가 아들에게 못했던 사랑을 스님이 대신해서 대영이에게 쏟는다고 생각했다. 스님이 계룡산으로 내려왔을 때 그녀도 따라 내려왔다. 물론 대영이가 스님을 따라 내려왔을 때 말이다. 마침 정년퇴직할 때도 되었고, 스님이 변변한 암자도 없이 지내는 걸 보고는 선뜻 돈을 다 내놓고 죽을 때까지 대영이 지켜보며 살리라 결심했다고 했다.

"그런데 스님이 변했어. 이놈의 절 때문이여! 이놈의 절."

그녀는 '이놈의 절'이란 말을 힘주어 되뇌고 있었다. 회한의 슬픔인지 노여워하고 있는 것인지 모를 복잡한 표정으로 얼굴이 일그러지고, 눈에는 살짝 눈물이 고였다.

나는 다음 날 아침 일찍 일어나 스님에게 떠나야겠다고 말하고 대영이를 찾았다. 무슨 특별한 이유가 있어서라기보다 꼭 그래야만 할 것 같아서였다. 그의 얼굴을 보는 순간 나는 문득 대영이를 데리고 고왕암에 올라가보고 싶다는 생각을 했다. 가슴이 답답했기 때문이다. 언젠가 올라가 본 고왕암 마당에서 너른 들을 바라보고 싶었다. 탁 트인 전경으로 하여금 답답한 가슴을 조금이나마 위로 받고 싶었다.

고왕암은 비구니 한 분이 수도하고 있는 암자였다. 깎아지른 바위 절벽을 병풍처럼 두르고, 손바닥만 한 집터에 막내 동생처럼 동그마니 자리 잡고 앉아 있는 조그마한 절집이다. 그곳으로 올라가는 길은 가팔랐다. 숲으로 둘러싸여 마치 굴 속을 뚫고 올라가는 듯, 대낮에도 어두컴컴했다. 그러나 서너 평도 안 될 법한 마당에 올라서는 순간, 서편으로 탁 트여 넓게 펼쳐진 세상은 보는 사람으로 하여금 가슴을 울렁이게 했다. 대영이 손을 붙잡고 아무 말 없이 넓은 세상을 바라보았다. 영문을 모르는 대영이는 잡고 있는 손을 빼려 꼼지락거렸다. 내려오는 길에 대영이가 손을 잡아끌었다. 거기 다래나무가 있었다. 대영이는 다래 열매를 따서는 내게 내밀었다. 쑥스러운지 혀를 쑥, 빼물며 웃는다. 나도 같이 혀를 쑥, 빼물며 웃었다. 대영이는 고왕암에 자기를 데리고 온 것에 아주 만족한 듯했다. 아니면 어제 자기가 스님에게 맞을 때 막아준 것에 대해 고마워하는 것인지도 몰랐다.

점심을 먹고 짐을 챙겨들어 나서는데 대영이가 따라오고 있었다. 그냥 들어가라고 해도 막무가내였다. 들어올 때는 배낭 하나뿐이었는데 짐이 늘었다. 짐을 들어주겠다는 것이다. 못 이기는 체 놓아두었다. 차부 앞까지 내려와 손을 흔들었다. 먼지를 일으키며 버스가 떠날 때까지 그는 거기 한참을 서 있었다. 손을 흔들며 서 있던 그의 쓸쓸한 표정을 내내 잊을 수 없었다.

7

우리는 쌍계사에 들렀다가 논산에서 일 박을 했다. 약속한 대로 코가 삐뚤어지게 술을 마셨다. 오래간만에 맛보는 자유로운 기분이었다. 다음 날 먼저 관촉사를 들렀다가 윤증 선생 고택을 찾았다. 그리고 마지막으로 개태사를 들러 사진도 찍고 이것저것 취재를 하는 사이 시간이 훌쩍 흘러가 버렸다. 나는 조바심이 났다. 개태사 스님과 얘기를 나누고 있는 후배에게 헛기침을 하며 조바심을 쳤다. 그러다간 늦어서 계룡산에 못 갈지도 모른다는 신호였다. 여기까지 온 김에 꼭 들러야겠다는 생각이었다. 후배도 알았다며 눈짓을 했다.

저수지 에움길을 돌아 버스 종착지인 차부에 도착해보니 옛날 모습은 남아 있지 않았다. 벌써 십여 년이 흘렀으니, 옛날 그대로 남아 있기를 바란다는 것은 내 욕심이었다. 차부 앞은 모두 깨끗이 포장이 되었고, 차표를 팔던 허름한 가게는 커다란 슈퍼가 되어 있었다. 또한 음식점이며 토산품 가게들이 많이 늘었다. 여기도 다른 곳과 별반 다를 게 없이 변해가고 있었다.

　나는 마음이 바빠 일행을 재촉했다. 신원사 담을 돌아들었지만 거기 K 암자로 오르는 산길도 말끔하게 포장이 돼 있는 게 아닌가. 뭔가 불안한 마음을 억누를 길이 없었다. 다만 변하지 않은 것들이라곤 계곡의 물소리, 바위, 나무들뿐이었다.

　"형이 말하던 것들이 아니잖아! 하긴 요새 세상 하도 빨리 변해서 여기라고 변하지 않을 리 없지. 그래도 이런 곳들은 시멘트 문화가 들어오지 못하게 했으면 좋겠어. 형도 같이 돌아봐서 알겠지만, 흙길 남아 있는 곳은 어디 눈 씻고 찾아보려 해도 찾을 수 있어야지."

　내 마음을 꿰뚫어보기라도 하는 듯, 후배는 푸념 섞인 말을 늘어놓았다.

　서녘 하늘을 쳐다보던 바위 절벽은 예전 그대로였다. 잠시 절벽 위에 서서 탁 트인 서녘 풍경을 구경하다 발길을 다시 재촉했다. 조금 있으면 K 암자가 눈에 들어올 것이었다.

　경내로 들어서는데 뭔가 서먹했다. 건물들은 옛날 그대로인데 알 법한 사람이 보이지 않았다. 이상하다 생각하며 법당을 지나 용왕각 앞으로 갔을 때쯤 스님 한 분이 용왕각 뒤쪽에서 돌아 나오고 있었다. 나는 월명 스님인 줄 알고 얼른 다가가 합장을 하려는데 아니었다. 그는 나이 지긋한 중년의 스님이었다.

　"스님, 혹시 여기 월명 스님이라고……."

　"아, 그 스님을 찾아오신 게로군. 그러면 잘못 찾아오셨수. 벌써 한

오륙 년 전에 이 절을 인계하고 떠났지. 왜? 무슨 일 있수? 어디 적어 논 게 있긴 있는데, 필요하면 가르쳐 드리리다."

"아, 아뇨. 그러실 것까지는 없고…… 왜 이 절을 떠났는지 아십니까?"

"글쎄, 자세한 말은 안 해서 모르겠는데…… 어깨가 축 쳐진 게 힘이 하나도 없어 보이더라고. 뭐 정이 너무 깊어 세상 인연과 끊어야 한다나…… 혼자 중얼거리는데 당최 무슨 말인지 알 수 있어야지. 그러더니 저기 저 방문을 열고 한참을 들여다보고 있다가 한숨을 푹, 쉬고는 떠났어. 내 보기에 무슨 사연이 있었던 것만은 확실해."

바로 그 여선생님이 묵던 방을 가리켰다.

"저어, 그러면 여기 대영이라고…… 좀 모자라는 사람이 있었는데 아십니까?"

"대영이? 대영이라…… 글쎄, 잘 모르겠는데. 내가 이 절 인계 받을 때 그런 사람은 못 봤수. 그때 있던 사람들도 그 스님이 떠날 때 모두 떠났는걸."

나는 잔뜩 기대하고 왔다가 무슨 둔중한 것에 얻어맞은 사람처럼 머릿속이 텅, 비어 감을 느꼈다. 너무 허망했다. 터덜터덜 걸어 산 아래로 내려왔다. 아무 생각도 나지 않았다.

"형, 저기서 토종닭이나 한 마리 뜯고 갑시다."

"토종닭?"

나는 토종닭이라는 말에 얼핏 스치고 지나가는 게 있었다. '그래, 저기 가서 물어보자. 혹시 알지도 몰라' 나는 혼자 중얼거리며 앞서갔다.

그 집은 내가 절집에 잠깐 머물 때 사람들과 같이 몰래 산에서 내려와 토종닭 백숙과 막걸리판을 벌였던 집이었다. 그때는 그냥 마당에 평상을 펴놓고 뒤뜰에 놀고 있던 닭을 잡아 즉석에서 끓여주던 허름한 집이었다. 그러나 지금은 예전의 그 분위기가 아니었다. 집도 새로 짓고 마당엔 번듯한 원두막 같은 정자 두어 채가 자리 잡고 있었다.

"아주머니, 절 기억하시겠어요? 한 십여 년 전 여름에 여기 와서 토종닭 백숙도 먹고 놀았던…….."

"글씨, 본 것두 같고 아닌 것두 같고…… 십 년 전에 여그 와 살았슈?"

"예, 저기 K 암자에서요."

"글씨, 잘 모르겠네요. 뭘 드시겠슈?"

하긴, 시간이 그렇게 흘렀는데 알아볼 리가 없지.

"아주머니! 시키는 건 조금 있다 시킬 테니 여기 좀 앉아보세요."

아주머니는 별일이다 싶은지 고개를 갸우뚱하면서도 그대로 앉는다.

"혹시, 저 K 암자 소식 모르세요? 옛날에 그 월명 스님이라고…….."

"그 스님 발쎄 떠났잖유! 지두 자세한 내막은 잘 모류쥬. 근디 거 그 있었다니께 손님두 알겠구만유, 그 바보애 말유. 나가 여그서 그 애를 매일 보지 않았겠슈. 바로 얼추 십 년 전쯤 그땔규. 여름이 거지반 끝나갈 땐디, 그때부터 매일같이 나와서는, 저기 차부 보이쥬, 거 그 매일같이 앉아 있는규. 처음에는 징징 울면서 누군지 부르고 있드만유. 그란디 누군지 알겄슈, 말을 알아들을 수 있어야지…… 나중엔 울기두 지쳤는지 그냥 맹탕하니 앉아 있는규. 참, 불쌍하더라구유. 가끔 그, 지팡이 짚고 머리 빡빡 깎은 사람이, 스님은 아닌 것 같은디, 달래서는 데리고 올라가고, 올라가고 하드만유. 그란디 몇 달을 그러다 그 애가 어느 날부터 안 보이더라니께유. 그 앨 찾을려구 사방 돌아다니긴 하는 것 같더만, 죽었는지 살았는지 영 못찾았데유."

"저, 아주머니, 여기 물 좀 주슈."

다른 테이블에서 재촉하는 소리다.

"에그머니나, 내가 뭔 수다를 떨구있댜. 야, 조금만 기다리슈. 하여튼 그류. 그 일땜에 스님이 절을 떠났다는 말두 있긴 한디, 잘은 모르쥬……."

아주머니는 서둘러 부엌으로 들어갔다. 아주머니의 뒷모습을 물끄러미 쳐다보다 나는 무엇에 홀린 사람처럼 혼자 중얼거렸다.

"그날 밤 선생님이 떠나야겠다고 하더니만, 그게 그렇게……."

"형, 무슨 말이에요?"

"아니, 아무것도 아냐."

땅거미가 서서히 내려깔렸다.

그때 신원사에서 저녁 예불 시간을 알리는 종소리가 은은히 울려 퍼지고 있었다. 나도 모르게 두 손을 모아 합장을 했다. 후배는 내 하는 양을 보고 별일이다 싶었는지 눈을 동그랗게 떴지만 그도 이내 경건해졌다. 그해 여름이나 지금이나 종소리는 변하지 않고 울리고 있었다.

야생적 인간에의 향수

— 변경섭의 『눈사람도 사랑하네』에 관하여

방민호(서울대 국문과 교수, 문학평론가)

야생적 인간에의 향수

— 변경섭의 『눈사람도 사랑하네』에 관하여

방민호(서울대 국문과 교수, 문학평론가)

1

변경섭 씨의 창작집 『눈사람도 사랑하네』를 흥미있게 접했다. 이 창작집에는 한 권의 책으로는 좀 적다 싶은 수효의 작품들이 실려 있다. 모두 여섯 편이다. 표제작인 「눈사람도 사랑하네」를 위시한 단편소설이 다섯 편, 「지상의 종소리」라는 제목의 중편소설이 한 편. 이 창작집은 마치 할 말만, 쓸 수 있는 말만 하겠다는 듯 그 밖의 사정은 묻지 말라는 듯 시치미를 떼고 있다.

사실 필자는 이 작가를 만난 적이 있지만 사적인 이야기를 나누지 못했다. 그러나 한 편 한 편 읽어가노라면 이 창작집을 펴낸 작가의 초상이 조금씩 더 선명하게 나타난다.

아마 작가를 만나보지 못했다 해도 필자는 그가 오십 세를 조금 넘긴 사람이고 1980년대에서 1990년대로 이어진 시대에 학생운동 또는 사회운동에 관계했을 테고, 필시 시골 태생일 것이라고 추측할 수 있었을 것이다.

작품들은 때로 작가로부터 멀리 떨어져 있는 것처럼 보일 수도 있다. 한데 모아 놓으면 그런 의장들은 점차 뒤로 물러나고 작가의 맨 얼굴에 가까운 형상이 글에 나타난다. 여섯 편의 작품들은 각기 다양한 변주를 이루지만, 결국 작가의 특질을 가리키는 음향을 나타낸다.

예를 들어 첫 번째 수록작 「일출을 보러가다」에 나타나는 다음의 대조법을 눈여겨보아야 한다.

(가)

청량리역을 빠져나가는 기차 안에서 바라본 서울거리는 자정이 가까운 시각인데도 아직 환하게 비추고 있었다. 이렇게 밤이 되어도 주위가 환한 것을 보고 있노라면, 마치 내가 산란을 위해 닭장 속에 들어가 있는 백색 레그혼이 된 것은 아닌가 하는 착각이 들 때가 있었다. 긴 하우스 계사鷄舍에는 수많은 닭들의 산란만을 위해 밤낮없이 백열전구를 밝혀두고 있었다. 닭들은 불을 밝히고 있으면 밤을 낮으로 착각을 하고 밤에도 계속해서 알을 낳는다고 한다. 거대한 도시를 뒤덮고 있는 무수한 전구들, 인간을 향해 내리 쏘이고 있는 이 불빛, 나는 화를 치며 알을 낳았다고 꼬꼬댁, 소리를 치지만 눈은 풀어지고 다리는 힘이 없어 휘청거린다. 저 불빛은 마치 생산을 독려하는 자본주의의 무서운 채찍처럼 느껴졌다.

296

(나)

봉화를 지나 법전, 춘양, 현동, 승부, 석포, 철암, 백산, 도계, 마차리…….
가도 가도 끝이 없다. 굴을 지나면 또 산이고, 산을 넘으면 작은 마을이 옹송
그리고 앉아 있다. 파르스름한 기운을 내뿜으며 미명의 새벽이 다가오고 있
었다. 어디라고 기억이 되지 않는다. 산등성이를 넘어 달리고 있는데, 저 까
마득한 산 아래 조그마한 마을이 보였다. 파르스름한 어둠 저 너머 희미한 사
람의 불빛이 새벽안개 속을 뚫고 마치 부드러운 불빛의 가스등처럼 비추고
있었다. 저 마을은 필시 우리가 갈 수 없는, 꿈에도 그리던 마음의 본향인 듯
했다. 혹시 천상의 마을이 아닌가 생각했다.

위의 인용에서 (가)는 작중 주인공이 청량리역에서 강릉행 기차를
타고 서울을 빠져 나가는 장면이고 (나)는 기차가 영남 내륙에서 강
원 지계로 나아가는 과정을 그린 장면이다. 작가는 여기서 서울을 닭
장으로, 생산을 독려하는 자본주의를 표상하는 공간으로 제시하며,
내륙 깊은 산간의 마을은 우리가 갈 수 없는, 그러나 꿈에도 그리는
마음의 본향, 천상의 마을로 제시한다.

백색 레그혼의 양계장 같은 서울과 지상에서 찾을 수 없는 본향으
로서의 산간. 이와 같은 대조법을 이 창작집은 빈번히 나타낸다. 「일
출을 보러가다」에서만 해도 작중 주인공 '나'와 왕년의 운동권 후배
'손정미'의 갑작스러운 일출 여행은 이상을 추구한 과거를 안고 도시
적 삶의 메커니즘에 지친 두 사람의 도피행, 피안행에 가까운 것으로

그려진다. 물론 작중 여인 손정미는 위기를 겪고 있는 도시의 가족으로의 복귀를 기약하기는 한다.

2

그런데 이와 같은 대조법은 이 창작집의 작품 「아그배의 추억」에 더욱 전형화되어 나타난다. 이 작품은 일찍이 고향을 떠난 주인공 여훈이 당숙의 부음을 접하여 고향에 내려가 정희라는 옛 친구를 만나는 이야기다. 이 인물들의 사연을 검토하기 전에 이 작품에 관해서 지적해 둘 것은 자연의 물상들에 대한 작가의 살아 있는 지식이다. 이는 작중 인물의 유년 시절에 대한 회상의 형태로 솜씨 있게 제시된다.

(다)

가재는 달래 뿌리가 여물기 시작하고 알을 품을 때가 제격이었다. 다른 때는 맛이 없어서 그런지는 몰라도 잡아먹지 않았다. 그때면 가재가 새끼를 치기 위해 가재 꼬리에 까만 알을 하나 가득 달고 물속을 어기적어기적 걸어 다니거나, 자갈돌 밑에 굴을 파고 들어앉아 밖의 동정을 살피며 더듬이를 조아리고 있을 뿐 행동이 민첩하지 않았다. 우리는 개울의 자갈들을 뒤집어 가재를 잡았다. 가재는 꼬리 부분으로 추진력을 얻어 뒤로 잽싸게 도망가기 때문에 섣불리 손을 먼저 집어넣지 않아야 한다. 돌을 떠들면 흙탕물이 일어

298

가재를 잘 볼 수 없을 뿐만 아니라, 잘못하면 커다란 집게발로 손가락을 물 릴 수도 있기 때문이다. 흙탕물이 가셔 가재가 잘 보일 때까지 끈기를 가지 고 기다려야 한다. 그러면 거기 가재가 가만히 웅크리고 있다. 살그머니 가 재의 뒤로 손을 집어넣어 움켜잡으면 그만이다. 가재가 어느 정도 먹을 만치 잡히면 모닥불을 피웠다. 모닥불이 거의 타들어갈 무렵 시뻘건 숯덩이들만 남아 이글이글 타고 있을 때, 가재가 불 위에 얹어놓으면 이내 쉬익 쉭, 소리 를 내며 가재가 빨갛게 구워진다. 빨갛게 구워진 가재의 딱딱한 등딱지를 떼 어내면 김이 모락모락 피어오르며 먹음직스런 간식거리가 되는 것이다. 바 삭바삭 부서지는 식감 때문에 가재를 구워 먹는다.

이 가재 이야기에 이어서는 중태기라는 이름을 가진 물고기 잡는 이야기도 재미있게 제시된다. 이와 같은 장면은 자연을 벗 삼아 성 장한 전원생활의 기억 없이는 하기 어려운 묘사라 하지 않을 수 없 다. 이렇듯 자연에 대한 작가적 지식은 시내뿐만 아니라 산과 들에 대한 묘사에서도 여실히 드러난다.

(라)
거기까지 가는 길은 한쪽으로 다랑논이, 다른 한쪽으로는 산자락이 면해 있는 좁은 오솔길이다. 길옆에는 철마다 다르긴 해도 갖가지 들꽃들이 피어 만발했다. 봄이면 흐드러진 진달래로부터 노란 병아리마냥 앙증맞게 바람에 흔들리는 양지꽃, 찔레순 꺾어먹던 하얀 찔레꽃, 허리 굽은 할미꽃, 하얀 티

밥이 뿌려진 듯한 조팝나무꽃, 여름에는 망초꽃, 가시가 많아 건드리지도 않았던 엉겅퀴꽃, 어쩐지 애달파 보이는 노란 달맞이꽃, 입술연지 같은 빨간 오이풀꽃, 고고해 보이는 하늘나리꽃, 깜찍하게 작은 자줏빛 칡꽃, 그리고 산나물 뜯으러 갔던 할머니가 어김없이 손자 먹으라고 꺾어다주던 시큼한 싱아에 이르기까지, 가을에는 한들거리는 구절초 등을 볼 수 있었으며, 가끔 산딸기, 애기사과, 으름, 다래도 따먹을 수 있었다. 거기에 아그배가 있었음은 물론이다.

위의 인용에는 진달래, 양지꽃, 찔레꽃, 할미꽃, 조팝나무꽃, 망초꽃, 엉겅퀴꽃, 달맞이꽃, 오이풀꽃, 하늘나리꽃, 칡꽃, 싱아, 구절초, 산딸기, 애기사과, 으름, 다래, 아그배 같은 자연의 식생들이 구체적인 실감을 가지고 열거되어 있다. 과연, 자연의 아들다운 작가의 모습을 보여주는 것이라 할 수 있을 것이다.

「아그배의 추억」은 이러한 구체적 실감을 배경 삼아 여훈과 정희, 고향을 떠나 신산스러운 삶을 경험한 두 인물의 재회를 그린다. 여훈은 도시에서 운동권이 되어 사회단체를 전전하다 뒤늦게 취직은 했지만 경제난에서 벗어나지 못한 생활을 이어간다. 정희 역시 서울에 가 공장에 다니다 결혼했고, 노동운동에 관계하던 남편이 우여곡절 끝에 교통사고로 세상을 떠나자 마트에서 일하다 낙향해 있다. 두 사람에게 고향을 떠난 도시에서의 삶은 삶의 유형과 방식에 관계없이 고통과 소외로 점철되었다.

이야기 속에서 두 사람은 서울을 떠난 고향에서 해후하여 사람들의 눈을 피해 하룻밤의 사랑을 한다. 변경섭 작가의 작품들에서 사랑은 도시적 삶의 피폐를 넘거나 견딜 수 있게 하는 유일한 매개이고, 그런 의미에서 이 사랑은 순수하지 않으면 안 된다.

3

이 창작집의 가장 중요한 매력이자 특장 역시 자연에 대한 작가의 식견에 관계되어 있다. 더 구체적으로 말하면, 작가는 자신이 제시하고자 하는 현대적 인간의 문제적 형상을 자연물에서 빌려오며, 그것은 더할 수 없는 비유적, 특히 상징적 기능을 떠맡는다. 이와 관련하여 필자는 모두 세 가지 예를 제시하고자 한다. 우선, 앞의 장에서 언급한 「아그배의 추억」에 나타나는 아그배의 비유다. 작중 정희는 여훈을 향해 자신들이 산야에 나는 아그배와 같이 쓰고 떫은, 외로운 삶을 살아가는 존재들이라 한다.

(마)

"그 아그배가 꼭 우리들 인생 같더라구. 네 당숙두 그렇구. 쓰고 떫고, 아무도 따먹지 않는 쓸쓸하고 외로운 열매. 난 그 아그배가 어쩐지 불쌍해서 좋아. 내 지쳐가는 삶두 그렇구, 너두 그렇구. 그래서 언제부턴지 세상 외롭고 불쌍한 것들을 좋아하기로 했지. 아그배처럼."

여훈과 정희의 소년소녀 시절의 만남의 추억에 연결되어 있는 이 아그배는 배는 배로되 쓰고 떫어 아무도 먹지 않는 배다. 정희는 서울에 올라가 살아온 자신의 삶을 아그배와 같은 존재가 되어온 과정으로 이해한다. 특히, 남편을 잃고 마트에서 비정규직으로 일해 온 것은 쓰디쓴 경험으로 각인되어 있다.

다음으로 이 창작집의 표제작인 「눈사람도 사랑하네」 역시 그와 같은 자연물의 비유법을 보여준다.

이 소설의 주인공 '나'는 수도권의 P 시에 있는 작은 기업의 사원으로 지방에 공장을 설립하는 프로젝트 건으로 지방 출장을 다니게 된다. 이 작품은 이 과정에서 알게 된 은정이라는 소읍의 여인과 '나'의 사랑 이야기다. 회사의 압박과 아내의 강짜 사이에서 시달리는 그에게 소읍의 여자는 삶의 새로운 가능성으로 나타난다.

물론 이 은정 여인 또한 남편과 이혼하고 아이까지 빼앗긴 채 홀로 살아간다는 점에서 소외된 존재로서는 마찬가지고, '나'의 '도피'는 끝내 실패로 귀착된다. 소읍의 삶에도 이혼과 직업 찾기라는 도시적 문제가 현안이 되어 있다는 점에서 이 작품은 「일출을 보러가다」보다 심각한 작가의 현실 인식을 드러낸다. 아무튼, 이로써 '나'의 지방 출장행은 삶의 새로운 가능성으로 잠시 나타났다 사라진다. 작가는 이 두 사람의 사랑을 눈사람의 사랑으로 제시한다. 도시적 삶의 메커니즘에 저항하지 못한 채 시나브로 녹아드는 '나'의 삶의 형식을 작가는 은정 여인의 목소리를 빌려 다음과 같이 제시한다.

(바)

"당신은 꼭 눈사람 같아요. 내가 어렸을 때 눈이 펑펑 내리면 오빠랑 눈을 뭉쳐서 눈사람을 만들어놓고는 마당 한구석에다 세워놓잖아요. 바로 그 눈사람…… 눈사람은 아무것도 하지 않고 겨우내 녹았다 얼었다 하다가 서서히 흔적도 없이 사라지잖아요. 요즘은 겨울에도 너무 따뜻해서 금방 녹아 없어져 버리긴 하지만…… 당신이 그 눈사람 같아요. 어찌 당신만 그러겠어요? 세상 살면서 이러지도 저러지도 못하면서 그냥, 지켜만 보고, 애만 태우다 속 문드러지는 사람, 겨울 추위에 온몸이 드러나도 누구 하나 쳐다보지 않는 눈사람 같은 사람들 말예요. 물론 나도 마찬가지예요. 살면서 너무 힘들었어요. 사실 여태껏 내 의지대로 살아본 게 없는 거 같아요. 그러니 눈사람인 당신을 사랑한 거예요. 나도 당신과 똑같은 눈사람이니까…… 정말 당신을 사랑한 거예요."

겨우내 녹았다 얼었다 하다가 흔적도 없이 사라져 버린다는 이 눈사람의 형상은 도시적 메커니즘에 순치된 현대 인간에 대한 탁월한 상징이라 하지 않을 수 없다. 작중 주인공이나 이 여인이나 모두 눈사람같이 살아가는 존재라는 작가적 진단에서 우리는 세계에 대한 그의 날카롭고도 연민 어린 비평의식을 발견치 않을 수 없다.

마지막 하나의 예는 「늑대」라는 제목을 가진 작품에서 발견된다. 이 작품은 도시적 현대성에 순치되기를 거절하고 자연적 존재로의 귀환을 꿈꾸는 작가적 사유가 잘 나타난 것으로, 이에 관해서는 장을 옮겨 이야기해보고자 한다.

4

이 소설의 첫 문장은 "자유를 위한 갈망은 어떤 위험을 무릅쓰고라도 탈출을 감행할 가치가 있었나 보다"라는 것이다. 이로부터 작가는 엽사인 태주와 수의관 정우라는 인물을 등장시켜 하얼빈에서 들여온 늑대 '아리'의 이야기를 전개한다.

작가는 이 늑대 이야기를 위해 여러 가지 조사와 공부를 한 흔적이 작품에 역력하다. 작중에 등장하는 늑대 서사들도 그렇고 한국 토종 늑대의 멸종과 한국 늑대 복원 사업에 관한 이야기, 곰 사육 이야기, 탈출 늑대나 곰 생포 또는 사살 작전 같은 것들도 이 작품이 취재를 통해 이야기의 재료를 충실히 하였음을 보여준다.

한국 토종늑대 복원을 위해 하얼빈에서 들여온 늑돌이와 늑순이, 그중의 암놈을 수의관 정우는 아리라 이름 붙였고, 이야기의 주된 뼈대는 이 아리의 탈출기를 둘러싼 회상담으로 이루어져 있다. 이를 중심으로 나타나는 야생 늑대의 형상은 이 창작집 전체의 주제의식과

밀접한 관련을 맺고 있다.

처음에 토종늑대 복원을 위해 두 마리 늑대를 서울대공원에서 국립수목원으로 옮길 때 늑돌이가 탈출을 시도하다 꼬리를 다치게 되는 이야기가 나온다. 그런데 다시 잡혀 들어온 늑돌이에 관해 작중 화자는 다음과 같이 이야기한다.

(사)

물론 탈출한 이후 추위와 허기로 몰골이 볼품없었고, 다시 잡혔을 때는 어딘가 두려움에 떨며 구석으로 자꾸 숨어들어가려는 모습을 보였던 것은 어쩔 수 없는 현실이었지만 안정을 찾고 국립수목원 산림동물원 늑대우리에 풀어놓아졌을 때의 그 위용을 지금도 잊을 수가 없다. 늑돌이는 늑순이가 다가와도 거드름을 피며 거들떠보지도 않고 높은 곳에 앉아 숲 속을 바라보는 것 같았다. 울어대는 긴 늑대울음은 숲 속 멀리 퍼져나가도록 우렁찼다. 그 울음소리의 전율을 잊을 수가 없었다. 숲 속이 일순간 정지되는 느낌을 받았다. 자신의 처지를 슬퍼하는 구슬픈 소리였는지, 아니면 자기의 위용을 과시하는 우렁찬 목소리였는지 구분할 수 없었다. 그러나 가슴을 후벼 파는 듯 슬프면서도 우렁찬 묘한 여운의 늑대울음이었다.

비록 탈출에 실패한 나머지 일시적으로 웅자가 위축되기는 하였으나 본디 야생적 존재인 늑돌이는 오연한 태도로 길고도 우렁찬 울음소리를 잃지 않는 존재로 나타난다.

또, 이와 같은 늑대는 "굳센 다리로 늠름하게 앞을 응시"하고, "귀는 항상 빳빳이 일어서 있"는 모습을 가지고 있고, "원래 경계심뿐만 아니라 인내심도 대단한 동물"이며, "사람이 데려다 아무리 애정을 쏟아도", "자기 영역을 절대로 양보하지 않으며, 결국 광야로 돌아가고 싶은 야성을 잃지 않는" 동물이기도 하다.

이 이야기 속에서 암컷 늑대 아리는 탈출 시도 끝에 엽사인 태주의 총에 맞아 숨을 거둔다. 하지만 작중 말미 부분에 가서 밝혀진 뜻밖의 사실은 수의관인 정우가 아리의 탈출을 방조했다는 점이다. 이유가 무엇일까? "아리를 탈출시켜서 자유를 찾아주자" 함에 그 뜻이 있었고, 더 근본적인 이유는 "이 세상 자체가 창살 없는 감옥"이라 한 정우의 세계 인식에 있었다 할 수 있다. 즉, 정우에게 있어 늑대 아리는 정우 자신의 구속적 삶을 자의식적으로 인식하게 하는 기제였다 할 수 있다.

이렇듯 '늑대'에서 수컷 야생 늑대 늑돌이와 암컷 늑순이 아리는 야생성, 곧 자연적 존재로서의 힘과 가치를 잃지 않은 존엄한 존재의 표상으로 나타난다. 그리고 이 맥락에서 우리는 「어느 신경병자의 죽음」이라는 또 다른 작품에 나오는 K의 죽음을 풀이할 수 있다.

작중의 K는 1980년대의 학생 및 사회운동이 낳은 비극적 인물로 끝내 그 이후의 현실 변화에 적응하지 못한 채 자살로써 짧은 생을 마감하고 만다. 그는 학생운동의 시대에 속해 있었지만 완전한 투사도 아니요, 학교를 나온 후 대기업에도 들어갔지만 끝내 적응하지 못하고, 고시공부에도 뛰어 들었지만 끝내 실패한 채 떠돌이의 삶을 살아간다. 그는 우리에 갇힌 사자처럼 창살 없는 감옥 같은 세상 속을 포효하며 우왕좌왕, 동으로 서로 바람처럼 떠돌다 끝내 동해안 정동진 아래 심곡리 벼랑에서 바다로 몸을 던지고 만다.

작중에서 그의 죽음은 절벽에 끝없이 다가가 부서지는 파도의 포말에 비유된다.

(아)

해안을 들이치는 파도가 포말로 부서졌다. 바로 옆에 꽤 높은 바위가 솟아 있었다. 수만 년 해식으로 깎이고 깎인 바위가 바닷바람을 온몸으로 맞고 있었다. 혹시나 해서 B는 그 바위 위로 올라갔다. 그 바위 위에 K가 올라갔을 거라는 예감이 들었다. 나도 따라 올라갔다. 파도가 바로 아래까지 쳐 올라오다가 모래성이 일시에 부서지듯이 하얀 포말이 부서져 내려갔다. 그러는 모양을 물끄러미 바라보다 K가 한 말이 생각났다. 여기가 틀림없다고 생각되었다. 파도가 부서지는 모습을 황홀하게 쳐다보다 왔다는…… 파도가 들이치는 모습을 물끄러미 쳐다보니 하얀 포말에 하얗게 웃고 있는 K의 얼굴이 그려졌다. 나는 그 포말에 그려지는 K의 모습을 보고 갑자기 울컥, 감정이 복받쳤다.

절벽 바위에 제 몸을 짓이겨 포말로 부서져 버리는 파도. 작중 화자인 '나'가 K의 투신 자살 속에서 발견한 것은 그가 살아온 철옹성

같은 사회를 향해 온몸과 정신을 가지고 부딪혀 가는 한 인간의 초상이다.

이것은 작가가 '늑대'를 통하여 제시하고자 한 것과 뜻이 같다. K나 아리 같은 야생적 존재들은 끝내 순치될 수 없다. 그들은 자신의 삶의 야생성을 가지고 순사할지언정 길들여질 수 없다.

5

필자는 이처럼 K를 통하여 작가가 제시하고자 한 인간형을 한국적인 남성 히스테리 환자의 그것으로 읽을 수 있다고 생각한다.

필자가 접한 크리스티나 폰 브라운의 저술에 따르면 히스테리는 자연적 성으로서의 남성, 여성을 개념적, 관념적 남성과 여성으로 대체해 이해하고자 했던 인간의 문명적 정신 질환이다. 이 병은 주로 여성에게만 나타나는 것으로 이해되어 왔지만 이는 사실과 다르며 역사의 무게와 불합리에 짓눌려 살아가야 하는 인간 공통의 반응 양식으로, 특히 19세기에서 20세기 초로 나아가는 세계전쟁 시대의 남성들에게 전쟁 경련증 같은 형태로 나타났다.

히스테리 하면 보통 몸을 활처럼 휘게 하는 여성 히스테리 반응을 상기한다. 하지만 이 반응방식은 역사의 한때의 과정에서 사라졌고, 이후로는 신체 외형적으로는 보다 완화된, 그러나 문명적 부조리에 대한 총체적 거부 반응으로서의 의미는 그대로 유지되는 방식으로 지속되었다.

필자는 이러한 히스테리의 맥락에서 작가 변경섭의 창착집에 나타난 인물들, 특히 K를 위시한 인물들의 현실 반응들을 이 시대 한국사회의 문명적 병리 현상에 대한 히스테리적 거부 반응으로 읽는다.

그들은 독재체제라는 무겁고 어두운 시기에 젊음을 보낸 후 각기 아버지와 어머니, 남편과 아내, 또는 각박한 자본주의 메커니즘의 부속물로서의 생활에 적응해야 했다. 이것은 그들로 하여금 탈출, 일탈, 거부, 자살, 의무, 방기 같은 다양한 병리 현상을 나타내도록 한다.

인간이 야생, 그 본연적 생명의 가치를 안고 인공적 문명의 부속물이 될 때의 고통과 그에 대한 거부 반응을 날카롭게 제시함에 이 창작집의 특장이 있다. 그리고 이렇게 인간의 문제를 야생성, 본향의 상실에서 본 점에서, 그러면서도 자본주의 메커니즘의 작동방식을 냉정하게 분석할 수 있다는 점에서 이 작가 변경섭은 저 멀리 이효석의 작풍에 직접 연결된다 할 수 있다.

사람들은 이효석을 잘 모르기 때문에 정말 그런지 의문을 품을 수 있다. 그렇다면 그의 「산」, 「들」, 「영라」 같은 작품과 변경섭의 「아그배의 추억」 같은 작품을 비교해 보라 권하고 싶다. 도시적 문명이 야생적 인간을 억압하는 현실을 비판하고 그 본원적 회복을 추구한다는 점에서 두 작가는 내밀하게 통한다.

눈사람도 사랑하네

초판 1쇄 ┃ 인쇄 2016년 7월 26일
초판 1쇄 ┃ 인쇄 2016년 7월 30일

지은이 ┃ 변경섭
펴낸이 ┃ 최병수
편 집 ┃ 권영임
디자인 ┃ 여현미

예옥등록 ┃ 제2005-64호(2005.12.20)
주 소 ┃ 〈122-899〉 서울시 은평구 진흥로 43-2, 101호(역촌동)
전 화 ┃ 02) 325-4805
팩 스 ┃ 02) 325-4806

ISBN 979-11-953594-4-8   03810

값 13,000원

후원 : 문화체육관광부, 한국문화예술위원회 2016년 창작지원금 선정작

이 도서의 국립중앙도서관 출판예정도서목록(CIP)은 서지정보유통지원시스템 홈페이지(http://seoji.nl.go.kr)와 국가자료공동목록시스템(http://www.nl.go.kr/kolisnet)에서 이용하실 수 있습니다.(CIP제어번호: CIP2016018278)